世界探偵小説全集

JOHN DICKSON CARR

曲つた蝶番

THE CROOKED HINGE

ジョン・ディクスン・カー
妹尾アキ夫訳

POCKET HAYAKAWA BOOKS

A HAYAKAWA
POCKET MYSTERY BOOK

目次

装幀　勝呂忠

曲つた蝶番

登場人物

ジョン・ファーンリ……………………ファーンリ家九代の准男爵
モリー・ファーンリ(モリー・ビショップ)……ジョンの妻
ナザニエル・バロウズ………………ジョンの弁護士
ブライアン・ペイジ…………………バロウズの友人
パトリック・ゴア……………………ジョンだと名乗り出た男
ウェルキン……………………………パトリックの弁護士
マデライン・デイン…………………ジョンの幼友達
ケニト・マリ…………………………ジョンの昔の家庭教師
ノールズ………………………………ファーンリ家の下男
ヴィクトーリア・デイリ……………一年前に殺された老嬢
ギディオン・フェル博士……………スコットランドヤード顧問
エリオット……………………………警　部

七月二十九日　水曜日

ある男の死

諸君が心得ておかねばならぬ一番大切なことは、自分がしようとすることを、決して観客に前もつて説明してはならぬということである。そんなことをすれば、警戒の目を見はる観客は、ただちに諸君が隠そうとしている最も大切なことの大体の見当をつけ、種を見破られる機会は十倍も増すのである。ここにその例を示そう。

――ホフマン教授「近代魔術」――

1

ケントの庭の見える窓際、ひらいたままの書物の何冊も散乱するテーブルの前に坐つて、ブライアン・ペイジは仕事をするのが嫌になつていた。二つの窓からさしこむ七月末の太陽は、部屋の床を金色に光らせ、古い木材と古い書物の匂いが、睡《ね》むくなるような気温のなかに漂つていた。庭のむこうの林檎畑から、一匹の蜂がとんでくると、ペイジはそれを軽く追いやつた。

庭の塀の外には道があつて、その道は、「ブル・エンド・ブチャー」という宿屋や、ファーンリ家の門の前を通り、林檎畑の中をうねつて、森の斜面へのぼつている。ファーンリ家の何本かの煙突は、木立のすきまからよく見えた。

色あせた茶と緑に包まれたケントの平地は、滅多に派手な色彩にいろどられることがないのだけれど、今日はいつになく輝いて見え、ファーンリ家の煉瓦の煙突でさえ、美しい色をしているように、ペイジには思われた。そしてそのファーンリ家のあたりから、ゆるやかに走るナザニエル・バロウズ氏の自動車の音が、遥かに響いてくるのだつた。

ものうげにペイジは考えた。このマリンフォードという村には、変つた出来事が起りすぎる。例をあげるなら、去年の夏は肥つちよのデイリ嬢を絞殺した旅の浮浪者が、線路を横切つて逃げかけて無慙に殺された。またつい二三日前には、二人の旅人が順番に二晩つづけて、「ブル・エンド・ブチャー」に泊つたが、そのひとりは画家、ひとりは誰云うとなく探偵だつたという噂が立つている。

またペイジの友人で、メイドストンから来た弁護士ナザニエル・バロウズが、ちかごろ妙に忙しげに右往左往する様子も変である。誰も内情は知らないが、ファーンリ家でなにか変つた事があつたらしい。昼食前に仕事を切りあげて、「ブル・エンド・ブチャー」へ出かけて、一杯のビールを飲むのが、ペイジのいつもの習慣だつたが、この日そこで誰も世間話をしていなかつたのが、かえつて縁起のわるいことのように思われた。

あくびしながら、ペイジは二三の書物を押しやつた。考えるともなく、ファーンリ家に何事が起つたのだろうと考えた。ファーンリ家は、ジェームズ一世の頃、イニゴー・ジョーンズという男が始めて以来、長く続いた家柄で、現在のマリンフォードとソーンの准男爵ジョン・ファーンリ卿は、莫大な資産と土地を相続している。

ペイジは髪の黒つぽいやや神経過敏のジョン・ファーンリも好きなら、気立の率直なその夫人モリも好きであつた。ジョンには村の生活が性分に合つているらしく、長い間よそに出ていた人にしては珍しいほど、生れつきの大地主らしい風格があつた。村を出ていた頃の彼の生活は、ペイジの興味をそそるほどロマンティクなもので、現在の着実で平凡な准男爵の生活とは、およそ似てもつかないものであつた。彼の初めての航海から、一年たらず前にモリと結婚するまでの間の物語は、マリンフォード村人の耳目をそばだてるに充分だつたのである。

ペイジはにやりと笑うと、もひとつあくびをして、それから仕事をはじめるためにペンをとつた。

そうだ！

肘の片がわにあるパンフレットを思いだした。通俗的であると共に学究的に書こうとしている彼の「英国裁判長列伝」は、予定通り進行しつつある。いまマシュー・ヘール卿のことを書いている最中だが、書きたいことは次から次と出てくるし、彼はそれを全部書いてゆきたいと思つているのだ。

実のところ、彼は法律研究にさいげんがないと同じように、「裁判長列伝」がいつ果てるとも見当がつかないのであつた。純粋の学究の徒としては不精であつても、あとから出てくる材料を切りすてるには、余りに気が多く、気が走りすぎていた。だから、したがつて完成の時期なぞは問題にしないという結果となる。そして、自分は仕事を続けなければならないのだと、始終自分の心に云いきかせながらも、いつも主題から離れて、興味のむくままに、脇道へ外れていたのである。

彼のそばにあるパンフレットは――

「財務裁判所長マシュー・ヘール卿臨席のもとに、一六六四年三月十日、ベリ・セントエドマンズ町で行われたサッフォーク州の巡回裁判における、巫女の公判記録、一七一八年出版。」

主題から脱線したことはこれまでにもあつた。マシュー・ヘール卿が巫女事件に関係したことなどは、取るに足らぬ問題なのだが、興味が湧くとそれを取り上げずにいられなかつた。満足の溜息をもらしながら、彼は本棚から手垢のついたグランヴィルを取りおろした。そしてそれをひろげて瞑想に耽つていたら、庭に足音がして、窓から呼ぶ声が聞えたのである。

それは弁護士らしくもない風采で、ぶらぶら手に持つ鞄を振り動かしているバロウズであつた。

「忙しい?」

「うん。まあ入つて煙草でもすいたまえ。」ペイジはあくびをして本をとじた。

庭に面したガラス戸を開けて、バロウズは薄暗い気持よい部屋にはいつた。彼は落着こうとはつとめているらしいが、暑い日にも拘らず、少々顔が蒼くて、慌てているようにみえた。このバロウズの父や、祖父や、そのまたまえの祖先は、代々ファーンリ家の法律顧問をやつてきたのではあるが、熱情家で激し易い彼が、果して家庭の法律顧問として適当な人であるかどうかは、すこぶる疑問なのであつた。年齢が若いということも、彼に不利な条件の一つであつた。だが、恐らく彼としても、そんな不利な条件を承知しておればこそ、それに打勝とうとして、しいて陸にあがつたひらめみたいな蒼い顔になつているのであろうとペイジは考えた。

バロウズは黒い髪を綺麗に分けて、ていねいに櫛を当て、長い鼻の上にかけたべつこう縁の眼鏡のおくの目を光らせて、いつもより顔の表情がこわばつているように思われた。窮屈そうに折目正しい黒服を着て、手袋をはめた両手を、きちんと鞄のうえで握りあわせていた。

「ペイジ君、今夜君は家で食事するつもりか?」

「うん、まあ――」

「よしたまえ。」きつぱりとバロウズがいつた。ペイジは瞬きした。

「ファーンリ家へ行つて食事したまえ。ほんとは食事なんかどうでもいいのだけれど、ただあることが起つた場合、あすこに君にいてもらいたいのだ。」職業的な態度でやせた胸をはり、「ぼくはここで自分の考えをのべてもいい。弁護士だからね。しかしそれよりさきにききたいことがある。君はファーンリ卿が想像していたより違つた人のようには思わないかね?」

「想像していたより?」

「いまファーンリ卿と名乗つている男は、贋者だとは思わないか?」

「陽気のせいで君は気が変になつているんじやないかね?」と、ペイジは体を起した。意外の言葉に驚きもしたが、腹立たしくもあつた。暑い日のいちばんだらけた時に相手に云うべき言葉ではない。「そんなことを考えたことは一度もなかつたよ。どうしてそんなことを云いだしたのだ?」

バロウズは椅子から立ちあがつて、持つていた鞄を椅子の上においた。

「どうしてつたつて、おれが本当のジョン・ファーンリ卿だと名乗る男が出てきたからだよ。これは新しい出来事じやない。もう何ヵ月も前から始まつているんだ。その事件がいま頂点に達したわけなんだ。ええと――」あたりを見まわし、「誰か聞いている? なんという女だつたかね、ここの女――あれか他の者がいる?」

「いや。」

バロウズは聞えるか聞えないかの声で続ける。「こんなことは、喋らないほうがいいのかもしれないが、君だけは信用できると思うんだ。それに、これは内証だが、ぼくはいま非常に厄介な問題に頭を突込んでいる。きつと大変なことになるよ。これに比べると、ティチボン事件なぞは問題じゃなかつた。むろん、いまのところ、今までぼくがジョン・ファーンリ卿としてつかえていた人が、贋者だという証拠はどこにもない。ぼくはあの人が本当のジョン・ファーンリ卿かと思いこんでいた。ところがそれが問題になつてきたのだ。二人の人間が現れたのだから、一方が真の准男爵とすれば、一方は芝居をしている贋者ということになる。二人はちつとも似ていない。全然顔がちがう。それでいてぼくは、どつちが本物か判断できない。」ちよつと言葉を切つて、「でも、さいわい今夜決りがつくことになつた。」

ペイジは考えをまとめなければならなかつた。巻煙草の箱を相手のほうに押しやり、自分でも一本とつて、それに火をつけ、相手の顔を観察した。

「なんだか続けさまに雷の音でも聞くような話だが、どうしてそんなことになつたのだ？　贋者と考えるに至つた理由は、いつごろからできたのだ？　そんなごたくさは、ずつと前から起きていたのか？」

「いや、それは今に君に分るよ。」バロウズはハンケチを出して、丁寧に顔の汗をふくと、ゆつくり椅子に腰をかけ、「これがなんでもない事件で早くおさまつてくれるといいのだが、ぼくはジョンもモリーも——いや、ファーンリ卿と夫人と云つたほうがいいのかな——どちらも好きなんだ。だから今度現れたのが贋者と分れば、躍り出したいほど嬉しいのだが、併しそうでないとすると、そうさね、どつちにしても贋者は偽証罪で、オートンの時よりも、もつと重い刑罰を受けねばならぬ。とにかく君が今夜話を聞くとすれば、そのまえにぼくが、今日に至るまでのいきさつの輪郭を話しておこう。ファーンリ卿の経歴を君知つているか？」

「大体はね。」

「大体じやつまらん。」バロウズは頭を振つた。「君は本を書くのに大体の知識で書くのか？　そんなことはないだろう。まあ聞きたまえ。これからの話の要領を、よく頭に入れておいてもらいたいのだ。まず話は今から二十五年前にさかのぼるわけだが、その時いまのジョン・ファーンリ卿は十五才だつた。彼は一八九八年生れで、前のダドリ・ファーンリ卿の次男、けれどもその時には父と同じ名のダドリという長男があつて、これが両親の誇りと寵愛を一身に集めていたので、称号相続の厄介な問題などは少しもなかつた。両親が子供の性質のなかに、貴族らしいものを要求していたことは事実だつた。ぼくは父のダドリ・ファーンリ卿という人を今でもよく覚えているが、ヴィクトリア朝末期の非常に厳格な人で、いまの小説に描いてある当時のこのタイプの人のようにむつかしい人物じやなかつたけれど、それでもぼくは子供の時、この人から六ペンスを一枚握らされたりするとびつくりしたものだ。長男のダドリは好い少年だつたが、次男のジョンはそうでなかつた。彼は陰気でいつも沈みがちで気が荒く、そのうえ無愛想だつたので、なにか悪いことでもすると、みんなからせめられた。といつてしんから悪い少年でもなかつた。ただ周囲との折合がわるく、まだ大人になりもしないのに、大人の待遇をしてもらいたかつたのだ。一九一二年、十五才のとき、彼はメイドストンの酒場の女給と、じつさい大人のような事件をしでかしてしまつた——」

ペイジは口笛を吹いた。そしてファーンリ卿の顔を見ようとするかのように、窓から外をのぞきながら、

「十五で？　だつてまだ子供だつたろうに！」

「そうなんだよ。」

ペイジはちよつと考えて、

「でも、ぼくの見たところでは、あの人は——」

「堅気者か？　いまはそうかもしれない。ぼくは子供の時のことを話しているんだ。子供の時は妖術や悪魔の研究に没頭して、イートンを退学になつた。それまではいいとして、酒場の女給と関係して、その女給に子が生まれそうだと云いだしたので、もうおしまいだ。父ダドリ卿もこの子は徹底的な馬鹿者だと考えた。誰か悪い祖先の血が遺伝したのだと考えた。手をつくしても無駄とあきらめ、顔を見たくないと考えた。そこで世間の多くの父親がすると同じ方法を思いついた。夫人のいとこにアメリカで成功しているのがあつたので、ジョンをそこへやることにしたのだ。当時少年ジョンの世話をしうる人物は、ケニト・マリという家庭教師が一人だけだつたが、この家庭教師はジョンが学校を退学になつてか

ら、ファーンリ家に迎えられた。まだ二十二三の青年で、これはぜひ話しとかなければならないのだが、科学的な犯罪学の研究にこつていた。少年ジョンが最初からこの家庭教師を好いたのは、その家庭教師がそんなことを研究していたからだろう。当時はそんなことを研究するのは、決して穏当なこととは考えられなかつたのだが、なにしろこの青年は父ダドリ卿に信用されていたので、そんなことは問題にならなかつた。ちようどその頃、家庭教師マリは新たな就職口をみつけた。遠いところだけれど、もし来る意志があるなら、バーミューダ島のハミルトンのある学校の教頭にしてやろうというのであつた。家庭教師の口を失つた彼にとつては渡りに舟だつた。そこで、彼は少年ジョンを連れてニューヨークに渡り、ジョンを夫人のいとこに渡したあとで、更に船に乗つて、バーミューダへ行くことになつた。」

バロウズはしばらく昔のことを考えたあとで、また続けた——

「あの頃のことは、ぼくだつてはつきり覚えちやいない。ぼくはまだ小さい子供だつたので、不良のジョンにはあまり近づくなと云われていた。けれど、その頃六つか七つのモリーはジョンを好いていた。人がジョンのことを悪く云つても信じない。あとで彼と結婚したのも無理はないのだ。麦藁帽のジョンが、家庭教師マリといつしよに馬車に乗つて、停車場に行つた光景を、ぼくは夢のようにぼんやり記憶している。二人はその翌日船に乗る予定だつたが、この日は彼らにとつて、二重の意味で記念すべき日だつたのだ。二人が乗つたのがタイタニック号だつたことは、説明する必要がないだろう。」

二人とも当時を追想していた。ペイジは興奮した人々の叫び声や、街角の新聞貼出や、それにまつわる根も葉もない噂話を思い出した。

「豪華を誇るタイタニックは、一九一二年四月十五日、氷山に衝突して沈没した。マリはジョンと離ればなれとなり、二三の遭難者と格子蓋に取りすがつて、十八時間洋上に漂い、バーミューダ島行きの貨物船コロフォンに救い上げられた。つまり行こうと思つていた島に連れて行つてもらつたわけだ。最初マリはジョンのことを心配したが、その後無電でジョンが救助されたことを知り、のちにそれを確認する手紙を受取つたので、すつかり安心した。ジョン、あるいはジョンと名乗る少年は、イトラスカ号に救い上げられてニューヨークへ行き、そこで西部地方から出迎えに来た母のいとこに会つた。情況は以前と同じになつた。少年の身元は確認されなかつたにしても、とにかく父は不良の子から離れることができた。子はとにかくとして、父だけは心配の種がなくなつた。

「彼はアメリカで成人し、アメリカに殆ど二十五年いた。そのあいだ家族に写真一枚送るでもなければ、誕生日になつても祝いの手紙もよこさず、葉書一枚よこしたことがなかつた。さいわいアメリカのいとこ——レンウィクという男だが、このいとことの折合いはよかつた。だからレンウィク夫婦が、少年の両親の代りになつたわけだつた。少年もイギリスにいた時とは性質が変つただろう。広い農場で本気で働いた。第一次大戦の末期に、アメリカ兵として従軍したが、イギリスへは立寄らず、知人に出合つたこともなかつた。家庭教師マリにも会つたことはなかつた。マリは細々ながら、ずつとバーミューダで暮していたが、ジョンの住んでいるのが、コロラドという遠い土地だつたので、双方から会いに行く機会もなかつた。こちらでは平穏無事で、少年のことは表面上忘れた形だつた。

「一九二六年母が死んでからは、少年のことを口にする者もないありさまだつた。それから四年たつて父が死ぬと、長男ダドリが称号と遺産を全部相続した。この長男は未婚だつた。ゆくゆくは結婚するつもりだつたのだろうが、一九三五年八月、プトマイン中毒で死んでしまつた。」

ペイジは思案しながら、

「それがぼくのここに来るちよつと前のことなんだよ。でも、その長男は一度もジョンに手紙を出さなかつたのだろうか？」

「手紙を出しても、いつも開封しないで返つてきたんだよ。長男もちよつと片意地な男でね、長らく別れていたので、親しみがなくなつていたのだろう。しかし長男が死んで、いよいよジョンが称号と遺産を相続するという段になると——」

「ジョンも喜んで受けただろう？」

「受けた。それが問題なのだ。君もあの人をよく知っているので分ると思うが、あの人は何喰わぬ顔で、当り前のことのように帰ってきた。二十五年近くもたよりしなかったのに、平気な顔で帰ってきて、ファーンリ家の相続者のようなふうをした。それどころか、念いりにもその年の五月、まだ未婚のままでいたモリーと結婚して、一年とちよつと経つた時、思いがけなく今度の事件がぼつぱつしたわけだ。」

「タイタニックが沈没した時、違つた少年がジョンを名乗つたのじやないだろうか？　違う少年を海で救助して、少年のほうでも何かの理由で、ジョン・ファーンリに成りすましていたのじやないだろうか？」相変らずペイジは思案顔だつた。

バロウズはゆつくりと部屋のなかを歩きまわつていた。歩きながらそばの家具に、順々に指をふれていた。といつておどけている様子は少しもなかつた。それどころか、相手をなだめ心服させようとする態度がみえた。いつも顔を横にむけて、じろりと眼鏡越しに相手を見る癖があるが、この時も彼はその癖をだした。

「そうなんだよ。ぼくもそう思う。いまのジョン・ファーンリ卿が贋者だとすると、彼は本物が出てこないのをいいことにして、一九一二年以来、化けの皮をかぶつていたことになる。そして贋のまま成長したのだ。救命艇から救われた時には、ジョンの服を着、ジョンの指環をはめ、ジョンの日記を持つていた。アメリカでレンウィクに会うと、うまく話の調子を合わした。そして今度ここへ帰つて来て、何事もなかつたような顔をしているのだ。二十五年！　その間には人間が書く字の筆跡も変るだろうし、人相や顔の特徴も変り、記憶もうすれてくる。無理はなかろうじやないか？　かりに彼が小さいしくじりをしたり、変に思われることをしでかしたりしたとしても、誰もそれを怪しみはしない。ね、そうだろう？」

ペイジは頭をふつた。

「でも、こんど現れた人物は、人をびつくりさせるような確実な証拠を握つていないと、誰も信用してくれないよ。法廷がどんなものかは、君も知つているだろう。どんな証拠を握つているのだろう？」

「そりや真のジョン・ファーンリ卿だという、絶対的の証拠を持っているのだ。」バロウズは腕組みをしてこたえた。

「その証拠を君見たのか？」

「見えるか見えないか、それが今夜決まるわけなんだ。今度現れた男は、ジョンに会わしてくれというが、ペイジ君、いくらぼくがこの事件で気が狂いそうになっていても、まだ冷静は失わないつもりだ。今度の男がいろんな小さい証拠を並べて、本当らしいことを云っても、まだぼくはそれだけじゃ信用しない。その男は法律上の代理人を連れてぼくの事務所へ来て、真のジョン・ファーンリ卿でなければ知らないことを話したが、それだけじゃまだ信用できない。ところが今度はその男が、いまのジョンを名乗る男と二人立会いのうえで、ある決定的な試験をしようと云いだした。」

「試験とは？」

「それはいまに分るよ。いまに分る。」バロウズは鞄を取りあげた。「このいまいましい出来事にも、たった一つの取柄がある。それは今までのところ、まだ世間に知られていないということだ。今度現れた男はどんな人間か分らぬが、とにかく紳士には違いない――両方とも紳士なんだろう――だから大騒ぎするのは双方で嫌がっている。だが、ぼくが真実に手をふれると、あるいは大騒ぎが始まるかもしれない。ぼくの父が死んでいて、こんな事件を見ないですんだのは有難いよ。とにかくきっちり七時にファーンリ家へ来てくれたまえ。誰も服装のことなんか心配しないのだから、君もそのままの服装で来たらいいだろう。晩餐というのは名目だけで、ことによると食事も出ないかもしれないんだから。」

「で、ジョン卿はこの事件をどう考えているんだろう？」

「どっちのジョン卿？」

「それは――まあ便宜上、いままでこの村にいたほうを、ジョン卿と云わしてもらおうじゃないか。しかし面白いね。では、君は今度現れたほうを本物と思っているのか？」

「いや、そうじゃない。決してそうじゃない。」向きなおってきっぱりと、「みんなまだ静かに相談しているだけなんだよ。だからどちらかに話がまとまるだろう。」

「奥さんは知っている？」

「今日奥さんに話したそうだ。これで大体分っただろう。こんなにぶちまけて話してくれる弁護士はないよ。しかし他の人はとにかく、君は信用できると思うんだ。それにぼく、父が死んで以来、どうも一人じゃ何かにつけて心配でね。とにかく君もこの事件に首を突込んで、ぼくの心配を分担してくれたまえ。きつちり七時にファーンリ家へ来てくれ。証人になつてもらいたいのだ。そして弁護士が話をきめるまえに、二人の候補者をよく観察して考えたうえで、どつちが本物か、ぼくに意見をきかしてくれ。」いいながら、どさんと鞄のふちでテーブルを叩いた。

2

山の斜面の森の下のほうには夕闇が迫つていたが、その左の平地は、まだほのぼのと明るく暖かであつた。道に沿つた塀のおくに木が繁つていて、その木の梢のあいだから、古い絵にあるような落着いた色の赤煉瓦の建物が見えた。その建物はぐるりの滑らかに刈込んだ芝生と同じように、よく手入れが行きとどいていた。細くて高い長方形の石の窓縁に、綺麗にガラスがはめこんであつた。門から玄関へまつすぐに小石を敷いた道が続いて、何本かの細い煙突が、ひとかたまりになつて、暮れかかつた空に立つていた。

壁には蔦も這わしてなかつた。建物の裏には、壁のすぐそばにぶなの並木があつた。そして建物の中央から、T字形に新しく増築した建物が突出て、オランダ風の裏庭を二つに分けていた。その一つは図書室の窓から見え、左の庭はいまジョン・ファーンリ卿とモリー夫人が、客を待つている部屋の窓から見えた。

その部屋では時計が時を刻んでいた。それは十八世紀に音楽室、または婦人控室と呼んだ部屋の様相をていし、同時にまた世間にたいするファーンリ家の高い位置を示しているようでもあつた。部屋の片隅の古いピアノはべつこう細工のような光沢をおび、部屋全体が長い年月の間に上品な薄い灰色にすけて、窓からは山の斜面の森が見えた。暖かくて、静かで、時計の音だけがきこえるこの部屋を、夫人は自分の居間として使つていた。

モリー夫人は窓際に坐つていた。その窓のすぐ外にぶなの大木が枝を伸ばしていた。運動家らしい、体格のいいかの女の顔は、いつも熱心らしい表情を浮べて、ちよつと顔の形が四角には見えるけれど、それでも非常に美しかつた。皮膚は日に焼けて、短く切つた髪は濃い鳶色、薄い茶色の目は、相手の顔をまともに見る。口はやや大きいが笑うと綺麗な歯並が現れ、美人とはいえないかもしれないが、むしろそれ以上の健康で生々しい魅力をもつていた。

だが、いまのかの女は笑つてはいない。さきほどから部屋を往きつ戻りつ、落着きなく歩きまわる良人を見つめているのだ。

「あなた心配してらつしやるの？」と、かの女がきいた。

ジョン・ファーンリ卿は、立ちどまつてちよつと手くびのあたりをつつつき、それからまた歩きだした。

「心配？　いえ、なに、そうじやないんだが――馬鹿馬鹿しい！」

彼はこの夫人に似合つた良人だつた。田舎の大地主らしい男といつては、間違つた印象をあたえるかもしれぬ。昔の肥つて脂ぎつた顔を連想させるからだ。だが本当の大地主とはこんなのをいうのだろう。背は中背だが、細つそりと逞しく、どこやら鋤でたがやした深い線や、ぴかぴか光る金属や、土地をうがつ引き締つた鋭い鋼鉄の刃を連想させる。

年は四十ぐらいだろう。皮膚はあさ黒くて、濃い口髭を短く刈込み、黒つぽい髪には僅かに白髪がまじつて、鋭い黒い両眼の目尻に小皺がよつている。この瞬間の彼を見た者は、肉体も精神も張り切つて、あらゆる精力を抑えつけている人であることを感ずるであろう。怒つたり慌てたりしていると云うよりも、気持が悪くて当惑している人であることを感ずるであろう。

夫人は椅子から立ちあがつて、

「あなた、どうして話してくださらないの？」

「お前を心配させたつてつまらないじやないか。ぼくのことは、ぼくが処置する。」

「いつごろから知つていらしたの？」

「一月ぐらい前からだ。」

「そのあいだ、ずつとこのことばかり心配していらしたの？」

夫人はあらたな不安の色を浮べた。

「このことばかりじやない。」　唸るようにいつて、すばやく夫人を見た。

「ばかりじやない？　じや、なにかほかに？」

「心配ばかりしていはしないと云うんだよ。」

「ジョン……まさかマデライン・デインのことを心配してらつしやるんじやないのでしよう？」

良人は立ちどまつた。

「なに云つてるんだ！　どうしてそんなことをきくの？　お前はマデラインが嫌いなのか。」

「あの人の目が嫌なのよ。妙な目！」云いかけて、自負心と、それから自分でも認めたくない他の感情から、云うのをやめて、「ごめんなさい。こんなこと、わたし口を出さないほうがいいのかもしれないのね。どうせ愉快なことじやないんですから。でも、べつに大したことではないんでしよう？　その人にはなんの証拠もないんでしよう？」

「証拠があるかどうか知らんが、権利は持つていない。」

吐き出すように彼はそういつた。夫人はじつと彼を見ながら、

「でも、どうしてみんなそんなにこそこそ大騒ぎなさるの？　むこうが詐欺師なら、はねつけてやつたらいいじやありません？」

「そんなことをするのは賢明でないとバロウズが云うのだ。すくなくもむこうが云うことを、一応聞いてみないことには、どうすることも出来ない。聞いたらこつちにもはらがある。はらがある。それに――」

モリーは無表情な顔で、

「うちあけてくださるといいのですけど。わたしなにも出来ないかも知れませんが、成り行きが心配なの。その人はあなたの立場を証明しろと云つて迫るでしようが、むこうが無茶であることはよく分つていますわ。わたし昔からあなたを知つていたし、今度会つた時だつてすぐ分りました。あなたが不思議にお感じになるほどすぐ分つたのです。だのに今夜はその男やバロウズさんや、もひとりの弁護士なぞが来るなんて、どうしてそんなことをなさるの？」

「お前、昔の家庭教師ケニト・マリを覚えているか？」

「ええ、うすうす覚えています。」モリーは額に皺をよせて、「体の大きい面白い人で、海軍士官か美術家みたいなちよび

髭を生やした人でしょう? 相当な年に見えたけれど、あの頃は案外若かつたのでしようね。よく面白い話をしてくれましたわ――」

「偉い探偵になるというのが、あの人の野心だつたのだよ。ところが反対派がバーミューダからあの人を呼びよせたんだ。つまりあの人なら真のジョン・ファーンリ卿の顔を覚えているというんだね。いま『ブル・エンド・ブチャー』に泊つている。」

「ああ、そういえばわたしあすこで、美術家みたいな顔の人を見たわ。村中大騒ぎなのね。あれがマリなの。」

「そうなんだよ。始めこつちから訪ねて行こうかと思つたが、公明正大でないような気がしたから止した。」胸の悩みを顔に現して、「行くと、なにか、こう不正を働きかけたようにでも思われては困るからね。今日これからあの人がここで二人を見て、ぼくが本物であることを見分けるのだ。」

「どうして?」

「いまぼくを覚えているのは、世界であの人が一人だけなんだよ。家の者はみな死んでしまつた。召使らも両親も死んでしつまた。一人残つたナニはニュージーランドへ行つたし、ノールズはここへ来て十年にしかならない。うすうす覚えている人はあるが、ぼくが非社交的なので、あまり話をしたことがないんだよ。犯罪捜査に興味をもつマリもその一人だ。あの人は今のところ、どちらの味方でもないが、こんど犯罪捜査で大手柄を立てるつもりなら――」

モリーは深い溜息をした。血色のよい顔、健康そうな体格をしたかの女は、真顔になつて真つ正面から突込んだ。

「ジョン、わたしにはなんだかちつとも分らないわ。『公明正大でない』だの、『どちらの味方でもない』だの、まるで賭事か勝負事みたいなこと、おつしやるのですもの。今度来た人は、どんな人だか知らないけれど、あなたの所有物はみな自分の物だなんて、そんなことを平気で云つたのですか? 自分はジョン・ファーンリで、准男爵の爵位と、年三万ポンドの収入を相続する人間は自分だなんて云つたのですか? 平気でそんなものを返してくれと云つたのですか?」

「まあ、そういうことになるね。」

「だつて、その人がどう云おうが、あなたには関係ないんでしよう？　あなたはまるで関係ないようなふうで、丁寧に応対していらつしやる。」

「ところが大いに関係があるのだ。」

「そんなら、もし誰かが来て、『おれはジョン・ファーンリだ』と云つたら、『そうですか？』と云つてその人を追出し、あとは警察にまかせて、その人のことを忘れてしまつたらいいじゃありませんか。わたしだつたらそうしますわ。」

「お前にはこんなこと、分らないんだよ。バロウズも云つたが――」

静かに彼は部屋を見まわした。微かな時計の音に耳を澄ましながら、彼は磨きのかかつた床や新調のカーテンの匂いを嗅ぎ、自分の所有する広大肥沃な野を照らす日光を眺めた。不思議にもこの時の彼は、清教徒のようにも見えれば、恐るべき男のようにも見えるのであつた。

「いまこんな物を失うのは馬鹿らしい。」そう彼がいつた。

不意に彼は居住いを正した。ドアが開いたからである。頭の禿げた老僕ノールズが、バロウズとペイジを案内して来たのであつた。


ここへ来る途中、ペイジが観察したところによると、バロウズは窮屈そうに折目正しい服を着て、なんだかいつもの彼とは、すつかり変つて見えた。その理由は今夜の面談の雰囲気が、非常に重苦しいためだと、ペイジは解釈した。悪い方面ばかりが彼の目についた。家の主人と主婦を見ながら、彼はいつしよに来たことを後悔した。

家の主人と主婦にむかつて、バロウズは殆ど肩がこるような鹿爪らしさで挨拶した。ジョンのほうでも決闘にのぞむ時のような固苦しい態度だつた。

「では、これからぼつぼつ進行させてゆくことにしましょう。ここにいられるペイジさんが証人になつてくれますので――」

「なにもそんなに慌てるには及ばないですよ」と、ペイジは自分の気をはげましながら、「敵に囲まれて籠城しているわけじゃない。あなたはケント州でも最も尊敬されている大地主の一人なんです。いまバロウズから話を聞いたのですが」ジョン卿の顔を見ると、あまり立入つて詳しく云えなくなつた。「まるで水が逆さに流れて、草が赤いというような話じやありませんか。誰が考えても分ることです。あなたのほうには、いくらも弁護の余地がありますよ。」

ゆつくりとジョン卿が答えた。「そうです。じつに馬鹿げた話です。」

「ほんとですわ、」と夫人も調子を合わせた。「ペイジさん、有難うございます。」

ジョンは遥か遠方に思いをはせているような顔つきで、

「マリさんにお会いでしたか、バロウズさん？」

「非公式にちよつと。向うでも公式にはまだマリさんに会つていないようです。あのかたはここで断定をくだすことになつていますが、その前にはなにも云いませんよ。」

「あの人もずいぶん変つたでしよう？」

バロウズは顔を軟らげて、「あまり変つていないようです。もつともいくらかむつかしげな顔になつて、頤鬚に白髪がまじつていたようですが。昔は——」

「昔は——そうですね——」ファーンリ卿はなにか思い出したように、「バロウズさん、あなたに訊きたいことがある。お会いになつた時の感じで、マリさんが正直な人でないような気がしましたか？　いや、こんなことは訊く必要がないですね、あの人は昔から正直な人だつた。でも、二十五年も会わないですからね。二十五年といえば長い。ぼくも変つた。あの人の判断に不正が入るような心配はないでしようね？」

「その心配はありません。それはいつかお話した通りです。なにしろそれは一番大切なことですからね、私もむろん初めから心得ていました。でも、私たちが取つた手段などをお考えになつたうえで、あなたもマリさんに他意ないことを、お信じになつたのです。そうでしたね？」＊

「そうです。」

＊新聞を読んだほどの人々は、ファーンリ家の悲劇の直後、この点が世間でかなりやかましく議論されたことを記憶されていることと思う。私もこのミステリーを解くために、いろいろ無駄な推測をしたので、その点をここで明瞭にしておいたほうがいいと思う。マリが公明正大であったことには疑惑の余地がない。真の相続者を決定するため、彼が携えてきた証拠は、詐りのないもので、それがのちに何より信頼すべきものとな

つたのである。――ディクスン・カー
「だのにどうして今になつて、そんなことをおつしやるんでしようか？」

ジョンは急に相手と同じ四角ばつた顔になつて、

「どうぞそんなに、ぼくを詐欺師かなんかのように、疑つているような目つきで、じろじろ見ないでください。口先でなんと云つても駄目です。心では疑つている。平和！　ぼくは平和を望んでいるが、それはどこを探したらあるのでしょう。ぼくがなぜマリのことを訊いたか理由を話しましよう。バロウズさん、あなたはマリの良心を疑つていないのに、どうして探偵を雇つて、あの人を見張らせているのです。」

バロウズは眼鏡のおくの目を、驚いたように大きくした。

「探偵なんか雇つて見張らせた覚えはありません。マリに限らず誰でも。」

「そんなら『ブル・エンド・ブチャー』に泊つているもひとりの男は誰です？　いつも妙なひとりごとを云つたり、いろんなことを訊いたりする、恐い顔の若い男ですよ。本を書くため地方の土俗や伝説を研究していると云つているが、土俗もないもんだ！　マリさんの跡をつけているんですよ。」

みんな目と目を見合わせた。

バロウズは思案顔になつて、

「なるほど、私もそんな話を聞きましたが、ことによるとウェルキンのまわしもの――」

「ウェルキン？」

「今度現れた男の弁護士ですよ。でも、たぶんあの若者は、この事件とは関係ないんでしよう。」

「どうですかね、」ジョンの瞼に血の気がさして、顔色が一層あさ黒くなつた。「あの探偵は他のことにも興味を持つているらしい。聞くところによると、殺されたヴィクトーリア・デイリのことを、根ほり葉ほり訊いたそうですよ。」

話題が意外の方向へ飛んだので、ペイジは親しみのあるものが遠のいたような気がした。年三万ポンドの遺産相続権を議論している最中に、あろうことか、ジョンは平凡なけがらわしい去年の夏の惨劇のことを考えているのだ。つみとがもないヴィクトーリア・デイリという三十五の老嬢は、自宅でカラー・ボタンや靴紐の行商人に絞め殺された。絞める時に使用した紐は珍しくも靴紐であつた。線路上で死んだ行商人のポケットには、かの女の財布がはいつていた。

夫人とペイジが黙つて顔を見合わせていると、不安げに下男ノールズがドアをあけて顔をだした。

「旦那さま、お客さままでございます。おひとりは弁護士ウェルキンさん、もうひとりのかたは――」

「もひとりは？」

「ジョン・ファーンリ卿と告げてくれと云われました。」

「そんなことを？　ふん、よし――」

夫人は立ちあがつたが、なんだか顎の筋肉が硬直しているような感じだつた。

「玄関へ行つて、ジョン・ファーンリ卿がこう云われたと云つておくれ、」夫人は下男にいつた。「そんな名前の名乗りかたをする人は、女中部屋で待つていておくれ、手がすいたら、ジョン・ファーンリ卿が会いに行くといつておくれ。」

「いやいや、奥さん！」と、法律家としてのバロウズは、板挾みになつてまごつきながら、「妙なことになりました――でも上手にやらないといけません――やりこめるのはどんなにやりこめてもいいですが、しかし――」

あさ黒いジョンの顔に、微笑のような影が漂つた。「よし、ノールズ。玄関へ行つてそう云え。」

「押しの強い男、」と夫人はあえいだ。

やがて玄関から、テニスの球が、思わぬ方向に飛んでいつた時のような顔で、下男が帰つてきた。

「お客さまはあまり早まつて本名を云つて、失礼しましたと云われました。この数年間、パトリック・ゴアと名のつていたと云われます。」

「よろしい。ゴアさんとウェルキンさんを、図書室へお通しもうしてくれ。」

3

彼らが図書室へ行くと、ゴアは椅子から立ちあがつた。石の縁のある長方形の窓には、こまかいガラスがたくさんはめこんであつて、そこから木の葉ごしに夕日がさしこんでいる。磨石の床の上の敷物は充分とは云えず、天井までとどく重々しい本棚は、なんだか地下室の壁にもうけた棚のような感じだつた。

床には数百の窓ガラスが、緑色の影を映して、それが椅子から立ちあがつたゴアの足元のあたりまでとどいていた。

あとで夫人が話すところによると、ドアをあけて図書室にはいつた時、なんだか鏡に映る良人の姿を見たようで、背骨がひやりとしたそうである。それで二人が似ているかというと、そんなに似てもいなかつた。

図書室に立つ男は、ジョンより大きくもなく、彼ほど細くもなかつた。黒い髪には白髪はまじつていないが、てつぺんのあたりがやや薄くなつていた。皮膚はあさ黒く、わりあいに皺がすくなくて、髭はきれいに剃つていた。かりに目のまわりや額のへんに小皺があつたとしても、それはこの男を意地わるくは見せず、いたずらつぽく見せるだけであつた。眉の尻がつりあがつて、濃い灰色の目をしたこの男の全体の表情に、どことなく気楽な、皮肉な、いたずら者らしい気分が漂つている。ジョンは古いトゥイードの服だつたが、この男のほうは気の利いた都会風の服を着ていた。

「ごめんください、」と彼がいつた。

ジョンの声が疳高いテナーであるに反して、この男の声は低いバリトンであつた。足が悪いわけではないが、歩きぶりにおかしいところがあつた。

「ごめんください、」と、彼がまたいたずらつぽい目で相手を見ながら、至極いんぎんにいつた。「少々さしでがましく自分の家へ帰つてきたかもしれません。でも帰つた理由は察して頂きたいのです。ええと——これが私の法律上の代理人ウェルキンさんです。」

テーブルの向うに坐つていた、目の飛び出た、肥つた男が立ちあがつた。だが一同はこの男にはあんまり目をくれなかつた。ゴアは一同を興味ふかげに見たばかりでなく、部屋の隅々の細かいところまで見廻していた。

「では、これから話を始めましよう。バロウズさんにはもうお会いになつたのでしよう。これがペイジさん、これが家内です。」ジョンがいつた。

「バロウズさんには会いました。」ゴアはまともにモリーを見ながら、「これがあなたの奥さんですか。でも、私はこのかたをどう呼んだらいいのでしょう。ファーンリ夫人とも云えないし、髪にリボンを着けていられた頃のように、モリーとも云えないし——」

ジョン夫妻は無言だつた。夫人は落着いてはいたが、顔を赤らめて、目のあたりを引きつらせた。ゴアは言葉をつづけて、

「変てこな気持のわるい今度の出来事で、あなたは割りの好い役をおつとめですな。お礼を云わなくちやなりません。」

「いや、私の役の割りの悪いことは、あなたにも分つているはずです。私はあなたを門前払いするつもりだつたのですが、弁護士が反対するので仕方がなかつたのです。まあ、そんなことはどうでもいいとして、あなたの云い分を聞きましようか。」

ウェルキン氏が軽く咳払いして、

「私の依頼人ジョン・ファーンリ卿が——」といいかけると、

「待つてください、」とバロウズが、これも物軟らかにさえぎつた。いよいよ本腰に話が法律上のことに移ると、法律の腕がシャツの袖をまくり、法律の斧が微かに唸りを立てはじめたように、ペイジには思われた。「便宜上あなたの依頼人を、ほかの名で呼んで頂きたいのですが——パトリック・ゴアとかおつしやいましたね？」

「それでは、私はこの人のことを、ただ依頼人とだけ呼ぶことにしましよう。それでご異存ありませんか？」

「ありません。」

「有難う。ここに、」とウェルキンは鞄をあけて、「私の依頼人の書類を持つて参りました。堂々とやりたいと云われますのでね。私の依頼人は、こちらのかたが爵位や財産を相続する理由はないと云われますが、それと同時に、こんな不幸が起つた原因はよく分るし、かつまた、そのかたの処置が宜しきをえたため、まだこの家の名誉がけがされるようなこともなかつた。ですから、もしそのかたが面倒なことをおつしやらず、すぐ身をお引きになれば、こちらも事件を法廷に持ち出すようなことはしない。それどころか私の依頼人は、そのかたにたいして、経済援助ですな、つまり千ポンドの年金を終身おくると云つています。それからいまのご夫人は、大金

を相続されたそうですから、このかたの経済的な心配は、なにもないと思います。もつとも夫人が、その根本に詐欺のある結婚は無価値だとおつしやるなら——」

またジョンの目もとに血の気がのぼつた。

「なんという失敬な——」

云いかけたが、そばからバロウズがそつとたしなめた。

「ウェルキンさん、」とバロウズがいつた。「私たちがここに集つたのは、あなたの依頼人が果して正当な権利を持つているかどうかを確かめるためなのです。まずそれを確かめないうちは、ほかの話をするわけにゆきません。」

「よろしい。」ウェルキンは肩をすくめて、「私の依頼人はなるべく不愉快なことを抜きにしたかつたのです。もうすぐマリさんがここへおいでになります。あの人がおいでになると万事解決します。もしあくまで現在の位置に固執なさるなら、その結果は——」

「もう沢山！　そんなつまらんお喋りは止したらいかがです、」またジョンがいつた。

なにかおかしなことに気づいたように、ゴアはにやにや笑つて、「どうです？　この人は一夜づけながら紳士になりきつているんだから、『止したらどうだい、』なんて下品なことは云わんです。」

「たくはあなたのように、そんな安つぽい皮肉なんか云いませんの。」夫人がいつた。

ゴアがこんどは顔を赤らめた。そして言葉の調子をかえて、「こりゃ失礼しました。悪いことを云いまして。しかし覚えていて頂きたいのです。私は下品な社会ばかり経めぐつてきたので、上品なことはあまり知らないんです。いかがです、これから私の身上話をはじめましようか？」

「どうぞ」ジョンは二人の弁護士を振りむいて、「これは個人的の話ですから、黙つてきいていてください。」

みんながテーブルをかこんで、椅子に腰かけた。ゴアは大きな窓を背にして坐つた。しばらく彼は肘《ひじ》をついて、頭のてつぺんの、黒い髪の薄くなりかけたところをなでて考えていた。目もとの皺に嘲笑が浮かんでいるようにみえる。

「私はジョン・ファーンリなのです、」と、彼は至極無造作に真顔でいつた。「これから自分の論拠をのべますから、途中で法律上の言葉尻を捕えて、邪魔をしないで聞いてもらいたいのです。嘘をつこうと思えば、私はこの際ダッタン人の王様だとでも云えるわけですが、本当はジョン・ファーンリに違いないのです。これから身上話をはじめましょう。

「私は子供の時やくざ者だつた。といつていま立派な人間という意味じやない。いまでも父ダドリが生きていたら、始終喧嘩ばかりしているかもしれません。私の欠点は人と仲よく妥協することができなかつたことで、私は兄弟のうちで弟だと云われると、それが癪にさわつて喧嘩をし、嫌な学課を押しつけられて、家庭教師と喧嘩をしたこともあります。

「まあ、そんな話はどうでもよいとして、私がどうして家を出たかという理由はご存知でしよう。で家庭教師マリといつしよにタイタニックに乗つたのですが、私は最初からなるべく三等船客といつしよにいるようにした。三等船客が好きだつたというわけじやない。ただ一等船客が嫌だつたのです。これはなにも自分を弁護しているんじやない。自分の行動を心理的に説明しているんです。それはお分りになると思うのです。

「その三等客のなかに、一人でアメリカへ渡る、私ぐらいの年輩の少年がいたのですが、私はこの少年に興味をもつた。この少年の父は英国紳士だつたそうですが、一生会わずじまい。母は酒のみのルーマニアの女で、英国を巡業するサーカスの蛇使いでした。けれども本物の蛇と、模造の蛇とが、うまく混合しなかつたとかで、かの女はサーカスの炊事係のような仕事を手伝うようになつたそうです。サーカスにいては子供が足手まといです。それで昔かの女を可愛がつていた男が、アメリカのサーカスでかなりにやつているので、そこへ子供を送ることになつた。

「その少年は、アメリカへ行つたら、自転車の綱渡りを稽古するのだと云つていましたが、私はそれが羨ましかつた。羨ましくてたまらなかつた。でも、そんなことを羨む私を、非難しうる人があるでしようか?」

ゴアは坐つたまま体をちよつと動かし、皮肉な、けれど得意げな目つきで、一同を見まわした。誰も身動きしなかつた。ウェルキンが穏やかになにか云おうとしたが、素早くほかの者の顔を見て口をとじてしまつた。ゴアは自分の指の爪を眺めながら続けた。

「おかしな話ですが、私がその少年を羨んだと同様に、向うも私を羨んだ。少年の名はちよつと発音しにくいむつかしい名でしたが、自分では発音しやすいパトリック・ゴアという名に勝手に変えていた。そしてサーカスを嫌がつていました。落着きなく始終動きまわる騒がしい生活が嫌だつたのです。夜おそくまでかかつて打込んだ杭を、朝になつて抜くのも嫌なら、食事配給所で他の者に押しのけられるのも嫌だつた。どうしてサーカスのようなところに、あんな子が出来たのか知らないが、内気で、むつつりやで、割合礼儀作法を心得ていた。私はこの少年と初めて会つた時大喧嘩をして、三等船客がよつてたかつて二人を取り鎮めたほどでしたが、あとで私は、ナイフを持つて行つてやろうかと思うほど腹が立つた。その少年はただちよつと会釈して向うへ行つてしまいました。いまでもその顔は覚えている。その少年があなたなのです。」

そう云つてゴアはジョンを見た。

ジョンは額をなでながら、

「そんなはずはない。私は信じない。夢のような話だ。あなたは本気でそんな——。」

「本気です、」きつぱりとしたゴアの声だつた。「私たちはお互に名前を交換することが出来たら、どんなに仕合せだろうと思つた。むろんその当時は、交換すれば面白いというだけで、目的があつたわけじやなかつた。その時、あなたは私を殺しても私になりたいと思うほどだつたのに、そんなことが出来るかしらなどと云つていた。私のほうじや、口で云うだけで、それほど本気ではなかつたのに、あなたは本気だつた。私は自分に関するいろいろのことを話したうえで、『もし伯母に会つたらこう云え、いとこに会つたらこう云え、』と云つて、今から思い出すのも嫌なような、詰らんことを君に教えた。君には当時因業な性質があつたが、今でも恐らくそうなんでしよう。それからまたぼくは日記も君に見せた。ぼくは心を打明けうる友がなかつたので、日記をつけていたのです。いまでもぼくは日記を一冊持つている。」いたずららしい目つきでジョンを見ながら、「ぼくを覚えていますか、パトリック君？　タイタニックが沈んだ時のことを覚えていますか?」

沈黙があつた。

ジョンの顔には怒りの表情はなくて、当惑が現れているだけであつた。

「気が違つているんですよ君は、」と彼がいつた。

「氷山と衝突した時、ぼくがなにをしていたか、詳しく話してみましようか、」ゴアは考えながら続けた。「あの時マリは喫煙室でブリッジをしていたので、船室に残つているのはぼく一人でした。酒場に行つてもぼくには酒を売つてくれない。ところがマリの脱ぎすてた服のポケットには、ブランディーの瓶が入つている。ぼくはそいつを失敬していたのです。

「氷山に衝突した時には気がつかなかつた。恐らく誰も気がつかなかつたのでしよう。ただテーブルの上のグラスから、カクテイルが少しばかりこぼれるぐらいの震動でした。それから機関の音が止つてしまつた。不思議に思つて廊下に顔を出すと、なんだか人の騒ぐ気配がして、一人の女が青い羽根布団をかぶつて、悲鳴をあげながら、廊下を走つていつた。」

ゴアは初めて話の途中でためらつた。


「面白くもない古い悲劇の話はこれだけにしときましよう。」

両手の指を握つたり開いたりしながら、「ただ一口云つときますが、これは悪いことなんですが、ぼくはその騒ぎをむしろ面白く思つた。面白い一方で、怖いとはちつとも思わなかつた。とにかく単調な生活を破るにたる異常な出来事です。ぼくはこんな事が起るのを、平常から待つていたと云つてもいい。そしてその嬉しい興奮の最中、ぼくはパトリック・ゴアと名前を変えることに決めてしまつた。先方では前々から考えていたのかもしれないが、ぼくのほうで決心したのはその瞬間だつたのです。ぼくがゴア――君に出合つたのはBデッキだつた。その時君は自分の持物を全部バスケットのなかに入れて持つていた。そして君は落着きはらつた声で、もうどうせ船は沈む、すぐ沈む、だから、たとえ一方が死ぬにしても、名前を代えるなら今がいいと云つた。マリがいるじやないかとぼくが云うと、君は嘘をついて、マリは波にさらわれて死んだと云つた。それで二人は服や指輪やその他の持物全部を交換した。ぼくは日記まで君に渡してしまつた。その時のぼくはサーカスで成功したいと思うだけだつたのです。」

ジョンは黙つていた。

「服を着かえると、君は見違えるような少年になつた。」ゴアは声の調子を変えないで続けた。「そしてじつと立つたまま、ぼくがボートのほうへ行くのを待つていた。ぼくがボートのほうへ行こうと思つて君に背をむけると、君は給仕のところから盗んで持つていた木槌を出して、ぼくの後頭を三度続けさまになぐつた。」

ジョンはまだなにも云わなかつた。夫人は椅子から立ちあがつたが、ジョンが目くばせしたのでまた坐つた。

「なにもぼくは、こんなことで君を責めるために来たのじやない、」テーブルの上の塵を指で払いながら、「二十五年という年月は長いです。あの時子供だつた君も、ずいぶん変つたでしよう。あの頃ぼくは不良のように思われていた。だから君もぼくを軽蔑し、また名前を代えたのを当然のことのように考えたかもしれない。君はなにも心配することはなかつた。ぼくが君の代役をしたのだから。でも、あのころぼくが一家の厄介者だつたことは事実だろうが、心の底からの馬鹿者じやなかつた。

「そのごのことは、君にも大抵想像がつくでしよう。ぼくは運よく発見されて、弱つてはいたが、波に浮んでいる最後のボートに救い上げられた。生存者の名は当分不明だつたし、アメリカという国は大きい国でした。ぼくの存在なぞに誰も気づかなかつた。ジョン・ファーンリもパトリック・ゴアも行方不明と発表されました。だから君がぼくを死んだと思つたように、ぼくも君を死んだと思つていた。そして君をまだ一度も見たことのないサーカスの座主ボリス・イェルドリッチに会つて、君の持物を示し、君の名を語つて、ぼくが君であるように思つてもらつた時には、すつかり安心したのです。

「もしパトリック・ゴアとしての生活が面白くなかつたら自分はいつでも元のジョンに帰ろう、自分が奇蹟的に死からよみがえつたとなると、家でも大切にしてくれるだろう。そう考えると、それがなんだか最後の切札を隠しているようで、夜もおちおち眠られぬほど嬉しいのでした、」

夫人はさも興味ふかげに、「で、あなたはサーカスの自転車乗りにおなりでしたの？」

ゴアはいたずら好きの子供のように小頸をかしげ、黒っぽい灰色の目を悦びに輝かせた。片手をあげてまた頭のてっぺんの禿げかけたところをなでた。

「いやいや、最初ちよつとサーカスで、そんなセンセイショナルなことをやつて成功しましたが、ぼくはほかの方面に進んだのです。それがなんであるかは、当分お預かりにしときましよう。それを面白い秘密として、身上話はこれくらいで切りあげることにしましよう。

「ぼくはいつかはこの村へ帰つて、一家の嫌われ者が墓から生き出たことを知らせて、みんなをびつくりさせてやりたかつた。というのはぼくが成功していたからなんです。ぼくが成功しているのを見たら兄のダドリも恥じるにちがいない。けれどもぼくは容易に家へは帰らなかつた。イギリスへ来ても、家へは帰らなかつた。それはよもや『ジョン・ファーンリ』を名乗るゴアが、生きていようとは思わなかつたからです。コロラドでぴんぴんしていようとは思わなかつたからです。

「ですから、半年ほどまえ、偶然絵入新聞を取りあげて、ジョン・ファーンリ卿とその夫人の写真を見た時のぼくの驚きは、容易に想像できるでしよう。それには兄ダドリが八目鰻の中毒で死んだので、その弟が家督を相続したと書いてある。ぼくは初めは新聞が遠縁の者を弟と間違えたのかと思つた。だが調べてみると新聞に間違いはなかつた。けれどもよく考えてみると、相続者はぼくに違いない。このぼくはまだ若く、まだ元気で、君にたいしても、何の復讐心も持つていないのです。記憶は薄れやすいものです。あの頃から時代がかわつた。船の上で木槌でぼくを撲つた少年は、そのご成長して立派な男となり、ぼくのほうでも、そのごいろいろの出来事があつた。木というものは、遠方から見ると、どれもこれも同じに見えるものです。ぼくの物の見方も変つてきた。自分の家に帰りながら、なんだか落着きのない妙な気持です。これからぼくが村のクリケットクラブやボーイスカウトの立派なペトロンに成れるかどうか、すこぶる怪しいものです。でも、ぼくはごらんの通り、人前で喋ることは好きなほうですからどうにかこうにか遣つて行けるのじやないかと思うのです。パトリック・ゴア君、ぼくの要求は大体お分りでしよう。こちらの態度は非常に寛大なのです。法廷へ出れば、君は化の皮を剝がれるにきまつている。ところで、皆さん、ぼくはこれから皆さんのどんなご質問にも応じることにしましょう。ぼくのほうでも、二三ゴア君に試験的な質問してみたいことがある。」

しだいに薄暗くなつてゆく部屋に沈黙がつづいた。人を説服する魅力が彼の声にあつた。一同の視線がジョンにそそがれていた。ジョンは握つた片手をテーブルに当てて立ち、黒つぽい顔に安堵と云つていいような色を浮かべて、好奇心のまじつた目でゴアを見ていた。そして片方の手で、短い口髭をなでながら、口のあたりに微笑をうかべた。

その微笑を見た夫人は長い溜息をして、

「あなた、なにか云いたいことがあつて？」

「うん、なにが目的であんなことを喋るのか、ちつとも分らんよ。いまの話は始めから終いまで出鱈目だ。」

「戦うつもりですか？」興味ふかげにゴアがきいた。

「むろん戦います。というより、君のほうで戦わずにいられなくなつてくるでしょう。」

弁護士ウェルキンがなにか云いたげに咳払いしたが、ゴアがそれをなだめた。

「いや、君は黙つていてください。とかく法律家というものは、『然るに』だとか、『細心の注意をして発言しろ』だとか、むつかしいことを云いたがるものですが、いまは個人的のこぜりあいをやつているのです。しかもぼくはこんなのが面白いのです。ところで二三の質問をさしてもらいましょうか。ちよつと下男を呼んでくれませんか。」

ジョンは眉をひそめて、「だつて、ノールズは――」

「いいじやございませんか。お呼びなさいよ、」と夫人が優しく口をだした。

ジョンは夫人の顔を見た。もしユーモアという言葉がありとすれば、この瞬間の彼の顔の表情がそれであろう。彼はベルを押して下男を呼んだ。まもなく相変らずおどおどしたノールズがはいつてきた。

ゴアはじろじろ彼を見ながら、

「ここへ来た時、すぐぼくはお前が分つたよ。お父さんの時代からここにいたんだろう？」

「は？」

「ダドリ・ファーンリ卿の時代から、お前はここにいたのだろう？」

ジョンは嘲笑するような顔をした。

ジョンの弁護士バロウズは、「そんなことをお訊ねになっても、あなたのほうが有利にはなりません。あの頃の下男はステンスンという男でしたが、あれはもう死んでしまいました。」

「そうです。それは知ってます。」とゴアは尻目で彼を見、それから下男に視線をむけて、ゆっくり両脚を組んで椅子の背にもたれかかり、「お前の名はノールズで、父の時代にはお前はフレットンデンのマーディル大佐の下男をしていた。そして大佐には内証で兎を二匹飼っていた。その兎小屋は林檎畑のそばの馬車小屋の隅っこにあった。一匹のほうの兎はビリという名。」顔を起して、「旦那にもう一匹の兎の名をきいてごらん。」

すこしばかり下男が顔を赤くした。

「きいてごらん。」

「馬鹿らしい！」と呟いて、ジョンは椅子にもたれかかった。

「え？　君は知らないんですか？」ゴアがきいた。

「そんな質問には答えたくないのです。」六人の視線の重圧を感じながら、ジョンはしどろもどろの調子で、「二十五年もたって、誰が兎の名なんか覚えているものですか？　よろしい。待ってください。なんだか駄洒落のような名だったな。ええと、ビリとウ――いや、そうじゃない。ビリとシリ、そうだろう？　ちがうかな？」

「そうでございます、旦那様。」ノールズは嬉しげだった。

ゴアはびくともしなかった。

「よろしい。では次の質問。ある夏の晩――ぼくがまだここにいた時のことだよ――お前はその林檎畑を通って、近くへ使いに行っていた。その時お前は林檎畑でぼくが十二三の女の子といっしょに立っているのを見つけてびっくりした。旦那にその女の子の名をきいてみたまえ。」

ジョンはにがりきった顔になって、

「そんなことは覚えていない。」

「なるほど、女をかばつているように、人にみてもらいたいとみえますな。だがその必要はない。古い話だから、女の名を喋つても、決して名誉を傷つける結果とはならない。ノールズ、果樹園でどんなことがあつたか知つているか？」

「はい、私は——」困り切つていた。

「お前は知つているだろうが、多分ぼくが日記に書き込まなかつたので、この紳士はご存知ないとみえる。女の子の名は？」

「ミス・マデライン・ディン、」とジョンが苦もなく答えた。

「ディンが——」夫人は口ごもつた。

この日初めてゴアはひるんだ色をみせた。素早く一同を見まわしながら、しきりになにか考えている様子だつた。

「じや、アメリカで君は、あの女からの手紙を受け取つたのでしよう。立入つた質問だつたのならごめんなさいよ。深いところにふれないと、話が分りませんからな。もし迷惑な質問だつたらごめんなさい。あの女もこの土地にもう住んでいないとは思いますが。」

ジョンは不意に罵つた。「なんだ！　もう沢山だ。これ以上辛抱できない。帰つてくれたまえ！」

「いや、化けの皮を剝がすまで、帰ることは出来ない。贋者であることは、君自身が知つているはずだ。それにここで二人はケニト・マリが来るのを待つ約束ですからね。」

ジョンはしいて平静を装おいながら、

「マリに来てもらつて何になるのです？　こんな両方とも答えを知つているような、馬鹿げた質問をくりかえして何になるのです？　然し質問に答えられないのは君だ。なぜというに君こそ贋者だからです。ぼくのほうだつて、君のような馬鹿げた質問なら、いくらでも出せる。君が本物だということを、いつたいどうして証明できるのです？　まだ証明できるように思つているのですか？」

「動かすことの出来ぬ指紋で証明できます。」

椅子にもたれてゴアは得意げにいつた。

4

この指紋という言葉を、彼は今までひたがくしに隠して、前々から勝利の快感にひたりながら、時期が来るのを待つていたものらしかつた。ところがその切札を出さねばならぬ時期が案外早く来て、しかもそれが予期したほどの劇的な効果をそうさなかつたので、彼はいささか失望のていであつた。だがほかの者は劇的であろうがなかろうが、そんなことはこの際、問題にしていないのであつた。

ペイジは弁護士バロウズが心配げに息を吸いこむのを聞いた。と思うと、バロウズは決然と立ちあがつて、

「私はそんな話は聞いていません。」

「でも大抵予想なさつたでしよう？」とゴアの弁護士ウェルキンが微笑した。

「私はなにも予想しないことにしているのです。繰返して云いますが、私はそんなことは聞いていません。指紋の問題が出るというようなことは通知を受けていません、」バロウズはいつた。

「それは私だつて聞いていない。マリさんはなにもおつしやらないのです。」ウェルキンは穏かに、「しかしそんなことをあなたのほうに通知する義務があるでしようか？　もしこちらのかたが真のジョン・ファーンリ卿であるなら、一九一〇年か一九一一年の少年時代に、家庭教師マリが指紋をとつたのを覚えているはずですけれど。」

「でも、やはり——」

「バロウズさん、あなたはそんなこと、ご存知ないのですか？　このうちの現在のご主人は、どんなご意見でしよう？」

ジョンは堅い殻をかぶつたように無表情だつた。当惑すると彼はいつもそうするのだが、いらいらと小刻みに部屋のなかを歩きながら、ポケットから金環に沢山の鍵をはめたのを取り出して、それを指にはめて風車のようにくるくると廻した。

「ファーンリさん！」

「え？」

「いま先方の弁護士が云われたようなことを覚えていらつしやいますか？　ほんとに家庭教師が指紋を取つたのですか？」バロウズがきいた。

「ああ、あれですか」と、ジョンはさりげない調子で、「あれなら覚えています。今まで忘れていたんだがさつきモリー

やあなたと話している時思い出しましたよ。多分あのことでしよう。あれが残つていれば話がしやすい。そう、マリは確かにぼくの指紋をとりましたよ。」

　ゴアはジョンのほうに顔をむけたが、その顔には驚きとともに、急にきざした疑惑のようなものが現れていた。

「しかし思い出しただけじやつまらない。では君は指紋検査に同意しますか？」

「同意？」ジョンは苦笑して、「まあ運が好かつた。君は贋者です。自分でもそれは分るでしよう。いまはつきり思い出したが、確かに指紋を取つたことがある。あの指紋が万事を解決してくれる。そしたら君の負けです。」

　二人の競争者は顔と顔を見合わせた。

はかりのどちらが重いだろうと見比べるような目つきで、ペイジはしばらく二人を見まもつた。友情や偏見を抜きにしてどちらが本物だろう。情況は簡単であつた。もしパトリック・ゴア——と名乗る男——が贋者なら、彼は厚かましく他人の家へ侵入する冷酷無比の男で、また、もしいまのこの家の主人が贋者なら、無邪気純真な仮面をかぶつた怖るべき男、殺人でも犯しかねない男である。

　沈黙がつづいた。

「でも、君の面の皮の厚いのには感心しましたよ。」ゴアは新しい興味を持つたように、「これはなにも君に逆つて、嘲弄したり、喧嘩をかうために云うのじやない。ぼくは実際心から、カサノーヴァでさえ顔負けするような厚い面の皮に敬服するのです。君が指紋のことを知らないのは無理はない。あれは日記をつけだしたより前の出来事だから。然し君が忘れたというのは——忘れたというのは——」

「どうしたんです」

「ジョン・ファーンリは指紋のことを忘れるはずはない。ぼくはジョン・ファーンリだからよく覚えている。だからあの家庭教師がぼくに世界の誰よりも強い勢力を持つていたのです。マリは足跡や変装や死体処理のことを研究したが、なかでも指紋の研究は、当時大流行だつたのです。」一同を見まわし声を一段とあげて、「指紋は一八五〇年ウィリアム・ハーシェル卿が発見し、それから三十年ほどたつてフォールズ博士が再発見したのです。けれどもイギリスの法廷は一九〇五年までそれを鑑識上の証拠とみとめず、みとめてからもまだ疑問視する有様でした。それが確実な証拠とみとめられるまでには長い年月の論争がつづいた。しかし、君はマリに識別をたのみながら、マリが指紋をとつたことを忘れていたのですか。どうも腑に落ちぬ話ですな。」

「べらべらよく喋る！」ジョンはまた怒つた顔になつていた。「喋るのは当り前ですよ。君は指紋のことは忘れていたが、いま思い出したのですか？　ではききますが、いつ、どうして指紋を取りました？」

「どうしてとは？」

「何に指紋を写したのです？」

ジョンはちよつと考えて、

「ガラス、」と答えた。

「ちがう。指紋帳です。当時は玩具のようなあの手帳が大流行だつた。小さい灰色の手帳ですよ。マリはそれに父や母やその他の人の指紋を、全部集めて悦んでいたのです。」

「ああ、あれか、あれなら覚えている――そこの窓際に坐つて、マリと一緒に見たことがある――」

「いまになつて思い出しましたか？」

「いつたいぼくを何だと思つているんです？　舞台の上で見物人の質問を次から次へと受けながら、大憲章の条文を即座に答えたり、一八二二年のダービー競馬で二等をとつた馬の名を答えたりする人間のように思つているんですか？　君はぼくをそんな神様のような男と考えているらしい。しかし年がたてば、誰だつて詰らぬことは忘れる。年がたてば人間も変つてくる。」

「しかし人間の性質の根本はそんなに変るもんじやない。ぼくはそのことを云うんですよ。生れた時の性質が、大きくなつてすつかり変るというようなことは、滅多にありません。」

ウェルキンは山のように黙りこくつて椅子にもたれ、とび出た青い目を輝かしながら、さも面白そうに二人の論争に耳を傾けていたが、この時片手をあげて、

「お二人とも、そんな云い合いをなさるのは――ええと――失礼かもしれませんが、私はどうも適当でないように思います。この問題はどうせもうすぐ解決するのですから――」

「しかし」とバロウズが横槍を入れた。「こちらは指紋のこ

とは通知を受けていないのですから、私はジョン・ファーリン卿を代表して――」

「バロウズさん、」とゴアがいつた。「あなたは指紋のことも予想のうちに入れていたに違いない。それを予想したうえで今日の会合に同意したのでしよう。あなたは、この家の主人が贋者ときまろうが、本物ときまろうが、どつちになつても自分の顔が立つように、立ち廻ろうとしていらつしやる。こつちの味方になつたほうがいいんですよ。」

ジョンは立ちどまつて、鍵の輪を宙にほうりなげ、それを掌で受け止めて、長い指で握りしめて、「そうなんですか?」と、バロウズにきいた。

「そうだつたら、私は他の方法をとりますよ、ファーンリさん。またそれと同時に、私は義務として――」

「よろしい。ぼくはただみんなの立場を考えてみたかつただけです。多くは云いたくない。愉快な記憶や不快な記憶、そんなのを思い出すと眠られないこともある。とにかく指紋を調べてみることだ。問題はマリがどうしているかということ。どうして来ないのかしら?」

ゴアは意地わるげに眉をひそめた。悪魔のような悦びを感じているらしい。

「型通りにことが運ぶなら、」と彼はゆつくりと云う。「マリは今頃は惨殺されて、庭の池にほうり投げられているはずです。あの池は今でもあすこにあるのですか? だが、実際においては、彼は今ここに来つつあるのです。それにぼくは暗示を人にあたえたくない。」

「暗示?」ジョンがきいた。

「そうです。君の古い手。素早くやつつけて後で楽をする。」

彼のこの言葉に一同は寒々としたものを感じた。ジョンは怒つたような唸声をだして、片手をあげかけたが、すぐ思いなおして手をおろした。ゴアはジョンの最も痛い急所を、たくみに突いたようにみえた。

ジョンは長い頸を一層長くして、

「そんな無茶なことを考える人間があるでしようかね? 皆さんどうです?」

「だれがそんな馬鹿げたことをするもんですか! うつかり向うの手にのつて興奮しないでください。」夫人がいつた。

ゴアは面白そうに視線を夫人に移した。

「奥さん、あなたも?」

「わたしもどうしたんです?」と訊き返したが、言葉の不充分なことに気がついて、「なんのことです?」

「ご主人をジョン・ファーンリと思つていらつしやいますか?」

「ええ。」

「どうして?」

「女の直感とでももうしましようか。」夫人は落着いていた。「直感というのが悪ければ、なにかこう、本能というようなものがありまして、それで判断すると大抵間違いがないのです。久しぶりに主人と会つた時、すぐに分りましたの。むろん、わたしだつて、人の話は聞くつもりですけれど、筋道の通つた話でございませんとね。」

「失礼ですがご主人を愛していらつしやいますか?」

茶色の頬を少しばかり赤くしたけれど、かの女は落着きは失わなかつた。

「ええ、まあ、わたし、主人が大好きとでも申しましようか。」

「よろしい、よろしい。あなたはご主人が好き、恐らくこれからも好きでしよう。今まで仲が好かつたように、これからも仲が好いでしよう。けれどもあなたはご主人を心から愛したこともなければ、恋愛を感じたこともなかつた。なぜというにあなたは昔ぼくを愛したからです。すなわち、あなたは子供の時からのぼくの影、贋者にまつわる影を愛しているにすぎないのですよ——」

「皆さん、皆さん、」と、混乱した宴会の主人役のような顔で、ウェルキンがやや慌て気味に叫んだ。

ペイジも彼らをなだめるため、おどけた調子で、「どうやら話が精神分析のようなことになつてしまつた。バロウズ君、この話がまとまりのないことになつちや、仕様がないじやないか?」

「へんなことになつた。問題の中心から少々脱線したようだ。」冷やかにバロウズがいつた。

「脱線じやないのです。」ゴアは相手の気を軟らげるような口調で、「もしぼくが、誰かの気を損じるようなことを云つたのでしたらご免ください。あなたがただつて、サーカスの生活を経験してごらんなさい。少々荒つぽいことを云われたつて平気になりますよ。しかしあなたの意見をききたい。」ペイジにむかつて、「ぼくがいまこの奥さんに云つたことは不合理でしようか？　あなた不合理だと思いますか？　子供時代のぼくを愛するためには、この奥さんの年齢がもつと進んでいなければならん、すくなくもマデライン・デインぐらいの年齢でなければならんと思いますか？　そのてんを不合理だと思いますか？」

夫人は笑つた。

「いや、」とペイジがいつた。「私は不合理だとも合理的だとも思わんです。私はただあなたの職業はなんだろうと、さつきから不思議に思つているだけなんです。」

「ぼくの職業ですか？」

「最初サーカスで成功したと云われただけで、あなたはまだ職業をはつきりおつしやらない。だから私の想像では、あなたは(一)占師か、(二)精神分析家か、(三)記憶術の達人か、(四)手品師か――あるいはこれらを一緒にしたものじやないかと思うんです。あなたはそんなもの一切の特徴を持つているうえに、そのほかのものも持つていられて、ちよつとメフィストフェレスといつた感じですな。とにかく、この土地にはそぐわぬ、物事を掻き乱す人で、そばで見ていると心配になつてくるのです。」

ゴアは満足げに、「そうですかねえ？　しかしあなたがたは、少し掻き廻されたほうが身のためなのですよ。ぼくの職業は、仰せのごとく、それら一切の特徴を持つているかも知れませんが、一番確実なことは、ぼくがジョン・ファーンリであるということなんです。」

ドアが開いて下男ノールズが姿を見せた。

「ケニト・マリさんがお見えになりました。」

誰もなにも云わなかつた。沈みかけた夕日が、木の葉ごしに長い窓からさしこんで、広い部屋を照らしたのも束の間、やがてそれが薄れてゆくと、人の顔がほのかに見えるたそがれとなつた。

その真夏の薄暗がりのなかで、マリはいろいろの昔の思い出をたぐつたことであろう。背が高くて、痩せてひよろりとしたマリは、人並すぐれた智能を持ちながら、どんな方面にもさしたる成功をしたことのない男であつた。まだ五十に手がとどくかとどかないの年齢でありながら、綺麗に短く刈りこんだ口髭や顋鬚には、はやすでに白いものが混っている。老けていると云つたバロウズの言葉は本当であつた。のんきで朗らかだつた昔の青年は。いま痩せて気むずかしげな男になつていた。だが、ゆるゆると図書室にはいる彼の顔つきには、昔の好人物らしい面影もたぶんに残つて、熱い太陽の下で暮した人にありがちの、眩しげな目をしていた。

ふと彼は部屋の途中に立ちどまると、こまかい細字に向つた時のように眉をひそめた。その瞬間、相続権を争う二人の競争者のうちの一人の胸に、古い日の古い記憶と、死んだ人にたいする苦々しい思い出がよみがえつた。マリは昔の通りで、すこしも年取つているように思われなかつた。

立ちどまつたマリは、目の前の人々を順番に眺めた。それから眉をひそめて、おかしな顔をした——永遠の家庭教師——それからむつかしい顔になつた。

それからジョンとゴアの中間に目をすえて、

「やあ、ジョンさん！」といつた。

5

はじめの一二秒のあいだ、二人の競争者は口もきかねば、身動きもしなかつた。お互にどんな態度をとるか、相手を観察しているらしかつた。つぎに二人は別々の態度をとつた。ファーンリはちよつと肩のあたりを動かし、理屈つぽい態度はすこしも示さず、やや固苦しくはあつたが、それでも微笑してうなずいた。マリの声には教師らしい威厳があつた。だが、ゴアは初めためらいはしたが、無遠慮に愛想よく、

「今晩は、マリさん！」といつた。

旧師にたいする生徒の態度を知るペイジは、はかりの重みがジョンに傾いたと思つた。

マリはあたりを見まわしながら、

「どなたか——ええと——私を紹介して頂きたいのですが、」と気持の好い声でいつた。

ぼんやりしていたジョンが、我れに帰つて彼を紹介した。

マリはウェルキンよりずつと若いのだけれど、一座の最も年寄らしい貫録があるのを、みんなが黙々のうちにみとめた。また実際彼には、どことなく年寄らしい落着きや、それから生々とした、確信にみちた、それでいて気迷つているようなところがみえた。彼は窓を背にしてテーブルの主座に坐ると、ゆつくり梟みたいな読書用のべつこうの眼鏡を出してかけ、また一同を順々にみた。

「奥さんやバロウズさんのお顔は忘れましたが、ウェルキンさんにはちよつと会いましたね。こんど長い休暇をとつて帰れるようになつたのは、ウェルキンさんが骨を折つてくださつたからです。」

得意になつたウェルキンは、話題を中心問題に導いていくのは、自分の役目であると考えた。

「そうでしたね。ところで、マリさん、私の依頼人は——」

「ちよつと！　先代のダドリ卿じやないが、私は一息ついたあとで話をさせて頂きたいのです。」じつさい息がはずんでいたとみえて、何度も大息をしたあとで、部屋を見まわし、二人の競争者をみて、「厄介なことになりましたね。まだ世間には漏れずにいるんでしよう？」

「まだです。あなたも秘密を守つてくださいましたでしようね？」バロウズがきいた。

マリは暗い顔になつた。

「ごめんください、ある人に話してしまつたのですが、でも、その人の名を云つたら、なるほど、と勘弁してくださると思うのです。それは有名な探偵だから、皆さんもご承知と思いますが、やはり私と同じように学校教師をしていた、ギディオン・フェル博士なんです。ロンドンの街を歩いていて、ひよつこりこの人に出合つたんですよ。ですから——えええと——まあ、念のためお断りしておくのですが、」言葉はしごく穏かだが、眩しげな灰色の目を異様に光らせて、「まもなく、このフェルという人が、この地方にやつて来ると思うのです。それから、私といつしよに『ブル・エンド・ブチャー』に泊つている人を、ご存知じやないでしようか、こうるさく物事を調べる人なんですが？」

「あれは私立探偵でしよう？」と、ジョンが鋭くきいたので、ゴアはびつくりした顔になつた。

「そんなに見えますか？　あれはロンドン警視庁の刑事なんですが、フェルさんのご意見で、刑事が人目につかぬようにするには、私立探偵の真似をするのが一番よいというので、それであんな私立探偵のふうをしているのです。」マリは得意げだつたが、目は抜目なく動かしていた。「あれは土地の警察のさしがねで、警視庁が去年夏のミス・ヴィクトーリア・デイリの死にまつわる秘密を、探索しているのです。」

一同が固唾をのんだ。

バロウズは腑に落ちないような顔をして、

「だつて、あの女を殺した行商人は、逃げる途中で自殺したのでしよう？」

「多分そうだとは思いますがね、でもフェルさんにこの家の事件を話したら、警視庁であの事件も調べているとその時云いました。あの人も興味を持つているようです。」マリはくすんだ艶のない大きい声になつて、「ところで、ジョンさん――」部屋の空気でさえ聞耳を立てているように思われた。ゴアはうなずいた。ジョンもうなずいた。ペイジはジョンの額に汗が光つているのを見た。

「そんな話はどうでもいいじやありませんか」とジョンがいつた。「なんだかいたちごつこをやつているようです。マリさん、あなたらしくもない。それより指紋を持つていらつしやるんなら、早くみせてください。」

マリは目をあけ、また細くした。少々気を悪くしたようにも見えた。

「指紋は隠していたんだけれど、ご存知なのですか。ではお訊ねしますが、」妙に落着いた皮肉な声で、「指紋で解決しようと云い出したのは、お二人のうちどちらですか？」

「それはぼくですよ、」とゴアはあたりを見まわし、「パトリック・ゴアはあとになつて指紋を思い出したのです。しかもマリさんが指紋を取つたのはガラス板だなんて云うのです。」

「私はガラス板に取りました。」マリがいつた。

「嘘だ！」ゴアが叫んだ。

今までにないきびしいゴアの語気だつた。このメフィストフェレスは、軟らかい顔の下に、火のように烈しいものを隠していると、ペイジは思つた。

マリは彼を見上げ見下し、

「私は嘘というものは一度も——」

そこまで云うと、ゴアに昔がよみがえつたように思われた。彼は退いて失礼を詫びるような態度を示しかけた。だがまた思い返したらしい。そしていつもの嘲笑を口のあたりに浮かべて、

「そんなら覚えていることを話しましよう。指紋をお取りになつたのは指紋帳でした。あなたは指紋帳を二三冊持つていらつしやつた。みなタンブリッジ・ウェルズでお買いになつたものです。そしてぼくのばかりでなく、同じ日に父や兄の指紋もお取りになつた。」

「その通り。その指紋帳はいまここに持つています。」マリはスポーツコートの内がわのポケットに手を当てた。

「そんなところに入れとくと危険ですよ、」と、ゴアがいつた。テーブルを囲む人々は、それぞれ違つたことを考えていた。

マリは、ゴアの注意を聞かなかつたもののように続けて、

「みんなの指紋を指紋帳に取つたのは事実ですが、同時にまた最初小型のガラス板で実験してみたことも事実なんです。ところで私はここにいられる、あとから名乗つて出られたかたに、二三の質問をしてみたいのですが、もしあなたが本当のジョンさんだつたら、誰も他の人が知らないで、私だけが知つていることを知つていられるはずです。ジョンさんは子供の時、本を読むのが好きだつたが、お父さんはジョンさんの読んでよい本だけ選定されました。あなたはその本が面白いか面白くないか、そんなことは誰にも話さなかつた。お父さんがいくら訊いても話さないので、お叱りになつたこともあつたほどでした。でも、私にだけはどんな本が面白いか話されたことがある。どうです、あなたはその本の名をみな覚えていますか?」

「よく覚えています。」

「ではいちばん面白くて、印象に残つている本の名をあげてみてください。」

「よろしい。」ゴアは天井をみながら、「シャーロック・ホームズ物全部、ポーが全部、僧院と炉辺、モンテクリスト伯、キドナプト、二都物語、怪談全部、それから海賊や殺人や古城の物語全部、それから——」

マリは無表情な声で、「よろしい。嫌いな本は？」

「ジェーン・オースティンとジョージ・エリオットはどれもこれも嫌い。それから『学校の誉れ』だのなんだのという感傷的な少年小説、『有益』と銘打つた子供向きの機械類の本、動物小説。いまでもあんなのは好かんです。」

聞いていたペイジは、ゴアが好きになりだした。

「では、近処の子供のことをお尋ねしますが、いまのこの家の奥さんは、子供の時モリー・ビショップと云つたように思うのですが、あなたはこの人にどんなあだ名をつけましたか？」

「ジプシー」と、ゴアはすぐに答えた。

「理由は？」

「いつも色が黒かつたうえに、よく森の向うにキャンプするジプシーの子と遊んでいたからです。」

そう云つて笑顔で夫人を見た。夫人は怒つたような顔になつていた。

「ここにいられるバロウズさん――この人のあだ名は？」

「アンカス。」（訳者註――アメリカインディアンの酋長一五八八～一六八三）

「理由は？」

「隠れん坊やなにかの時、草の中を音がしないように素早く走つたからです。」

「有難う。こんどはあなたにおたずねします。」マリは服装検査でもする時のような目つきでジョンを見た。「いたちごつこをしているように思われると困りますから、指紋検査に取り掛かる前、一つだけ質問いたします。指紋の証拠を見る前に、私はこの質問で適当の判断をしたい。これがこの質問です。アピンの赤い本といつたらなんですか？」

もはや図書室は暗くなつていた。暑苦しくはあつたが、日没とともに吹きはじめたそよ風は涼しかつた。その風は窓の外の木の葉をそよがせ、開いたガラス戸から、部屋のなかまで吹きこんだ。ジョンは陰気な、気味悪い微笑をうかべてうなずいた。ポケットから小さな金の鉛筆と手帳をとりだし、その一枚のペイジを引きちぎつて何やらしたため、黙つてたたんでマリに渡して、

「どうです。それでいいですか？」

「よろしい。」

マリはつぎにゴアにむかい、

「あなたも今の質問に答えてください。」

ゴアは初めて当惑の色をうかべた。そしてペイジには判読できぬ表情で、ジョンを見、それからマリに視線をうつした。なにも云わずに、彼はジョンの手から、鉛筆と手帳を受けとり、それに僅か二語か三語の文字を書いて、ちぎつてマリに渡した。

マリは椅子から立つて、「では、皆さん、これから指紋を取りましよう。ここにごらんの通り古いけれど指紋帳がありますす。印肉も二枚の白いカードもあります。ですからもし――失礼ですが灯をつけてくださいませんか?」

ドアのそばの電灯のスイッチをひねつたのはモリー夫人だつた。図書室の天井には、数段に配列した鉄のシャンデリアがあつた。昔はそこに冠型に蠟燭の灯が輝いたのであろうが、今は小型の電球をたくさん取りつけてある。なかには灯のつかぬ電球も混つているので、そんなに明るいとは云われないが、それでも窓から迫りくる夕闇を払いのけるには充分であつた。無数の小さい電光は、窓ガラスにはねかえされて、高い本棚を照らした。マリはテーブルの上に道具を陳列しはじめた。彼が指紋帳を出すと、一同がそれに目を注いだが、古いのでとじ絲がゆるんで、灰色の紙表紙は薄くなり、その表紙の赤い大きな一つの指紋とその上の赤い題目の字が、かろうじて読める程度であつた。マリはそれを軽く叩きながら、

「これが私の古い友だちなんです。いつたい指紋を取るには、平らに取るよりも巻いて取るほうがいいのですけど、以前と同じにしたいと思つて、その用意をして来ませんでした。原型が一つしかないのですから、左手の拇指だけでよろしい。ここにベンジンのついたハンケチがありますから、これでよく指の汗を拭きとつてください。それから――」

やがて二人の指紋がとれた。

そのあいだ、ペイジは、わけもなくはらはら気をもんで見ていたが、気をもんだのは他の者もみな同じだつたらしく、ジョンは指紋をとるのに輸血でも受ける時のようにシャツの腕をまくり、ゴアは指紋をとりおわつて椅子に坐る時、さも大役でも果したように額の汗をふき、弁護士は二人ともぽかんとなつて見物していた。だが、ペイジが不思議に思つたの

は、二人の競争者が両方とも、自信にみちていることであつた。ふとペイジは妙な不安におそわれた。二人が二人とも同じ指紋だつたらどうなるだろう？

そんなチャンスも六百四十億に一つぐらいはあるだろう。それにも拘らず、ためらう者もなければ、中止を叫ぶ者もなかつた。

マリは悪い万年筆を持つていた。指紋を取つた白い艶のないカードの下に文字を書き入れる時、ペン先が引つ掛つて妙な音をたてた。それがすむと彼は丁寧に吸取紙で抑え、二人の競争者は指のインキを拭いた。

「どうです？」ジョンがきいた。

「ではこれから調べてみますからね、我侭なようですが、三十分間ほど一人にならしてください。私も責任がありますから、大事をとりたい。」

「しかしいま――結果を知らして頂くことは――」バロウズは目をしよぼしよぼさせた。

「ところがね、あなた、」マリも相当興奮しているらしい。「指紋というものは、ちよつと比べて見るだけで分るもんじやないんです。ことにこれは二十五年前の子供の時のですからね。いろいろの点を調べてみる必要がある。分ることは分りますが、すくなくも十五分間ぐらいはかかりましよう。三十分あるともつとよく分る。お分りですか？」

ゴアは忍び笑いしながら、

「それは時間がかかるでしよう。しかし云つときますが、一人でこの部屋に残るのは、賢明ではありませんよ。ぼく、なんだか血の匂いを嗅ぐような予感があるんです。一人でいると殺されるかも知れませんよ。そんな怖い顔をなさらないでもよろしい。二十五年前の元気なあなただつたら、こんな責任ある仕事も面白いでしようが――」

「なにも大した仕事じやない。」

「大した仕事じやないでしようが、この明るい部屋の外には暗い庭があつて、そこの木の葉の一枚一枚の蔭で、悪魔が囁いているのです。ご用心なさい。」

マリは顎髭のある口もとに、かすかな微笑を浮べて、

「よろしい。では用心しましよう。あなたがたも心配だつたら、どうか窓の外から見ていてください。それでは失礼いた

します。」

一同が廊下に出ると、マリは入口のドアをしめた。廊下に出た六人は顔を見合わせた。長い気持のよい廊下にはすでに、電灯が輝いていた。建物の裏の中央から、T字形に建て増しが突出ていて、その建て増しの食堂の入口に、下男ノールズが立っていた。夫人はいつもよりぽつと顔を上気させて、心配らしい様子だつたが、わざと落着いたゆつくりした声で、

「皆さん冷いものを用意させといたんですけれど、なにかお召上りになつてはいかがですか？　なにもそんなにご心配なさらなくても、いつもの通りになさいましたら。」

「有難う。ではサンドウィッチでも――」ウェルキンが安心したようにいつた。

「有難う。私はいまほしくないところなのです。」バロウズがいつた。

「有難う。なんだか、お受けしても悪いし、お断りしても悪いような気がするんですが、ぼくはどつかへ行つて、葉巻でも喫いながら、奥さんが無事なように、そこから見張りでもすることにしましよう。」ゴアはみんなといつしようにそんなことを云つた。

なにも云わないのはジョンだつた。彼の立つ後ろには廊下のドアがあつた。そのドアの外は図書室から見える庭であつた。彼はしばらくこまごまと一同の様子を見ていたが、やがてそのガラス戸を開けると庭におりていつた。

同様にペイジも一人で勝手な行動をとつた。ただウェルキンだけが、薄暗い電灯のともる食堂にはいつて、さも美味しそうに魚のペイストのサンドウィッチを食べた。ペイジの時計は九時二十分をさしていた。彼はちよつとためらつたのち、ジョンの跡を追つて、暗くて涼しい庭へでた。

その庭は世界から切り離されたように、八十フィートと四十フィートの長方形になつていて、片方は突出た増築の建物にさえぎられ、片方は長いいちいの木の生垣で区切られていた。その長方形の短い一片には、ぶなの並木の木の葉がくれに、図書室から漏れる明りが見えた。明りは増築の食堂の、自由に庭に出入りできるガラス戸からも漏れていた。その食堂の上には、寝室のバルコニーが覗いていた。

ファーンリ家の祖先は、十七世紀のころ、ウィリアム三世

のハムプトンコートをまねて、砂を敷いた幅広の歩道に沿ういちいの生垣を、むやみにうねらせて角を沢山つくつた。腰の高さぐらいしかないその生垣は、迷路のようにうねっているので、立つて歩けば、路に迷う心配はないが、しやがめば隠れん坊には絶好の場所となるのであつた。庭の中央には、バラで囲まれた大きな丸い空地があり、そのまんなかに低い縁石のある、直径十フィートの、装飾用の円形のプールがあつた。西の空から来る薄明りと、窓から漏れる灯の光で、庭全体がすこぶる穏やかな落着いた気分に包まれてはいたが、ペイジはなぜかその庭の感じを好く気になれなかつた。

そんなことを考えているうちに、彼はもつと不愉快な事実に気がついた。低い生垣、小さい木、花、土——そんなもので出来ている庭そのものに、不快を感ずる理由はなかつた。彼が不愉快を感ずるのは、草の中の蛾が灯に吸いよせられるように、一同の関心が灯のついた図書館に集つていることであつた。といつてべつにマリに危険が迫つているとは思わなかつた。そんなことが起るはずはない。また彼を襲おうとしても襲えるものではない。それにもかかわらず、彼に危険が迫ると考えるに至つたのは、巧みなゴアの弁舌に魅せられたのかもしれない。

「でも、とにかく窓のそばへ行つて、中を見ることにしよう。」ペイジはそう心に呟いた。

だが、窓に近よりかけた彼は、びつくりして立ちどまつた。誰かが同じように窓の中を見ていたからである。それが誰であるかは分らなかつた。ぶなの並木のそばに立つて図書室を覗いていた人影は、すぐ消えてしまつたからであつた。マリは窓に背を向けて坐り、よごれた手帳を開いていた。

心配する必要はない。

ペイジは身をひくと足ばやに涼しい庭に引き返し、丸いプールのそばを通つて、大きい一つ星を仰いだ。マデライン・デインがその星に詩的な名をつけたのを思い出した。その星は増築した建物の一群の煙突の上に光つていた。彼は低い迷路を通り抜け、錯綜した瞑想に耽りながら、長方形の庭のいちばん向うへ行つた。

ジョンが贋者か、ゴアが贋者か？　それはペイジにも見当がつかなかつた。過去二時間気を揉んでいたら、終いには考えるのも煩わしくなつてきた。それにしても、なにかにつけて、どうかすると、マデライン・ディンの名が表面に浮び出すのはなぜだろう。

長方形の庭のいちばん向うには、月桂樹の生垣があつて、その生垣の外がわに石のベンチがあつた。彼はそこに腰かけて、巻煙草に火をつけた。自分の心のあとを、出来るだけ正確に振り返つてみると、宇宙にたいする自分の不平には、しつこくマデライン・ディンの名が付きまとつているように思われる。ほつそりとした美しい姿や金髪を持つたかの女は、ディンという苗字が示す通り、デンマーク出の祖先を持つているのであろうか？　この女の名は、彼が本を書いている時でも、瞑想に耽つている時でも、こんなに考えては、為に悪いと思うほど心に浮んでくる。彼がまだ淋しい独身であるためだろうか——

ふとペイジは、マデラインのことも結婚のことも忘れて立ちあがつた。後ろの庭に妙な気配を感じたからである。高い物音ではなかつたが、低い生垣の向うから、恐ろしいほどはつきりと聞えた。それは息の詰る音、それから曳きずるような足音、つぎにばちやんと水のほとばしる音——

はじめペイジは後ろを見るのが怖かつた。悪いことが起つたとは、思いもせねば、信じてもいなかつたが、彼は無意識に巻煙草を草の上に捨てて、火を足で踏み消し、走ると云つてもいいほどの足どりで、家のほうへ引き返した。家からかなりの距離のある迷路のような生垣で、二度ばかり方向を違えて引き返さねばならなかつた。最初はあたりに誰もいないように思われたが、だしぬけに背の高いバロウズが彼のそばに走りより、生垣越しに強い懐中電灯をさしむけた。香ぐわしい庭の涼しさが、瞬間に消えてしまつた。

「大変なことになつたよ！」と、バロウズがいう。

その言葉を聞くと、ペイジは肉体的の胸若しさを感じた。

「どうした？　何事も起るはずがないじやないか？」心にもない嘘をいつた。

「だつてやつぱり大変なことになつた。引きあげるから、早く手伝つてくれ。生きているのかも知れないが、うつぶせにプールに浮んでいる。大抵駄目だろう。」バロウズは蒼くなつていた。

ペイジは彼の指さすほうに視線をむけた。生垣があるので
プールは見えないが、建物の背面はよく見える。図書室の上の明りのついた窓からは下男ノールズが覗き、寝室のバルコニーからは夫人が覗いていた。

「しかしマリを襲おうたつて襲えるもんじやないよ。そんなことは出来やしない。それに——マリはプールでなにをしていたのだ？」ペイジがきいた。

「マリ？」と、バロウズは目を見はつた。「マリがどうした？　誰もマリだなんて云やあしないじやないか？　ジョンなんだよ。ぼくがプールに行つた時にはもう死んでいた。今から騒いだつて追つつかないんだよ。」

6

「だが、ジョンを殺そうと企む者が、世の中にあるだろうか？」ペイジは考えた。

彼は今までの考えを修整しなければならなかつた。最初殺人が起るかも知れないと考えたのは、ゴアの口から出た言葉の暗示にかかつていたのだ。その殺人の犠牲者が、思いもかけぬ他の人だと聞いても、まだ最初の人、すなわちマリを不安がらずにいられない。これが殺人なら、巧妙に計画した殺人にちがいない。一同は手品にかかつたように、耳と目の焦点をマリに注いでいたのだ。この家の中の者は、一人残らずマリの身の上を案じていたのだ。マリが図書室にいたということだけは分つているが、その他の者はどこにいたやら分らない。だから、その真空状態の中で活動するなら、マリ以外の人物なら、誰を襲つても分る心配はなかつた。

「ジョンがやられようとは思わなかつた。そつちじやない！　こつち！　早く！　待つた！　まつすぐに！」背の高いバロウズの影法師は、自動車を後返りさせるような妙な声で命令しながら、どんどん先に立つて進んでいつた。プールのそばまでくると彼は燭光の強い懐中電灯を消してしまつたが、それはそのあたりが明るかつたためばかりでなく、あまりまざまざと現実を見たくなかつたからであろう。

プールのぐるりには、六フィート幅に砂を敷いてあつた。そのあたりには人の顔が微かに見えるぐらいの光線があつ

た。ジョンはやや体を右——家の方から向つて右にむけて、うつぶせにプールに浮んでいた。そのプールは水のなかで彼の体が揺らぎうるぐらいの深さで、低い縁石を越した水が、砂を濡らしていた。彼らはまた濃い液体がもやもやと水面に湧きあがつて、体のまわりに拡がるのを見ることができたが、それがすぐそばの睡蓮の白い花に触れるまでは、赤い液体であるということが分らなかつた。

ペイジが彼の体を引つぱると、またプールの水が揺れた。ジョンの足はすぐ縁石にとどいた。ペイジに取つては思い出すのも嫌な経験である。

彼はジョンの体から手を放して、

「もう駄目だ。咽喉を斬られている。」

興奮しながら二人は低い声で話した。

「ぼくもそうじやないかと思つた。これは——」

「他殺だ。それとも自殺かな。」

夕闇のなかで彼らは額を見あわせた。

法律家でもあり被害者の友人でもあるバロウズは、

「どちらにしても、プールの中においといちやいかん。警官が来るまで手を触れないのがいいのだが、このままにしとくのはひどすぎる。どうせ死んだ時とは位置が変つているんだ。だから——」

「そうだ。」

トゥイードの服は黒くふくれて、一トンも水を吸つているように思われた。浪を立てながら、苦心して死体を岸に引きあげた。平和な夜の花の香り、わけてもバラの香り、それがこの現実のなかで、劇的と思われるほどロマンティックにかんじられた。ペイジは考え続けた——これはジョン・ファーンリ。しかも死んでいる。これは有りうべきことではない。とすれば、とすれば——ペイジの胸のなかである考えが次第に強くなつた——。

「君は自殺と思つているんだろう?」バロウズは手を拭きながら、「他殺という考えは人から植えつけられた先入主にすぎないのだ。もつとも自殺にしたところが、不幸である点は同じなわけだ。でも、君、どうして自殺したか理由が分るか? 要するにこの男は贋者だつたのだよ。そしてどこまでも頑張り通して、マリが指紋を持つているということも信じまいとしたが、さすがに検査の結果の発表には顔を向けられなかつたのだろう。だからここまで逃げてきて、プールの縁に立つて――」バロウズは咽喉を刺すまねをする。

筋通の通つた説明であつた。

「ぼくもそう思う。」ペイジがいつた。思う？　思う？　死んだ友を非難し、口のきけない友に重荷を負わしていいのだろうか？　鈍痛のような良心の苛責をペイジはかんじた。「だつてほかに考えようがないものね。しかしここでどんなふうに斬つたのかね？　自殺するところを君見ていたの？　刄物は？」

「いや、ぼくだつてはつきり見ていたわけじやない。廊下からあすこのドアを出る時、この電灯を、」バロウズは懐中電灯を点けたり消したりしながら、「廊下のテーブルのひきだしから持つて出たのだ。いつか話したと思うが、ぼくは暗いところでは視力が弱いんでね。ところが、あのドアを開けた時、このプールの縁にジョンがぼくのほうへ背を向けて立つているのが、ぼんやりと見えた。立つてすこし体を動かしていたようだが、体を動かして何をしていたのか、暗いのでぼくの視力では分らなかつた。水に飛びこんだ時の音は君も聞いただろう。それから水の中で藻掻く音がした。気味が悪かつたね。」

「ジョンは一人だつた？」

バロウズは指を拡げ、その先を額に当てて、

「一人だ――でも確実なことは分らない。この生垣は腰の高さぐらいだから――」

ものごとに細心なバロウズは、確実なことは分らぬといつた。ペイジはそれが何を意味するかききたかつたが、きく間がなかつた。家のほうから足音や話し声がきこえた。

「みんな来だした。奥さんには見せないほうがいいだろう。君は弁護士で権威があるわけなんだから、追つ払つたらどうだ？」

神経質な男が演説をはじめる時のように、二三度咳払いすると、バロウズは電灯をかざし、胸をはつて家のほうへ歩きだした。電灯に照らし出されたのは夫人とそれに続くマリだつたが、バロウズは彼らの顔に光線を当てぬようにした。

彼は疳走つた鋭い声で、「お気の毒なことですが、ジョン

さんがちよつと過ちをなさいました。こちらへ来ないように
して頂きたいのです。」

「わたしは構いません。」きつぱりした夫人の声だつた。夫人は押しのけるように彼の前を通り抜けてプールのそばへきた。暗くてよく見えないのは仕合せだつたが、かの女がよろめきかかつたので、ペイジはしつかり抱き止めてやつた。抱き止めた彼の手に女の切れぎれの息がかかる。夫人は泣声で一口こんなことを云つた。

「あの人の云つた通り……」

その声の調子から判断して、夫人が良人のことを云つているとは、ペイジには思われなかつた。最初はあまり意外な言葉なので、意味がわからなかつた。しばらくすると、暗いにも拘らず、かの女は両手で顔を隠すようにして、いそいで家にはいつた。

「奥さんにはこんなところを見せないほうがいい。」マリがいつた。

しつかりしたはずのマリも、こんな事件に直面しては案外役に立たなかつた。彼はちよつとしりごみすると、バロウズの手から懐中電灯をとつて、死体を照らして覗きこみ、短い口髭と頤鬚の間に歯を現して口笛を吹いた。

「検査の結果はいかがでした、この人が真のジョンでないということが分つたのですか？」ペイジはきいた。

「え、なんですか？」

ペイジはまた質問をくりかえした。

「まだ分りません。まだ指紋を比べてみないのです。そこまで行かないんです。」重々しい答えだつた。

バロウズは気の抜けたような弱々しい声で、「でも、もう指紋を比べる必要ないでしよう。」

じつさいその必要はないように思われた。事実から考えても、道理から考えても、ジョンが自殺したことに疑惑の余地はなかつた。マリはいつもの癖で、なにか他のことを考えているような、曖昧なうなずきかたをした。そして古い記憶をたぐつているかのように、しきりに頤鬚をなでた。それは肉体的の藻掻きではなかつたが、ペイジの目には、そんなふうに見えた。

「しかしあなたには疑惑の余地はないはずです。どちらを本

物とお考えでした?」ペイジがきいた。

「それは今いいました。」

「それは分つていますが、今までどつちを本物とお考えでしたかときいているんです。あれだけ二人と話をなさつたら、大抵見当がつくでしよう? この大体の見当というものが、詐欺行為を考えるにしても、この出来事を考えるにしても、最も大事なことなんです。そしてあなたの大体の見当に間違いはないと思うのです。もしジョンが詐欺師であるなら、自殺するのも無理はないと思いますが、もし詐欺師でないとすれば――」

「そりや仮定なんでしよう?」

「いや、あなたにきいているんです。もし彼が本当にジョンだとすると、自分でのどを刺す理由が分らなくなる。だから、彼はやはり、詐欺師だつたということになるのじやないでしようか?」

「そんなにろくに材料を調べもしないで、結論に飛躍するのは、少々乱暴ですよ。」にべもなくはね返した。

「そうですか。ではいまの質問は撤回します。」

「いやいや、あなたは誤解している。」理論の比重が一方に傾いたのに狼狽しながら、マリは催眠術をかける人みたいに片手をあげて、「あなたの真意は、この――ええと――この不幸な紳士が本物のジョンであるなら、自殺するはずがないから、従つてこれは他殺であるということが云いたいのでしよう? しかし考えてごらんなさい。本物であろうがなかろうが、誰だつてこの人を殺すわけはないじやありませんか? この人が贋者だつたら、殺さなくたつて法律が処罰してくれますし、またもし本物だとしても、なにも恨まれるようなことはしていないのだから、殺されるはずはない。私は両方の場合のことを考えているんですよ。」

バロウズは暗い顔で、「ヴィクトーリア・デイリの事件も、もうすんだのかと思つていたら、急に警視庁で調査を始めますし、私なんか今まで相当見識があると思つていたけれど、もうあれこれ考えないことにしました。それに私は、この庭の感じを好かないんですよ。」

「あなたもそう思いますか?」ペイジはきいた。

マリはしげしげと二人を見ていたが、

「なんですってバロウズさん、どうしてこの庭がお嫌いなんですか？　なにかこの庭で以前悪いことでもあったのですか？」

「悪いことがあったというわけじゃないんですが、」バロウズは落着きなく考えながら、「怪談なんかきくには、こんな庭が持ってこいの場所だと思うんですよ。今も覚えているんですが――まあそんな話は止しましょう。とにかく、ここは怪談めいた騒ぎを起すには都合のよい場所だが、私はそんな騒ぎは好きじゃない。まあ、そんな話はどうでもいいです。することが沢山ある。いつまでも立話をしちゃいられない。」

マリは立ちあがると興奮した声で、

「そうだ、警察へも知らせなくちゃ。面倒な仕事が沢山ある。私も手伝いましょう。バロウズさんも来てください。ペイジさんは私たちが帰るまで、ここで死体の番をしていてくださいますか？」

「どうして番の必要があるのです？」

「それが習慣なんです。見張りはぜひ必要です。懐中電灯をペイジさんに貸してあげてください。さあ、行きましょう。昔はこの家に電話なんかなかったですが、今はあるんでしょうね？　よろしい。医者も呼ばなくちゃならん。」

マリがバロウズを連れて行くと、ペイジは死体のそばに一人になった。

暗いところに一人立って考えていたら、気が鎮まるにしたがって、この事件の複雑さが身にしみて感じられだしたが、でも、詐欺漢の自殺ということだけは、動かせないように思われた。ただ、マリがなんとしても自分の意見を発表しないことだけが、腑に落ちぬ謎であった。「そうですよ、ジョンは贋者です。私は最初からそれに気がついていたのです、」と云えばよさそうなものだし、また実際マリの態度から考えて、彼はそう考えているにちがいないのに、それを口に出さないのはなぜだろう？　それは彼が祕密好きであるためだろうか？

「ジョン！」と、何気なくペイジは呼んでみた。

「ぼくですか？」すぐそばで声がした。

あまり近いところで声がしたので、驚いたペイジは思わず後しざりして、死体につまづきかけたほどであった。もう暗くなつたので、人の輪郭も見えないほどだつた。砂を踏む靴の音、それからマッチをする音がきこえた。マッチの炎で、マッチ箱を持つたままの、風を遮ぎる二つのてのひらが見えた。それからいちいの木の生垣にゴアが現れて、プールの縁を眺めているのが見えた。彼は癖のある歩きぶりで近よつてきた。そして半分喫つて火の消えた細い葉巻を口へ持つていつて、静かにそれに火をつけると顔を起して、

「お呼びでしたか?」といつた。

「呼びません。しかしいいところへ来ました。何事があつたか知つていますか?」

「ええ。」

「いまどこにいらしたのです?」

「歩いていました。」

マッチの火が消えた。微かな彼の呼吸が聞えた。慌てているらしい。火のついた葉巻を横つちよにくわえ、下に垂れた両手を握りしめて死体を見おろしながら、

「可哀そうに! この男にも感心すべき点があつた。ぼくが原因でこんなことになつたのを、気の毒に思うのですよ。この家に来てからの彼は前非を悔い、清教徒のような生活をして土地を管理していたというじゃありませんか。本物に成りすました彼は、恐らくぼくより立派な地主だつたでしよう。ただ本物でない悲しさに、こんな結末になつたのです。」

「自殺でしようか?」

「それは自殺です。」ゴアは口から葉巻を取つて煙を吐き出した。吐き出された煙は闇の中に幽霊のような形となつてうごめいた。「多分マリはもう二つの指紋を比べ終つたことと思いますが、あなたはあの訊問の場にお立会いになつたのだから、気がついたでしよう。この男が贋者であることを暴露したのは、どの質問だつたとお考えです?」

「わかりません。」

ゴアが慌てて見えるのは、心配しているからでなくて、安心したからだということが、この時ペイジに初めて分つた。

「あんな場合に罠を掛けるのは、マリのいつもの癖なんです。」吐き出すようにゴアがいつた。「罠を掛けなかつたら、あの人は本当のマリじゃない。ぼくはどこに罠があるかも知れないので、ひやひやしていたのですが、いよいよそれが出

てくるとすぐに分つた。覚ているでしよう、『アピンの赤い本とは何ですか？』ときいたのを？」

「お二人ともなにか書かれたようでしたね。」

「あんなものはありはしない。だからこの男がどんな文句を書いたか不思議でならないんです。そのうえ書いた紙を読んだマリが、梟のような生真面目な顔でこれでよろしいと云つたので、一層あの芝居が念入りになつたのです。ところが、あのよろしいで、この男の運命がじつは決定してしまつたのです。馬鹿々々しい！」いいながら彼は火のついた葉巻を振つたが、その火は空中に疑問符を描いたようにみえた。「どら、なんで自殺したのか見せてもらいましよう。ちよつと懐中電灯を拝借――」

ペイジは懐中電灯をわたして、二三歩あとしざりした。ゴアはしやがんで死体を覗きこんだ。長い沈黙。時々ゴアが口のなかでなにやら呟く。やがて彼は電灯をつけたり消したりしながら、静かに立ちあがつて、今までとは変つた声で、

「これはこのままにはしておけませんよ。」

「なんです？」

「大きい声じや云えませんが、この男は自殺したんじやない。」

これは、淋しい庭で聞く言葉として、たまらないほど気味が悪かつた。

「どうして？」ペイジがきいた。

「咽喉の傷をよく見ましたか？ 見ないのならもういちどごらんなさい。自殺する人間が、三度も続けて咽喉を突くでしようか？ しかも一つだけでも生命をたつほどの深さで、三度も頸静脈を断つている。そんなことが出来ますか？ ぼくはよく知らんが、どうも出来ないような気がする。サーカスにいる頃、ミシシッピー以西で第一の猛獣使といわれるバーニ・プールが豹に殺されたのを見たことがあるが、その時の傷がこれと同じでした。」

生垣の迷路に夜風が吹いてバラをゆすぶつた。

「刃物はどこです？」ゴアはどす黒い水に懐中電灯の光をむけて、「大抵この水の中だと思いますが、探すのは警官にまかせたほうがいいでしよう。しかし他殺とすると、分らなくなつた。」当惑したように、「どうして詐欺師を殺したのでし

よう?」

「他殺とすれば、この男が真の相続者だつたのかもしれませんね。」ペイジがいつた。

鋭い目でゴアが彼を見つめた。

「まだ信じないのですか——?」

家の方向から、足ばやに誰かが歩いてくるので、二人は口をつぐんだ。ゴアが懐中電灯をむけると、食堂で魚のペイストのサンドウィッチを食べていた弁護士ウェルキンなのであつた。彼は烈しい不安を顔に表しながら、演説でも始める人のように、チョッキの脇の下に指を突込んでやつてきたが、声は案外優しく、

「みなさん、家へはいつてください。マリさんが待つていられます。お二人ともこの事件があつてからあとで、家へおはいりにならなかつたでしょうね?」最後の句に妙に力を入れて、ウェルキンはじつとゴアをみた。

ゴアは振りむいて、「なにか変つたことでもあつたのですか?」

「ありました。」ウェルキンは無愛想に、「誰かがいまの混雑を利用して、マリさんの留守に図書室に忍びこみ、唯一の証拠品たる指紋帳を盗んだのです。」

七月三十日　木曜日

自動人形のいのち

やがてひつそり鎮まると、気の毒げな微笑をうかべて、またモクスンが姿を現し、

「不意に中座してすみません。あちらにおいてある機械が狂つて、あばれてしまつにおえないんです。」

私は彼の左の頰の、血のにじむ四つの並行した掻き傷を見つめながら、

「機械の爪を切つたらどうです？」といつた。

――アンブローズ・ビーアス「モクスンの主人」――

7

暖い灰色の雨のふるあくる日のお午すぎ、ペイジは書斎でデスクにむかつていたが、彼の考えていることは、前日とはすつかり変つていた。

単調な雨と同じように単調な足どりで、部屋のなかをエリオット警部は往きつ戻りつしていた。

ギディオン・フェル博士は、いちばん大きい椅子にふんぞりかえつていた。

だが、今日のフェルはそんなに大声を出して笑わない。今朝このマリンフォードへ着いたばかりの彼は、話を聞いただけでこの事件を好く気になれなかつた。大きい椅子にもたれた彼は、喘息やみのようにあえいで、大きな、黒いリボンのついた、眼鏡のおくの目で、デスクの端を見つめていた。彼の山賊のような口髭は、いまにも激論をはじめるかと思われるように逆立ち、白髪まじりの髪の毛が、ふさふさと片方の耳のうえに垂れさがつていた。そばの椅子の上には、高僧がかぶるようなシャヴェル帽と、象牙の握りのあるステッキがおいてある。ビールをなみなみと注いだ大コップが、すぐ手のとどくところにおいてあるが、彼はそんなものには目もくれなかつた。七月の暑気のなかで、いつもの赤い顔は一層

赤くなつていたが、持前の快活な気分は、どこにもみられなかつた。ペイジは話に聞いていたより、この人が背も高いし、横も大きいように思つた。ひだのあるマントを着てこの人が家にはいつた時には、急に部屋が狭くなつて、家具が押出されるのではないかと思つたほどだつた。

この事件を好まなかつたのは、フェルだけではなかつた。マリンフォードやソーン界隈の人は、みなこの事件を好まなかつた。村の人はあまりこの事件について喋ることさえしないで、ただ敬遠の態度をとつた。「ブル・エンド・ブチャー」に泊つている旅人が、土俗研究家でなくて、警視庁の刑事であることは、いまや誰でもが知る事実となつた。けれどそれを口に出して喋るものはない。朝の酒を飲むために酒場に集る連中は、ひそひそ耳打ちすると早目に酒場から出ていつた。ただそれだけだつた。この酒場——酒場というのが失礼なら宿屋——には、すでに二人の先客があつて、空いた部屋がなかつたので、ペイジは喜んで自分の家をフェルに提供したのであつた。

ペイジはエリオット警部も好きだつた。この警部は土俗研究家とも探偵とも見えず、若くて、痩せて、髪の毛が砂色で、生真面目で、理窟つぽくて、熱してくると警視総監ハドリにさえ喰つて掛かる。スコットランドで教育を受けた彼は、細かい問題を、細かいところまで追求しないと気がすまなかつた。いま彼は灰色の雨にとじこめられたペイジの書斎を歩きまわりながら、事件のてんまつを説明しているところなのであつた。

「なるほど。で、今までどんな対策をとつたのです?」と、フェル博士がきいた。

エリオット警部は考えながら、「ここの署長マーチバンクスが、今朝電話で警視庁に援助を頼んできたのです。普通だつたら警視庁では主任警部を派遣するところなんですが、ちようど私がこの事件に関係のあることを、この土地で調べていましたので——」

ヴィクトーリア・デイリの殺人事件が、この出来事とどんな関係があるのだろうと、ペイジは不思議に思つた。

「それは好都合でしたね。」フェルがいつた。

エリオット警部はそばかすのある拳をテーブルの上にの

せ、それに体の重みを加えながら、

「好都合でした。ですから、私は一つ腕を振つてみようと思つているんです。これは私に取つての好機会。私に取つての――まあ、そんなものです。」溜息をして、「でも、お分りでしようが、これはちよつと厄介な事件です。土地の人は窓をしめてしまつて、なかを見ようとしても、見せてくれません。村の男がビールを飲んでいるところへ行つても、ちよつとこの事件のことを口に出すと、すぐ逃げて行つてしまいます。この地方の相当な人間でさえ、」――かるい軽蔑のこもつた語気で――「なかなか取り扱いにくいです。これはこの事件の起る前からのことなんですけれど。」

「前というと、もひとつの事件のこともですか?」フェルが片目をあけてきいた。

「そうです。ただいろいろ話してくれる女は、マデライン・デインだけでした。」警部はゆつくりと言葉に力をこめて、「あれは立派な女ですから、話をしていても気持がよい。世間によくある、煙草の煙を無作法に相手の顔に吹きかけたり、名刺を出して訪問するとすぐ弁護士を呼んだりする女とは違います。あれが本当の女ですね。どこかで会つた女を思い出させる女です。」

フェルは両方の目をあけた。そばかすのある警部の顔に、云いすぎをきまり悪がる色が浮んだ。だがペイジには警部の云うことがよく分つて、軽い嫉妬の心さえおこつた。

「でも、あなたは、」と警部はつづけて、「ファーンリ家のことをもつとお聞きになりたいでしよう。昨夜、召使をのぞくほかは、みな簡単ながら調べまして、大体一個所に集めておきました。バロウズは昨夜ファーンリ家に泊りましたから、いつでも会えます。それからゴアとその弁護士ウェルキンはメイドストンにいます。」ペイジを振りかえつて、「指紋帳が紛失してからは、ちよつと騒ぎになりましたね?」

ペイジはうなずいて、「大変な騒ぎでした。ジョンが死んだのは、自殺か他殺か分りませんが、あの時の騒ぎより、あとになつて指紋帳が盗まれてからのほうが騒ぎが大きかつたですね。もつとも夫人だけは別でしようが。」

フェルは興味に目を輝かして、「みなさんは自殺と見ているんですか、他殺と見ているんですか?」

「みな警戒して容易に意見を発表しないのには驚きましたよ。ただ他殺に相違ないと云つたのはモリー――すなわちファーンリ夫人だけで、この人はヒステリックな声で他殺だと断言したです。他の連中はみなにえきらぬことばかり云うので、私なんかなにを聞いたのかもう忘れてしまつたほどですよ。しかし考えてみると、それも無理はないので、みな慌てていたので、意見など述べるひまがなかつたのです。弁護士たちでさえ同情的な穏やかな態度でした。マリが調べかけたが駄目、土地の巡査部長が調べかけたが、これも駄目でした。」

フェルは顔の表情をかえ、力のこもつた声で、「問題は私が調べてみましよう。で、警部さん、あなたは他殺に違いないというご意見なんですか？」

警部は自信にみちていた。

「他殺に違いありません。咽喉の傷は三つですし、兇器はプールの中にも附近にも、発見されなかつたのです。まだ死体を検査した報告を見ないのですから、自分で三度も咽喉を突くのが不可能だとは云いません。しかし兇器がないのは、他殺の決定的な証拠ですよ。」

しばらく彼らは雨の音、それから喘息やみのようなフェルの呼吸の音に耳をすましていた。

「では、あなたは――これはこんなこともありはしないかと思つて云うのですが――あなたは自分で咽喉を突いたあとで、苦しまぎれに兇器を遠方に放り投げたとは、お考えにならないんですね？　そんなこともこれまでにありましたよ。」

「それは、そんなこともあるでしようが、でも、庭の外まで投げられるものじやありません。もし庭の外だつたら、巡査部長が拾うはずです。」警部はけわしい顔でフェルを見ながら、「あなたは自殺とお考えなのですか？」

「いやいや、」相手の質問に驚いてフェルは急いで打消した。「でも、たとえ他殺としても、まだ解決すべき問題が残つてますよ。」

「それは誰がジョンを殺したかという問題です。」

「ところが、それだけでは解決されないと思うのです。この事件ではあらゆる法則が破られているので厄介なのです。かりに殺されたのがマリであるとすれば、問題は頗る簡単なのです。もつともこれは常識的な意味で云うのですけれど。普通はこの場合マリが殺されるべきだつたのですよ。マリが生きているのは危険にちがいない。彼は解決の鍵となるべき証拠を握つています。かりにその証拠を握つていなかつたにせよ、彼なら大抵二人の中どちらが本物かと云うことを見分けうるのです。ですから、殺されるべき人物がありとすれば、それはマリだつたのです。であるのに彼には一指も触れず、二人の競争者のうち一人が死んだので、どちらが本物かという問題は、一層複雑になつてきたのです。お分りでしよう?」

「分ります。」警部は陰気な顔だつた。

「まず、小さい仮定から解決していきましよう。たとえば、これを加害者の過失と考えることは出来ないでしようか? 加害者はジョン——あれが本物のジョンであるかどうかは別として——ジョンを殺すつもりではなかつたのではないでしようか? 誰か他の人物を殺すつもりだつたのに、人違いをしたのではないでしようか?」

「そんなことはありますまい。」警部はペイジに視線をうつした。

「そうですとも、」とペイジがいつた。「そのてん私も一応考えてみたのですが、そんなことは絶対にありません。案外明るかつたからです。ジョンは他の者とは体つきも違つていたし、服装も違つていました。離れて見ても間違いがないのに、加害者は咽喉を突くために、すぐそばまで接近したのです。おぼろな光線で細かいところは見えなかつたにせよ、輪郭はよく見えたはずです。」

「そんなら加害者は人違いをしたのじやない。」フェルはごろごろ咽喉を鳴らしながら咳払いをして、「よろしい。では、そのほかに除去しうる、小さい仮定はないでしようか? たとえば、この殺人は相続権の競争問題とは関係がないのだと、考えることは出来ないでしようか? すなわちジョンが本物だろうが贋者だろうが、そんなことは問題にせぬ人物が、この騒ぎを利用して現れ、われわれに分らぬほかの動機から殺したと考えることは出来ないでしようか? そんなこともなきにしもあらずですよ。加害者が祕密性に富んでいれば、そんな場合もありましよう。しかし、私一人の考えを述べるなら、私はその心配はないと思います。こんな事件では一つのことと、他のこととがくつつき合つていて、たがいに連絡があるものです。ご承知の通り、ジョンが殺されると同時に、指紋帳が盗まれています。ですから、ファーンリは、相続権問題にからまるなにかの理由で、故意に殺されたのでしよう。しかしそれが分つただけで、この事件が解決されるのではありません。この事件はちよつとみて多岐であるばかりでなく、実際内容も多岐なのです。かりに殺されたのが、贋者であるとすれば、二つ三つの理由のうちの一つで殺されたということになる。それは考えれば解決できるかもしれません。しかし、かりに殺されたのが真の相続者だつたとすれば、二つ三つの全く違つた理由のうちの一つで殺されたということになる。これも考えれば解決できるかもしれませんが、それには、それぞれ違つた立場、違つた目、違つた動機から考える必要があります。ですから、まず二人のうち、どちらが贋者かという問題から解決しなければならないのです。この問題を解決したあとで、初めてどの方面を捜つたらいいかという、大体の見当をつけることが出来ると思うのです。エヘン。」

エリオット警部は眉をひそめた。

「では、マリが解決の鍵だとおつしやるんですか?」

「そう。あの謎のような人物、私の友人マリが解決の鍵です。」

「どちらが贋者か、あの人には分るでしようか?」

「大抵分るでしよう。」

「私もそう思います。」無造作に警部がいつた。「ところで、」手帳を出してあけて、「みなさんの云われることが一致しているのですが、——昨夜の出来事は不思議なほど、みなさんの云われることが喰いちがつていないのですよ——マリが一人部屋に残されたのが、九時二十分ごろのこと、ね。ペイジさん、そうでしよう?」

「そう。」

「殺人——まあ、殺人と云わしてもらいましようか——殺人があつたのが、九時三十分ごろのことで、この時刻は、マリとウェルキンの二人によつて確認されました。十分間という時間は長いと云われませんが、いくら指紋比較に細心の注意が必要だといつても、一晩かかるわけはないから、この間マリが何か摑まなかつたとは云われますまい——マリは信用できない人なのですか？」

フェルはビールにしかめ面をしながら、

「いや、そんなわけじやないが、多分捜索に見事な手柄を立てて、あつと云わそうと思つているんでしよう。もうしばらくしたら、私もこの事件がどんな性質のものか、お話しできると思うのです。あなたはあの人たちが、空白の十分間のあいだ、どんな行動をとつたか、きいてみたと云われましたね？」

エリオット警部は怒つたような顔で、「ごく簡単な聴書をとりました。行動を調べただけで、各人の意見なぞはきかなかつたです。みんな意見を云おうかと云いましたが、私は、詳しいことや意見は、またあとできくつもりです。とにかく妙な人たちです。あなたがたからごらんになると、警察の聴書というものは、あまり簡単すぎるように思われるかもしれませんが、小さい事実をつぎ合わして考えるには、その間に無駄があつてはならぬ、ただ事実だけでいいのです。その事実の間に怖ろしい殺人事件が隠れているわけなのです。読みますから聞いてください。」

手帳をひらいた。

「モリー・ファーンリ夫人の口述――みんなで図書室を出ると、わたしは心配だつたので、二階の寝室へ行きました。新築した食堂の二階に、主人とわたしの寝室が隣り合つているのです。わたしは手と顔を洗うと、なんだか今までの服が汚れているような気がしましたので、新しいフロックを出してくれと女中に云つて、それからベッドに横になりました。寝室にはベッドのそばに小さい電灯がついているきりなのです。窓は開け放してあつて、そこから庭を見下すバルコニーへ出られるようになつています。ベッドに横になると、なんだか人が取組みあいをして、うめくような声がきこえて、それから水がどぶんというのがきこえました。すぐバルコニーへ走りよつてみると主人がプールに倒れて藻掻いています。主人のそばには誰もいませんでした。それははつきりと見えたのです。わたしは大急ぎで階段を走りおりて、プールのそばへ行きましたが、庭では別に怪しいものは目につきませんでした。

「次を読みます――

「ケニト・マリの口述――私は九時二十分から九時三十分まで図書室にいました。そのあいだ図書室へは誰も入らず、誰の姿も見えませんでした。私は窓を背にして腰かけていました。そのとき音が聞えたのです(音は夫人が述べた通り)。しかし誰かの階段を走りおりる音を聞くまでは、べつに変ったことではないのだと思つていました。それから夫人が大声で、ジョンに何事か起つたと下男に云うのが聞えました。そのとき私の時計を見たら丁度九時半でした。私は廊下で夫人といつしよになり、庭に出て咽喉を斬られて死んでいる人を見ました。指紋のことについては、ここで云うべきことがありません。

「これは参考になるじやありませんか？　つぎは――

「パトリック・ゴアの口述――私は散歩していました。はじめは家の表の芝生を、煙草をすいながら歩き、つぎに家の南がわを廻つてプールのある庭へ出ました。私が聞いたのはごく微かな水のはねる音だけですが、それを聞いたのは、家の側面を廻つていた時だつたと思います。でもそのときは大変な事が起つたとは思わなかつた。庭へ出ると人の話し声がしましたが、私は仲間に入りたくなかつたので、庭の縁のいちいの木の高い生垣のそばを歩きました。そのうち彼らの話の内容が分りました。私は耳をすまして聞いているだけで、ペイジという人だけが残つて、他の者が家へ入つてしまうまで、そばへよりませんでした。

「そのつぎは――

「ハロルド・ウェルキンの口述――私は食堂に坐つたままで出ませんでした。そこで私は小さいサンドウィッチを五つと、葡萄酒を一杯のみました。食堂には庭へ出られるガラス戸がたくさんあり、そのガラス戸の一つからは、プールへの直線距離が非常に短いのですけれど、食堂に明るい灯がついていて逆光線になるので、庭のことはすこしも分りませんでした――

「この証人はなにも知らない。食堂は階下で、生垣は腰の高さぐらいしかない、そのうえ、殺された男の立つ位置から、二十フィートぐらいしか離れていないのに、」警部は指で手帳を叩いて、「この人は逆光線のなかで、何も見えなくなつていたのです。続きを読みましょう。

「食堂の大時計が九時三十一分をさした時、私は誰かが格闘でもしているような物音と、うめき声を聞き、それから水の中でぱさぱさ暴れるような音をききました。それからまた、植込みか生垣のようなものを搔き分けるような音も聞えました。それからガラス戸の一番下のほうから、なにかが食堂の中を覗いたような気がしました。それで、ことによると、なにか変つた出来事があつたのかとも思いましたが、でも私には関係のないことです。ですからバロウズさんが入つて来て、贋者のジョンが自殺したと知らして下さるまで、私はじつとして、サンドウィッチを食べていたのです。」

フェルは喘ぎながら体を起して、ビールの大杯をとつて一息に飲んだ。眼鏡のおくの目が満足と驚きに輝いていた。

「これはこれは!」と彼は深いうつろな声で、「あなたはいま簡単な聴きとりと云いましたが本気で云つたのですか? いまのウェルキンの口述には、ひやりとする凄みがあるじゃありませんか。ちよつと、ええと、ウェルキン! ウェルキン! どこかで聞いたような名前だが——ごめんください。そそつかしやだもんですから。つぎを聞かしてもらいましょう。」

「まだ、ここにいられるペイジさんと、それから、バロウズさんの二人が残つていますが、ペイジさんの話は、今お聞きになりましたし、バロウズさんのほうも、要点だけはお聞きになつたわけですが——」

「でも、もいちど読んでみてくれませんか。」

眉をひそめて警部は読みはじめた。

「ナザニエル・バロウズの口述——私は初め食堂へ入ろうかと思いましたが、食堂には、すでにウェルキンが入つていました。で、いまこの人と話をするのは拙いと思いましたので、食堂へは入らず、家の遠くのがわにある客間で待つことにしたのです。そのうち、私としてはいま庭にいるジョンのそばにいるのが適当だと気づきましたので、廊下のテーブルから、懐中電灯を取つて庭に出たのです。懐中電灯を持ち出したのは、私の視力がいつもからあまり良くなかつたからです。そして廊下のドアを開けて、庭へ出ようとした時、ジョンの姿が見えました。その時、彼はプールのそばに立つて、なにをしているのか、少し身動きしていました。そのドアからプールの端まで、三十五フィートほどあります。私は暴れるような物音、それからどぶんという音、つづいて水のぱちゃぱちゃいう音を聞きました。それですぐプールのそばへ走つていつて、水に浮んでいるジョンを見ました。彼のそばに、誰かいたかいなかつたか、それは私には分りません。また、彼の動作を正確に説明することは出来ません。なにか彼の足に引つ掛つたのじゃないかと思われるような動作でした。

「以上が一同の口述ですが、これを綜合してみると、いろいろ気のつくことがあるでしよう。それは被害者が襲撃されてプールに転げこむか突落されるかする以前に、この被害者を実際に見たのは、バロウズがただ一人だということです。夫人が彼を見たのはプールに落ちこんでからあとです。ゴア、マリ、ウェルキン、ペイジ、みなあとで彼をみた。すくなくもそう云つています。まだほかにもありますが、お気づきでしようか?」

「え?」とぼけたようにフェルがきいた。

「どうお感じでしたときいているのです」

「では、私の感じたことを云いましよう。『神ぞ知る、庭園は愛すべきところなり、』という句がありましたね。あれですよ。しかし結末はどうなりました? 殺人が行われたあと、マリが庭へ出た留守た、指紋帳が盗まれたんでしよう? その時一同がなにをしていたか? あるいは誰が盗んだか、そんなことをおききになりましたか?」

「その聴きとりもありますが読まないでおきましよう。読んでも詰りません。大きな空白のようなもので何もないからです。その空白をせんじつめてみると、こういうことになるのです。すなわち、指紋帳を盗もうと思えば誰でも盗めた。また混雑の際なので、誰に姿を見られる心配もなかつた。」

フェルはしばらく黙つていたあとで、

「やあ、とうとう出て来た!」といつた。

「なにが?」

「出て来なければいいがと、長い間心配していたもの――心理的な謎です。一人一人の云うところに、時刻の喰違いもなければ、時刻から来る可能性の矛盾もないし、呑みこめないような不合理なところもない。それでいて予想もしなかつた人物が、なぜこうも巧妙に殺されたかという、大きな心理的な不合理があるのです。そのうえ物質的な手掛りがひとつもない。カフスボタンもなければ、煙草の吸殻、劇場の切符の残り、ペン、インク、紙というようなものも残っていない。もつとなにか確実なものを摑まないことには、いつまでたつても、闇の中の手捜りをするようなことになりますよ。いつたい、殺された人物といちばん殺したがる人物は誰です？　その殺したがる理由は？　心理的にみて、ヴィクトーリア・デイリの殺人事件の型に最もよく当てはまる人物は誰です？」

エリオット警部は嬉しげに興奮して、「ご意見がありますか？」

「考えてみましよう。もし私の記憶にまちがいなければ、ヴィクトーリア・ディリは、三十五歳の、無智であるが朗らかな老嬢で、一人で生活していた。うん、そう、そして去年の七月三十一日の夜、十一時四十五分ごろ惨殺された。そうでしよう？」

「そうです。」

「この事件を最初に発見したのは、女の家の前を通りかかつた百姓で、この百姓は、家から女の悲鳴がもれるのを聞いた。そこへ、自転車に乗つた村の巡査が通りかかつた。二人は裏の窓から行商人——この地方に顔を知られた行商人が、窓から飛び出るのを見た。二人が追つかけると、その男は四分の一マイルほど走つて、追跡を逃れるため、遮断機を躍り越え、線路を横切ろうとして、無慙に貨車に轢かれて死んでしまつた。そうでしたね？」

「はい。」

「女は階下の寝室で、靴紐で絞殺されていたが、犯人が侵入した時には、まだ眠つてはおらず、これから寝ようとしていた時だつたらしく、寝着のうえに綿入のドレシンガウンを引つかけ、スリッパをはいていた。行商人の死体から、金や金目の物が発見されたので、犯行の目的はすぐに分つたが、分らぬことが一つあつた。それは医者が死体を調べると、体に煤のような黒つぽい混合物がついていたこと、その混合物は、どの指の爪の間にも残つていた。可笑しいじやありませんか？　ロンドンから来た技師がそれを分析してみたら、ウォーターパースニプ、トリカブト、シンクフォイル、ベラドンナなどの植物の汁に、煤を混合したものであつた。」

驚いてペイジは体を起した。フェルの話の最初の部分は、何百ぺんとなく聞いたが、最後の部分は、まつたく初耳であつた。

「そんな話は、今まで聞いたことがありませんよ。猛毒を二つも混合した溶液が、ほんとに死体についていたのですか？」

エリオット警部は、人が悪そうに顔を崩して笑いながら、

「そうなんです。村の医者は、むろん、そんなものは分析してみなかつたし、検屍官もそれを重要と認めなかつた。だから検屍のさい、問題にしなかつたのです。検屍官はそれをなにか美容上の目的のために塗つたものと解釈し、人の前で喋らぬほうがいいと考えたのでしよう。ところが後になつて、医者がこつそり喋つたので——」

ペイジは腑に落ちないので、「トリカブトとベラドンナ！でも、それを飲みはしなかつたのでしよう？　皮膚に塗つたために、ヴィクトーリアが死んだんじやないんでしよう？」

「そうですとも。これはただのありふれた殺人なんです。そうでしよう、フェルさん？」

「それに違いありません」

雨の音にまじつて外のドアを叩く音がした。ペイジはいま聞いた話を考えながら、短い廊下を歩いてドアを開けた。土地の巡査部長バートンが、頭巾のあるゴム外套をきて、その外套の下に、なにか新聞紙に包んだ物を持つて立つているのだつた。

「エリオット警部やフェルさん、いらつしやいますか？　兇器を探して持つてきたのですが——」

瞬間、ヴィクトーリア・デイリの幻想が打ちこわされて、ペイジはファーンリ家の生々しい現実に直面した。彼はうなずいて二人のいることを知らせた。庭のむこうの門前の、雨にうたれる泥のなかに、見覚えのある古い自動車が一台とまつて、その窓のカーテンのおくに、二人の人影が坐つているのがみえた。部屋からエリオット警部が急いで出てきて、

「なんだつて？」

「ジョンを殺した兇器が出てきましたから、持つてまいりました。それから、」巡査部長は自動車をふりかえり、「ミス・マデライン・デインと年寄の下男ノールズを連れてきました。この下男は、ミス・デインの父の仲好しの友人の家で働いたことがあるので、いまでも困ることがあると、ミス・デインのところへ相談に行くのだそうです。それでミス・デイ

ンが私のところへ知らしてきたのですが、この下男の話をお聞きになると、あるいは局面が一変するのじゃないかと思うのです。」

8

テーブルのうえで新聞紙の包みを解くと、なかから出てきたのは、古風な型の少年用のナイフであった。少年用ではあるが、さすがにいまの情況では、妙に重ったるく毒々しくみえた。

いちばん大きい刃だけは開いたままになっているが、その木製の柄のなかには、まだ二つの小さい刃と、コルク抜きと、それからよく馬の蹄の小石を取る時に使う道具なぞがおさめてある。ペイジはそのナイフを見て、少年時代を思い出さずにいられなかった。子供らはこれを持つと、急に大人になったような気持になる。冒険好きの子供は、インディアンになったように得意がる。古いナイフだった。いちばん大きい刃は長さ四インチは充分あって、両がわに深い三角形の窪みを刻み、鋼鉄のところどころに、傷は見えても錆は少しもなく、刃は剃刀のように磨ぎすましてあった。こんなのを見ては、インディアンごっこをして遊ぶ気などには、誰だってなれない。刃の先から柄にかけて、いましがた乾いたばかりかと思われる血が、いちめんについているのだ。

ナイフを見る彼らは、不安な気分に襲われた。エリオット警部は顔をおこしてきいた。

「どこにあった?」

「長い生垣のなかの、下のほうに引っ掛っていました。そうですね――」バートン巡査部長は目を細めて考えながら、「ちよっとプールから十フィートぐらいのところです。」

「プールからどっちの方向?」

「家からみてプールの左がわです。左に南の堺界になる高い生垣がありますが、あのへんですよ。プールより少し家に近よっているかもしれません。とにかく運がよかったです――私が見つけたのは。私が見つけなかったら、一月たっても分りっこないです。いちいの木がぴっしり繁っているんですから、枝を一つずつ調べていかないと目につきませんよ。私が見つけたのは雨が降つていたからなんです。これからどこを探そうかと思案しながら、雨にぬれたあのへんの一つの生垣のいちばん上を、片手でこすりながら歩いていましたら、ふとその手に茶色がかつた赤いものがついたんです。つまり、生垣の平らな頂から、ナイフが下に落ちこむ時、そこに血がついて残つていたのです。血が残つていなかつたら、頂のどのへんから落ちたか分りやしません。その下を捜つて、やつとこれを見つけたんです。生垣の中は濡れていなかつたです。」

「生垣の頂から下へむけて落しこんだものだろうか?」

巡査部長は考えた。

「そうかも知れません。刄が下にむいて落ちていましたから、しかし——刄が大きくて柄と同じぐらいの重さがありますから、これを遠方へ放り投げたり、真上に放り投げたとしても、やはり同じように下へむいて落ちると思うんです。」

本心の分らぬ、仔細らしい表情が巡査部長の顔にあらわれていた。うつむいて考えこんでいたフェルは、むつくり顔を起して、とがめるように厚い下唇を突きだして、

「ふん、放り投げたと云うんですか? 自殺したあとで?」

巡査部長は表情をちよつと変えたが、口へ出してはなにも云わなかつた。

「ご苦労さま」とエリオット警部はなだめた。「ナイフさえ出て来たら、それでいいんだよ。あの死体の三つの傷の中の二つがぎざぎざに曲つて、打傷か掻傷のようだと思つたが、これを見ると、なるほど刄のかけたところがあるわい。きつとこれはぴつたり合うよ。どうだ?」

「私の連れて来た二人は——?」

「うん、ここへ通してください。いろいろご苦労さま。君はこれから医者のところへ行つて、なにか変つたことはないかきいてみてください。」

ペイジが傘を持つてマデラインを迎えに出ると、フェルと警部は話をはじめた。

雨が降つても、道が泥んこになつても、マデラインはいつもの通り、こざつぱりした風采で、なごやかに落着いていた。頭巾のある透明のオイルスキンの雨外套を着たかの女は、セロファン紙に包まれているような格好だつた。金髪の髪毛は

耳の上で渦を巻いて、顔は蒼白く、でも健康そうで、鼻と口がすこし横に大きく、目が長すぎるかと思われるが、それでも全体から受ける感じに、どことなく見れば見るほど美しくなつてくるようなものがあつた。どちらかというと、余り人目に立たぬことを好んで、自分が喋るより、上手に人の話を聞くといつたふうの女であつた。目は黒つぽい青色で、じつとなにかを見つめる時には、そこに誠実な人柄が現れた。容姿は美しかつたが——ペイジは容姿にばかり目をつける自分がいまいましかつた——なんとなく弱々しい感じをあたえた。自動車からおりるかの女に、ペイジが傘をさしむけると、かの女は微笑しながら、彼の腕に片手をあて、軟らかい声で、

「あなたの家でよかつたわ、だつて手軽にすむじやないの。わたしどうしようかと迷つたのだけれど、やつぱり警察の耳に入れたほうがいいと思つて——」

かの女は続いて自動車をおりる肥つたノールズを振りむいた。雨が降つているのに、彼は山高帽をかぶつて、内股の変な足どりで泥のなかを歩いてくる。

書斎へ案内すると、彼は誇らしげに、そして嬉しげに、マデラインを一同に紹介した。フェルもかの女に好意を示し、椅子から立ちあがると、チョッキのボタンがちぎれるほど胸を突出してかの女を見下し、眼鏡ごしに目を輝かして笑いながら、親切に雨外套を脱がしてやつたり、椅子をすすめたりした。

事務的できびきびしたエリオット警部は、店の売子がお客をむかえる態度で、

「マデラインさんですか？　どんなご用件で？」

かの女は自分の手を見、あたりを見まわし、それから正直そうな目を警部にうつして、

「ちよつと申し上げにくいのですけれど、でも、昨夜あんな怖ろしいことがありましたので、誰かが申し上げなくちやなりませんの。それかといつて、ノールズに迷惑を掛けたくもありませんし——」

「誰にも迷惑は掛けませんから、遠慮なく話してください。」

かの女は安心したような目つきで警部を見たあとで、

「じや、ノールズさん、あなたわたしに話した通りのことを、お話しになつたら？」

「まあまあ、お坐りなさい、」とフェルがノールズに云つた。

「いや、結構です。」

「お坐りなさい！」フェルが大声で命令するようにいつた。坐らなかつたら、フェルが手を伸べて、無理にでも坐らせそうな気勢を示したので、ノールズはおずおずと椅子に腰をおろした。彼は馬鹿正直といつていいほどの正直者だつた。そして興奮してくるとすぐ顔が赤くなるので、顔を見ていたら、心で考えていることが分るぐらいだつた。椅子の端に坐ると、彼は膝の上の山高帽をぐるぐるまわした。フェルが葉巻をすすめても手を出さない。

「ありのまま話しても、差支えないもんでしようか？」

「ぜひそうしてもらいたいですな。」エリオット警部がいつた。

「これは奥様に直接話すのが順序だということはよく存じているのですが、どうもそうする気になれないのです。本当に奥様に話す気にはなれないのです。マーデイル大佐がお亡くなりになつた時、私を引き取つて使つてくださつたのは奥様でした。ですから誰のことよりも、しんから奥様のことを思つているのです。これは嘘も隠しもない事実なのです。」ややや体を前に乗り出し、熱心にそう云うと、また声を落して、「奥様はサトンチャートの医者のお嬢さんで、そのころミス・モリーとみんながいつていました。当時私は――」

警部はいらいらする心をおさえながら、

「ああ、そうですか。で、あなたが今日話したいと云われるのは、どんなことなんですか？」

「お亡くなりになつた旦那さまのことなんですよ。あれは自殺です。私は自殺なさるところを見ていました。」

長い沈黙のなかで、聞えるのはしだいに細りゆく雨の音だけであつた。ペイジはナイフがまだむき出しになつているかどうか、体をねじまげて見たが、その時彼は自分の服の袖がすれる微かな音を耳にしたほど、それほど部屋のなかが静かだつた。彼は物騒な兇器をマデラインに見せたくなかつた。だが、さいわい誰かが新聞紙に包んでいたのでほつとした。警部は身動きもしないで下男を見つめていた。ドクター・フェルの坐つているへんから、半ば口笛のような、半ば歯をとじたまま息を吹くような、しゆうしゆういう音がきこえた。居睡りする格好で、「オプレ・ド・マブロンド」の曲を吹くのが彼のいつもの癖なのだ。

「自殺するのをあなたは見ていたのですか？」

「そうなんです。今朝話すとよかったのですが、おたずねになりませんでしたし、それに、じつは、話していいことやらどうやら分らなかったのでございます。こうなんです。昨夜私が図書室の上の二階の窓から庭を見ていたら、その時、あのことがあったのです。ですからまるで見えました。」

ペイジは心のなかでうなずいた。そして昨夜バロウズというしょにプールへ行った時、図書室の二階の窓に下男が立っていたことを思い出した。

「私の目が確かなことは誰でも知っています」と、ノールズは靴で床を踏みながら力をこめていった。「七十四ですけれど、六十メートル離れたところから、自動車番号が読めるんです。まあ、試しに箱か板に小さい字を書いて、ここの庭に持って出てごらんなさい――」そこまで云って口をつぐんだ。

「じつさい自分の咽喉を斬つているところを見たんですか？」

「ええ、見たと同じです。」

「同じ？」

「ナイフを引き抜くところは見なかつたのです。私のほうに背を向けていらしたので。けれども、旦那様が両手を持ちあげられるところはよく見えましたし、またそばに他の者が誰もいなかつたことも事実なのです。高いところに立つていたのですからよく見えました。プールの周囲は五フィート巾の砂地に円くかこまれ、その外を更に生垣がとりまいているんですから、誰かが近づいたら見えるはずですが、そんな人影は見えませんでした。プールのそばの砂地に立つていたのは、旦那様がお一人でした。それはもう、間違いのない事実なのです。」

また歌になつていないような、眠たげなしゆうしゆういう音がフェルの椅子のへんから聞えた。

「小鳥がみな来た――ねぐらを作りに――」フェルはフランス語でそう呟いて顔を起し、「ジョンはどんな理由で自殺したのでしよう？」

下男は彼に視線をむけて、「旦那様が自殺なさつたのは、本当のジョン・ファーンリ卿でなかつたからでございます。もうひとりのかたが本物です。昨夜お目に掛つたら、すぐそれが分りました。」

エリオット警部は無表情な顔で、「どうしてそんなことが分る?」

「それはちよつと口では云えません。」はじめて下男は行き詰つて口ごもつた。「私はいま七十四です。一九一二年ジョンさんがアメリカへ立たれた時には、私は子供ではありませんでした。ご承知でもありましようが、私のような年寄から見ますと、子供というものは大人になつても、同じ顔に見えるものです。十五になつても、三十になつても、四十五になつても、いつも同じ顔をしています。私が本当のジョンさんを見て、分らないなんてことがあるもんですか!」ノールズは我を忘れて片方の手をあげた。「といつて前の人がジョンを名乗つて来られた時、すぐ間違いに気づいたと云うのじやございません。じつのところ、ちつとも分りませんでした。長い間アメリカへ行つていらしたのですから、すこしは人が変るのも当り前のように思つていました。それに、私も年を取つていますし。ですから、本当のジョンさんでないなぞと考えたことは、一度もなかつたのです。もつとも今から考えてみますと、時々——」

「でも——」

「分つています!」と彼はひどく熱心になつて、「昔私がこの家に使われていなかつたとおつしやるんでしよう。それはその通りです。私がミス・モリーの紹介でファーンリ家へ使われるようになつたのは僅か十年前のことです。でも、それ以前、私がマーディル大佐のお宅に使われていますころ、子供のジョンさんが、よく大佐の家と少佐の家との間の、林檎畑に遊びにおいでになつたのです——」

「少佐?」

「デイン少佐でございます。ミス・マデライン・デインのお父様で、大佐と大の仲好しだつたのです。ジョンさんは子供の時、山の森に続くあの林檎畑が好きで、よくあすこで魔法使や中世の騎士の真似ごとをしたり、そのほか、ずいぶん悪戯もなさいました。ですから、昨夜は顔を見ただけで、兎の

ことなぞきかれない先から、すぐ本当のジョンさんだという
ことが分つたのです。あの人もその自信があつたればこそ、
私をお呼びになつたのでしよう。でもあんな場所ですから、
私はなにも云いませんでした。」
ペイジは昨夜の光景を思い出しながらなるほどと思つた。
彼はそのほかいろんなことを思い出した。そして警部はそれ
を知つているのだろうかどうだろうと考えた。彼はマデライ
ンの顔を見た。
警部は手帳をひろげ、
「そんなら自殺に違いないんだね？」
「はい。」
「自殺する時刃物が見えたか？」
「刃物は見えませんが――」
「そんなら何を見たのか詳しく話してください。たとえば二
階から見たと云うが、いつ、なにをするために二階へ上つた
の？」
ノールズは考えながら、
「そうですね、二階へいつたのはあのことがあつた二三分間
まえだつたでしようか――」
「九時二十七分か、二十八分か？ どちら？」警部は細かく
追及しないと気がすまないらしかつた。
「それは分りません。時計を見たわけでないのですから。で
もその二つのうちのどちらかでしよう。はじめ私は、食堂に
はウェルキンさんが一人でしたけれど、ウェルキンさんの用
事があるかも知れないと思つて、食堂のそばの廊下にいたの
ですが、客間から出られたバロウズさんが、懐中電灯を貸し
てくれとおつしやつたのです。私は旦那が書斎として使つて
おられた『緑の部室』に懐中電灯があるのを思い出して、二
階へ取りにあがつたのです。」ノールズは法廷で証言でも述
べる時のように堅くなつて、「しかし、あとになつて、バロ
ウズさんが廊下のテーブルのひきだしから、ひとりで懐中電
灯をお探しになつたことを知りました。私はそこに懐中電灯
があることは、知らなかつたのです。」
「それから？」
「それで二階にあがつて、『緑の部屋』にはいりました――」
「電灯をつけた？」

ノールズは多少慌てぎみになつて、「いや、電灯はつけなかつたのです。あの部屋には壁際にスイッチがないからです。スイッチは電灯についているのです。懐中電灯のあるテーブルは、窓と窓の間にあります。で、そのテーブルのほうへ歩いていきながら、なにげなく窓から外を見ました。」

「どの窓?」

「庭にむかつて右がわの窓です。」

「窓はあいていたの?」

「あいていました。もつと詳しくお話しましよう。ごらんになつたと思いますが、図書室の外には並木があるのですけれど、二階からの見晴しの邪魔にならぬよう、並木の高いところは刈りこんであるのです。あの屋敷の天井はどの部屋も高さが十八フィートもあります。天井の低いのは、建増した建物だけですよ。ですから、二階の見晴しの邪魔にならぬよう、先の方を切つても、それでも木の高さは可なりあります。二階から見ると木の頂が見えるので、それであの部屋を『緑の部屋』というのです。あの部屋から覗くと、庭が一目なのです。


そこまで話すと、ノールズは椅子から立ちあがつて前へ」み出た。そんな動作をするのは、彼としては初めてだつたので、多少きまり悪げではあつたが、それでも立つたまま説明をつづけた。

「ここに私が立つていますと、そこに——」と手で指さして、「したの図書室からもれる明りに照らされた並木があつて、そのむこうの庭の沢山の生垣や小道やプールがよく見えるのです。庭はそんなに暗くなかつたです。もつと暗いところでもテニスが出来るぐらいです。そしてそのプールのそばに、旦那様が両手をポケットに突込んで立つていらつしやつたのです。」

位置を示し終つたノールズは、また椅子にかえつて、「ただそれだけです、」と烈しい息遣いをした。

「それだけ?」

「はい。」

意外な返事に警部はきつとなつて彼を見た。

「なにを見たんだ? それを話してもらわんと困る。」

「ただそれだけです。下の並木でなにか動く音がしたような気がしたので下を覗いたのです、それから顔を起すと——」

警部はゆつくりと力をこめて、

「下の並木を覗いても、なにも見えなかつたと云うのですか？」

「いえ、顔を起したら、プールに倒れるところが見えたのです。」

「そのほかに？」

「そんなわけですから、他の者がそばへ近よつて、三度も咽喉に斬りつけて、また逃げ出すひまはなかつたわけです。そんなひまがあるはずはありません。倒れる前も、倒れた後も、あすこには旦那様が一人だつたのです。ですから自殺にちがいないと思うのです。」

「自殺にはなにを使つたのだろう？」

「ナイフのようなものだと思います。」

「思います？　見たんじやないの？」

「確実に見たわけではありません。」

「ナイフを握つているのを見たの？」

「遠いのではつきり見えなかつたのです。私はどんな結果になろうと、ただ見た通りのことを正直にお話いたします。」


一同の視線を浴びていることを意識して、彼はかたくなつていた。

「そうですか、で、そのナイフを彼はあとでどうしました？落したの？　どうしたんです？」

「見えませんでした、警部さん。じつさい見えなかつたのです。私はあの人を見つめていたのです。するとあの人の前で、なんだか変なことが、起つたような気がいたしました。」

「ナイフはほうり投げたのだろうか？」

「そうかも知れませんが、よく分りません。」

「もしほうり投げたら、あなたのところから見えただろうか？」

ノールズはしばらく思案したあとで、「それはナイフの大きさによります。それに庭にはこうもりもいます。テニスの球だつて見えないことがあります——」彼は老人だつた。だんだん顔が曇つてきた。いまにもびつくりするような大声をあげるのじやないかと思われた。だが彼は取乱すことなくまた言葉をつづけて、「信用してくださらないなら、仕方がございません。もう帰らして頂けますでしょうか？」

「待つた待つた！」警部は耳まで赤くなつて、血気にまかせて叱るようにいつた。黙つて聞いていたマデラインが微笑して警部を見た。

「いま、もひとつきいておきたいことがあるのです。二階からは庭がまる見えだつたそうですが、誰かほかに庭にいる人の姿が見えましたか——ジョンが斬られた時？」

「自殺なさつた時ですか？　いいえ、もつとも、すぐあとで私は『緑の部屋』の電灯をつけたのですが、その時には庭にたくさんの人が見えました。けれどもそれ以前には一人も——いや、ごめんください、警部さん。そうだ、いました、いました！」またノールズは指をあげて眉をひそめた。「あの時一人いました。一人いるのを見たのです。さつき図書室の前の並木で音がしたと云つたでしよう？」

「そう。」

「それで私は下を見たのです。下に注意を奪われたので、プールの出来事のかんじんなところを見そこなつたのです。下を見ると一人の紳士が立つて、窓越しに図書室を見ていました。それがよく見えたのです。といいますのは、木の枝が窓までとどかないので、木と図書室の間が一本の小道のようになつて、しかも窓から明りがさしているのでよく見えたわけなのです。その人は立つて図書室を見ていました。」

「だれ？」

「こんどおいでになつた本当のジョンさん——パトリック・ゴアと云われるかたでございます。」

そこに沈黙があつた。

警部はそつと鉛筆を下においた。そしてドクター・フェルの顔を見た。フェルは身動きもしないで坐つていた。もし半分あいた片方の目が光つていなかつたら、居眠つているように見えたかもしれない。

「そんならこういうことになりますね？」と警部がきいた。

「自殺か他殺か分らないが、とにかくその出来事の最中に、パトリック・ゴアはあなたの目の下の、図書室の窓のそとに立つていたのですね？」

「そうなんです、警部さん、やや左の、南によつたところに立つておられました。ですからはつきり見えたのでございます。」

「間違いありませんか？」

「ありません。」

「それが丁度、格闘したり、水がはねたりする物音が聞えた最中のことなんですね？」

「はい。」

警部は無表情にうなずいて、手帳のペイジをめくりながら、「その時ゴアがなにをしていたか、本人の話したことを読んでみましよう。『はじめは家の表の芝生を、煙草をすいながら歩き、つぎに家の南がわを廻つて、プールのある庭へ出ました。私が聞いたのは、ごく微かな水のはねる音だけですが、それを聞いたのは、家の側面を廻つていた時だつたと思います。』これで分る通り、本人は家の南がわを廻つていたと云うのに、あなたは水の音がした時、図書室を覗いていたと云いました。あなたの云うことは、本人の言葉と違うことになる。」

「本人がどう云われようと、私の知つたことじやございません。私はただ見た通りを話したのです。」

「そんなら、あなたの主人がプールに倒れたあとで、ゴアはどうしたのですか？」

「それは分りません。その時には私はプールを見ていたのですから。」

口のなかでひとりごとを云いながら、警部はたじろいだ。それからフェルにむかつて、「なにかご質問はありませんか？」

「あります。」

フェルが体を動かしながらマデラインに目をくれると、かの女が微笑をかえした。いずまいをただした彼はノールズを見ながら、

「あなたの説が正しいとすると、厄介な問題が二つ三つ出来てくるのです。たとえば、ゴアが真の相続者だとすれば、誰がどんな目的で指紋帳を盗んだかという問題ですが、それは後廻しにして、自殺か他殺かという問題を考えてみましよう。」ちよつと考えて、「ジョン・ファーンリ卿は――死んだ人のことですよ――あの人は左ぎつちよですか、右ききですか。」

「右ききでございます。」

「そんなら自殺する時、右手にナイフを握つていたわけですな?」

「そうです。」

「ふん、なるほど。ところでプールに落ち込む前に、両手をどういうふうに動かしたですか? ナイフのことは考えなくてよろしい。ナイフをはつきり見なかつたと云うのは本当でしよう。ただ両手をどう動かしたか話してください。」

「こんなに両手を咽喉に当てました、」と、ノールズは真似をしながら、「それから体をちよつと動かし、両手を頭のところへ持つてゆき、それからこんなに、」と、両腕を拡げて、「腕を伸したのです。それから前のめりにプールへ落ちこみ、水のなかで藻掻いたのです。」

「そんなら右腕を左にやつたりしないで、ただ両腕をまつすぐに両方に伸しただけですか?」

「そうなんです。」

ドクター・フェルは、テーブルから撞木《しゅもく》型の握りのあるステッキを取つて立ちあがり、重い足どりでテーブルに近よつて、新聞包みを解き、血のついたナイフをノールズに見せた。

「問題はそこです。自殺とすれば、ジョンはこのナイフを右手に持つていたのですが、両腕を両方に伸す以外の動作はしなかつた。かりに左手で手伝つたとしても、ナイフの柄を握つていたのは右手にちがいない。そして両腕を伸した時にナイフが右の方に飛んでいつた。ここまではよろしい。しかしそのナイフはどうして空中で方向を変え、プールの上を飛んで、十フィートほど離れた『左』の生垣へ落ちたのでしよう? しかも一つの傷ならまだしも、三つも自分の咽喉に致命的な傷を負わしたあとで、それだけのことが出来るでしようか? このへんがおかしいじやありませんか?」

フェルはそう云いながら、新聞紙に包んだ怖ろしい兇器を持つた片手を伸していたが、ふとその手がマデラインの鼻先へ行つていることに気づいて、慌てて引つこめた。それからまた下男に視線をうつして言葉をつづけ、

「一方でまたこの人の視力を疑うことも出来ない。この人はジョンがプールのそばに一人立つていたと云いますが、バロウズもそう云つている。水の音を聞いてバルコニーへ出た夫

人もそばに誰もいなかつたと云つている。だから、私たちはどちらかへ決めなくてはならない。一つはなんだか途方もないような自殺、一つは不可能な他殺、誰かこれを適当に説明して下さる人はないでしょうか？」

9

ちからをこめて、かなり烈しい語気でそうは云ったけれど、これはフェルのひとりごとみたいなものであつた。彼は返事を予期してもいなかつたし、また、じつさい返事をする者もなかつた。しばらく彼は本棚をみながら瞬きしていた。やがて彼の瞑想を破つて、下男ノールズは一同がびつくりするほどの咳をして、

「ごめんください！　このナイフが——その——」云いながらナイフを見る。

「そうらしいのです。プールの左の生垣から出てきたのです。自殺にこれを使つたと思いますか？」

「私には分りません。」

「見覚えありますか、このナイフに？」

「ありません。」

「マデラインさんは？」

かの女はちよつと驚き、おびえたような顔をして、静かに頭を横にふつた。それから上体を起した。そばで見ていたペイジは、かの女の巾のひろい顔や、丸味をおびた鼻が、美しさを損なわないばかりか、却つて顔全体の美しさを増しているように思つた。この女を見ると、いつも彼はその容貌を比較しうる物象を考える。この女にはどこか中世風のところがある。切れの長い目、厚い脣、静かに内部から湧き上るしとやかさ、そんなものがバラの花園や、中世の塔の高窓を聯想させる。やや感傷的な比較だけれど、じつさい彼はそんなものを聯想せずにいられなかつた。

マデラインは殆ど弁解するような口調で、

「わたし、こんなところへあがりましても、なんのたしにもなりませんし、また、自分に関係のないことしかお話しできないのですけれど、でも、やはりお話したほうがいいかと存じますの。」　愛想よくノールズに、「あなた自動車で待つて

いてくださらない?」

ノールズはおどおどした態度で会釈して出ていった。外にはまだ灰色の雨が降っている。

ドクター・フェルは椅子に坐ると、ステッキに両手を支えて、「マデラインさん、あなたにもいろいろおたずねしたいと思っていたのです。いまのノールズの話をどう思います? つまりどちらが真の相続者かという問題です。」

「それはなかなかむつかしい問題だと思います。」

「ノールズの云ったことを信じますか?」

「あの人は決して嘘なんかつく人じゃないのです。でもなにぶん年寄です。それに昔から子供のなかでも、いまのファーンリ夫人とジョンをいちばん可愛がっていました。ご存知かも知れませんが、夫人のお父さんは、ノールズの母親の生命を助けてやったことがあるのです。そんな関係で今でもノールズは夫人を大切にしているのです。それから昔はノールズが、ジョンに青いボール紙で、先の尖った魔法使の帽子を作ってやって、それに銀紙の星やなんかつけてやったこともあつたぐらいです。ですから、昨夜見たこと、考えたことでも、直接夫人に云う気になれず、わたしのところへ持って来たのです。あの人ばかりでなく、いろんな人がちよいちよい相談に来ますので、わたしいつもいいように取りはからっていますの。」

フェルは額に皺をよせ、「でも、不思議ですね——ふん——あなたは少年時代のジョンを知っているんですか?」笑顔でかの女を見ながら、「そんならジョンとあなたとの間に、少年時代のロマンスとでもいったようなものがあったのですか?」

女は顔をしかめた。

「なんだかわたし、お婆さんみたいになっちゃったんですね。まだ三十五か、その前後なんですけれど、あまりとしを詳しくおたずねにならないでいただきたいのです。いいえ、少年時代のロマンスなんてものは、少しもございませんでしたわ。べつに気をつけていたわけではなく、ただそんなことに興味を持っていなかったのです。ジョンさんが林檎畑でわたしにキスしたことは、一二度ございましたが、あの人はいつもわたしが、イヴのようでないと云って、苦情をおつしゃいましたわ。イヴというのは、アダム、イヴのイヴで、つまり野性的でないという意味なのです。」

「あなた、結婚なさつたことはないのですか?」

マデラインは赤くなつて笑いながら、

「まあ、ひどい! そんなにわたし、老眼鏡をかけてストーヴのそばで編物をするお婆さんのように見えますか?」

フェルはおごそかな声で、「マデラインさん、そうは見えません。お嬢さんの門前には、結婚申込の群集が、支那の万里の長城のような長い行列をつくり、それらの人が連れてきた奴隷は、贈物の大きなチョコレートの箱を、腰が曲るほどたくさん背負つて――エヘン、まあ以下は略しましようか。」

ペイジは久しぶりに女というものが顔を赤くするのを見た。もう純粋の赤面なんて上品なものは、この世からなくなつたものと考えていた。だが、どつちにしても、この女の赤面なぞは問題でないことにすぐ気がついた。というのは、すぐあとでかの女がこう云つたからである。

「この長い年月のあいだ、わたしがジョンを思い続けていたようにお考えになるのでしたら、それは思い違いでございますわ。」目を光らせて、「ほんとはあの人が怖かつたのです。あの頃、ジョンがあまり好きでなかつたように思うのです。」

「あの頃?」

「ええ、あとでは好きになりました。もつともただ好きというだけですけれど。」

「マデラインさん、」フェルは二重頤の顔を動かし目を光らせながら、「私の心の中の小鳥は、あなたがなにか話したいことを持つていらつしやるように云うのですがね、あなたはまださつきの質問に答えてくださらない。ジョンを詐欺漢と思いますか?」

かの女はかすかに体を動かして、

「なにもわたし隠し立てするつもりはございませんの。そんなつもりじや決してございません。それどころか、お役に立てばなんでもお話したいと存じています。でも、そのまえに、昨夜のファーンリ家の出来事を話して頂くわけに参りませんかしら。あの恐ろしい事件があつたすぐまえの出来事でございます。相続権を主張する二人の競争者が、どんなことを話し、どんな態度をとつたかというようなことを——」

「ペイジさん、あなた話しておあげになつたらいかがです?」

警部がいつた。

思い出すままにペイジは、こまかい陰影や印象をつけ加えながら、昨夜の会見の模様を話した。マデラインは時々うなずきながら、烈しい息遣いで耳を傾けていたが、聞きおわると、

「二人の会見で、どんなことをペイジさんは、いちばん意外にお感じになりました?」

「それは双方が絶対の自信を持つていることでした。ジョンは一二度たじろぎましたが、それはあまり重要でない質問の時で、重要な質問の時には熱意を見せていました。たつた一度彼が安心したように笑つたのを見ましたが、それはゴアがタイタニック遭難の際、彼に木槌で頭をなぐられて、殺されかけた話をした時でした。」

マデラインは息をはずませて、

「もひとつおたずねしたいのですが、二人のうちどちらかが、人形のことを口に出したでしょうか?」

しばらく一同が唖然となつて顔を見合わせた。ペイジは軽く咳払いして、

「人形? どんな人形ですか?」

「人形に生命をあたえる話だとか、それから本の話なぞしなかつたでしょうか?」そう云つたあと、かの女は顔色を変えて、「ごめんください。こんなことはおたずねしなかつたほうがよかつたのかも知れませんわ。いちばんにそんな話が出たんじゃないかと思つたものですから、ついおたずねしましたの。いまのこと、お忘れになつてください。」

フェルの大きな顔に好奇の表情がうかんだ。

「マデラインさん、忘れてくれとおつしやつたつて、そりゃ無理ですよ。そんなことを要求なさるのは、昨夜の出来事より、もつと大きい奇蹟を要求なさると同じですよ。あなたはいま人形のこと、その人形に生命をあたえること、それからどんな本か知らないが本のことなどおたずねになつたが、そんなものは多分、みな今度の事件に何かの関係があると考えなくちやならん。昨夜そんな話がいちばんに出ただろうと云いながら、すぐそのあとで忘れてくれとおつしやる。烈しい

好奇心を持つた普通の人間が、そんなことを忘れてくれと云われたつて——」

マデラインは頑強に、「でも、そんなこと、よく知りもしないわたしにおたずねになるより、あの人たちにおたずねになるべき問題だつたのじやないでしようか?」

「本といえば——」フェルは考えながら、「アピンの赤い本のことじやないでしようか?」

「ええ、あとでそんな名をつけられたそうですね。わたしはどこかで、あの本のことを読んだのですけれど、ジョンさんから聞いたように思うのですが、あれは本当の本じやなくて、筆記したものだそうですね。」

「でも、」と、そばからペイジは口を入れて、「マリがあの本のことをきくと、二人はその答えを紙に書いたのですが、あとでゴアはアピンの赤い本なんてものはありやしない、あれはマリが掛けた罠なのだと云いましたよ。ですからもし実際にそんな本があるとすれば、ゴアが贋者ということになりますね。そうじやありませんか?」

フェルは興奮してなにか云おうとしたが、長い息を鼻からもらしただけで、なにも云わなかつた。

「これは意外だ!」と警部は呟いた。「たかが二人の人間が、こんな混乱を巻き起そうとは思わなかつた。一人が本物かと思つていたら、こんどは片一方のほうが本物になつてきた。ところで、フェルさんも云われる通り、まずどちらが本物かということを決定しない以上、これから先の手が打てないのです。マデラインさん、逃げ廻つていらつしやるのじやありますまい。あなたはまだ返事をなさらない。死んだジョンは贋者なのですか?」

マデラインは、椅子の背に頭をのせた。これは感情がたかぶつた証拠で、ペイジは今までこの女が、こんな衝動的な態度をとつたのは見たことがなかつた。かの女は困つたように、右手を握つたり開いたりしていたが、

「それはまだ申し上げられません。奥さんに会つてから後にしてください。」

「奥さんがどうしたんです?」

「いえ、なに、死んだ人がわたしにいろんな祕密を打明けてくださつたのです。奥さんにも打明けなかつたことを。それ

が不思議ですか？」警部が真顔になつたのでそうきいた。

「いろんなゴシップがあるかも知れませんが、信じないでください。でも、わたし、ここで話すよりさきに奥さんに話したいのです。あのかたはご主人を信じていらつしやいました。ご主人がアメリカへ行かれたのは、まだあのかたが七つの時のことで、ただぼんやり奥さんの記憶に残つているご主人は、ジプシーのキャンプへ連れて行つて、そこで小馬に乗せてくれたり、石投げを教えてくれたりしたぐらいのことだけなんです。それに、奥さんはファーンリ家の名前だとか資産だとかいうものは、問題にしていらつしやいません。奥さんのお父さんのドクター・ビショップは、医者は医者でも、町医者でなかつたので、何十万という遺産をお残しになり、それがみな奥さんのものとなつたのです。それに、わたしなんだか奥さんは、あんな家の主婦となつて、いろんな厄介な責任を持つのを、そんなに好んでいらつしやらないように思いますの。あのかたはなにも地位やお金のために結婚なさつたのじやないのです。ご主人の名がジョンだろうが、ゴアだろうが、そんなことは問題にしちやいらつしやらないのです。ですから、ご主人としては、奥さんにお話しになる必要もなかつたわけなのです。」

エリオット警部には、マデラインの話の意味がわからなつかた。

「待つてください、マデラインさん。あなたはなにを話していらつしやるんです、彼が本物か贋者かという問題を話していらつしやるんですか？」

「だつて、わたしどちらが本物か知らないんですもの。」

「各方面から、ふちをあふれてこぼれるほど情報が集りながら、どれもこれも驚くほど摑みどころがない。それはまあどうでもいいとして、一つだけ教えてください。人形というのはどんな人形のことですか？」フェルがきいた。

マデラインはちよつとためらつたが、

「いま残つていますかどうか知りませんが、」と、窓に目をやりながら、「ジョンのお父さんは、嫌な書物といつしよに、その人形を屋根裏の部屋にしまつて、鍵を掛けてしまつたのです。ごぞんじかも知れませんが、ファーンリ家には昔妙な趣味をもつた人がありましたので、ジョンがそれに似ることを恐れたのでしよう。といつてその人形にべつに変なところや、気持の悪いところがあつたわけではないのですけれど。わたしはたつた一度その人形を見ました。ジョンがお父さんのところから鍵を盗み出して、煤けたカンテラに蠟燭をつけ、わたしを連れて階段をいくつもあがつたのですが、その部屋のドアは、もう何代も開けたことがなかつたのだそうです。ジョンの話によりますと、新しかつた時は、本当の女の通り美しくて、王政復古時代の衣裳をつけて、詰物をした箱のなかに坐つていたんだそうです。でも、わたしの見た時には、もう百年も出したことがないのでしよう、どす黒く汚れて、しなびて、ただ恐ろしく、気味わるいだけでございましたわ。それにしても、どうして世間の人が、あの人形を怖がるのでしよう、わたしにはそれが分りませんの。」

かの女の言葉の調子には、妙な気味わるさをペイジに感じさせるものがあつた。それは言葉に抑揚がなかつたためかも知れない。彼はマデラインが今まで、こんな話しかたをするのを聞いたことがなかつた。また、どんな人形か知らないけれど、人形の話も初耳であつた。

「その人形は大変精巧には出来ているのでしようけれど、なにも特別に縁起わるがる必要はないはずなのです。あなた将棋をさすケンペレンやメルツェルの自動人形、それから自動的にカルタをするマスキラインの『ゾー』だの『サイコ』だのという人形の話を、お聞きになつたことございますか?」

エリオット警部は頭を横にふつたが、面白そうに聞いていた。ドクター・フェルも話につりこまれて、鼻眼鏡を落したほどだつた。

「あなたが見たのは、アテネの執政官の人形じゃないかしら」と彼がいつた。「あれなら大したものですよ。殆ど人間と同じぐらいの大きさで、二百年間人々を煙に巻いた立派な自動人形です。ルイ十四世はひとりでに鳴るハープレコードを見たというじやありませんか。ケンペレンが発明してメルツェルが使つた人形は、一時ナポレオンの手にはいつたが、フィラデルフィア博物館の火事で焼けてしまつたそうですね? しかしどの点からみても、メルツェルの自動人形は、生きた人間と同じで、本当の人と将棋をさしても大抵勝つたそうです。どうして人形がそんなに動くか、いろいろ説があるようで、たしかポーもそのことを書いていたようですが、私はいまだに腑に落ちないのです。『サイコ』なら今でもロンドンの博物館へ行けば見られますよ。そんなのが本当にファーンリ家にしまつてあるのですか?」

「そうなんです。ですから、もしやマリがその人形のことをきいたのではないかしらと思つて、それでおたずねしたのですけれど、詳しいことはわたしなにも存じませんの。ただその自動人形は、チャールズ二世のころ、公衆の目にさらされていたのを、ファーンリ家の祖先が買い取つたもので、動いたり話をしたりするということは聞きましたが、カルタや将棋をするかどうかは存じませんの。わたしが見ました時には、いま申しあげましたように、しなびて黒く汚れていたのです。」

「でも、あなたは――エヘン――人形に生命をあたえるとか何とか云われましたね?」

「それはただジョンが子供の時、冗談にそんなことを云つただけなのです。わたしだつて真面目にそんなことを信じて云つたわけじやないのです。ただ昔のことを振りかえつて、マリさんがどんなことを覚えていらつしやるか知りたかつたのです。人形のある部屋には、いろんな悪いことを書いた本がございました。」また顔を赤らめて、「ジョンはそんな本にひきつけられたのです。人形を動かす方法を知つた人がいないので、そんなことを書いた本を探したのでしよう。」

デスクのうえの電話が鳴つた。マデラインの顔の動きや、その青い目の光にばかり気を取られて見まもつていたペイジは、捜るように片手を伸して受話器を握つたが、バロウズからの電話だと知ると、急に心をひきしめた。

「もしもし、すぐファーンリ家へ来てくれたまえ。警部さんやフェルさんもいつしよに。」バロウズはそういつた。

「どうしたんだ?」気持のわるい予感のようなものをペイジは感じた。

「用事の一つは指紋帳が出てきたんだよ。」

「え?　どこにあつた?」

みんなが電話器にかじりついたペイジを見ていた。

「女中の一人、ベティ、あの女を知つている?」

「うん、それがどうした?」

「ベティが行方不明になつて、誰にきいても分らないので、家の中のいそうなところを探してみたが、どこにもいない。なぜだかノールズも姿を見せないので、家の中が無茶苦茶なのだ。ところが奥さんの女中がとうとうベティを探し出したが、それがベティの行きそうもない『緑色の部屋』だつたので、誰も気がつかずにいたわけなのだ。ベティは指紋帳を持つて床の上に転んでいた。しかし顔色が悪くて息遣いが可笑しいので、すぐ医者のキングさんに来てもらつた。キングさんも心配している。まだ意識不明で、当分は口を利きそうもないが、体に負傷はないのだ。キングさんは意識不明になつた原因は明らかだといつている。」

「なに?」

ちよつとためらつたあとで、

「なにかにおびえたらしいのだ、」と、バロウズはこたえた。

10

ゴアはファーンリ家の図書室の張出窓の窪みに坐つて、葉巻をふかしていた。そのかたわらにバロウズ、ウェルキン、眠げな顔のマリが座をしめ、エリオット警部とフェルとペイジは、テーブルにむかつて坐つていた。

ファーンリ家はごつたかえしていた。それは日中わけの分らぬ騒ぎが始まつて、みんなが慌てていたうえに、下男がいないので、一層無秩序になつたからであつた。

召使らは警部に訊問されても、警部の云うことが分らなかつた。え? 事実を述べろ? 事実と云つたらなんですか? などと反問した。問題は可愛い女の子、ベティという女中のことだつた。この女中は昼食後行方不明になつた。行方不明に気がついたのは、アグニスという、もひとりの女中が、二人で二階の寝室の窓ガラスを拭こうと思つて、ベティを探しても、姿が見えないからであつた。午後四時、ベティを発見したのは、ファーンリ夫人附切りの女中タリーザであつた。タリーザが死んだ主人の書斎『緑の部屋』へはいつてみたら、ベティが手に紙表紙の本を持つて、窓際の床の上に、横向きに倒れていた。すぐ彼らはキングという医者を呼んだ。だが、医者の顔色を見ても、ベティの顔色を見ても、家の者は安心する気になれなかつた。医者はまだ病床につききりで看護している。

これは奇怪な出来事である。ちよつとした女中の過ちと云つてしまうには余りに怖ろしい出来事である。それは勝手を知つた自分の家で、四時間のあいだ全然姿を消すことができると誰かに聞かされると同じである。勝手を知つたはずの自分の部屋のドアを開けてみたら、そこに見知らぬ部屋があつて、そのなかに不思議な出来事が待ち構えていたと聞かされると同じである。警部は家政婦やコックや女中たちを訊問してみたが、彼らの日常生活の詳細以外、なにも摑むことができなかつた。ベティのこともきいてみたが、かの女が林檎が好きだつたことや、ゲイリー・クーパーに手紙を書いたことがあるというようなことしか、知ることができなかつた。

下男ノールズが帰つたことは一同を安心させた。マデラインも来たので、夫人が安心するだろうとペイジは考えた。マデラインは夫人に伴なわれて夫人の居間にはいつた。図書室にいる一同はそれを見て目を見合わせた。ペイジはマデラインとゴアが会つたら、どんな光景が展開されるだろうと思つた。けれども別に変つたことはなかつた。誰も二人を紹介しなかつた。マデラインは片手で夫人を抱きながら、ゴアと目を見合わせた。ペイジはゴアの目に、懐しげな色が浮んだように思つたが、両方とも口はきかなかつた。

彼らが図書室に集ると、そこでフェルは手榴弾を爆発させるように一同を驚かす事実を打明けたのであるが、まずこの事件について、警部に話しかけたのはゴアであつた。彼はよく火の消える巻葉に火をつけながら、「警部さん、あなたは今朝も同じことをおたずねになつたようですが、今度はもうそんなことをおたずねになつても無駄ですよ。今度は女中が気絶して指紋帳を誰かに握らされた時、私たちはどこにいたとおたずねになるんでしよう。そんなことをきかれても、私たちは不得要領の返事しか出来ない。私たちはあなたの命令でここに集つていた。しかし集つたのは、世間話をするためでなかつたことや、また私たちが女中の気絶した時間を知らないことは、よくご存知なんでしよう。」

「まず、この事件の一つの部分から、解決していこうじゃありませんか。」

不意にフェルがそういつた。

「ぼくもそれがいいと思うんです、」と、ゴアはフェルを振返つて云つたが、彼はフェルという人物に好感をもつているらしかつた。「しかし、警部さん、ぼくらは一度お答えしたのにまた――」

警部はにやにや笑つて、

「分つてます。でもね、必要とあらばなんべんだつてくりかえさなくちやならんですよ。」

「それは――」ウェルキンが云いかけた。

ゴアはそれをさえぎつて、「しかしそんなに警部さんは指紋帳の問題におこだわりになるのなら、その指紋帳の内容の問題にも、すこしは注意をお向けになる必要がありやしませんかね？」テーブルの上の警部とフェルの中間においてある破れた穢ない手帳に目をやつて、「どうしていま決めてしまわないのです？　死んだ人とぼくと、どちらが真の相続者かということを、どうしていま明らかにしないのです？」

「じや、云いましよう、」フェルの快活な声だつた。

みな耳を澄ました。ゴアが靴で石の床を搔く音だけが聞えた。顔に当てていた手をとつたマリを見ると、どことなく得意げな、それでいてちよつと皮肉のまじつた表情を浮べている。そして一本の指で頤鬚をつきながら、生徒の暗誦を聞く教師のような態度で、

「云つてみてください、フェルさん、」といつた。

フェルはテーブルの上の手帳を叩いて、

「この指紋帳を問題にしてみたところが詰らないんですよ。これは贋物なんです。と云つてなにも本当の指紋のひかえがないと云うのじやない。ただ、誰かの盗み出したこの指紋帳が贋物だと云うのです。」マリに視線をむけて、「聞くところによると、あなたは昔何冊も指紋帳を持つていたと、昨夜ゴアさんが話したそうですが、あなたが昔に変らず、茶目気分を持つていられるのは、嬉しいことです。あなたは盗まれる憂いがあると思つて、昨夜二冊の指紋帳を用意して来られた――」

「本当ですか？」ゴアがきいた。

マリは満足したような、機嫌を損じたような、妙な顔になつたが、興味ふかげにフェルの説に耳を傾けてうなずいた。

フェルは説明をつづける——

「——そして、図書室でみんなに見せたほうが贋物だつたのです。だからあなたは指紋を調べるのに長い時間を要した。ね、そうでしよう？　そしてみんなが図書室を出てしまつたあとで、あなたは破れかかつた本物の指紋帳を出し、贋の指紋帳をそつとポケットにしまつたわけですが、みんなが窓から見ると云つていたので、果して誰かが覗いているかどうかを見廻す必要があつた。嘘の指紋帳と本物を取りかえているところを見られると拙いですからね——」

「そこで、私は、」と、マリは真顔で話を受けて、「あの戸棚のなかにはいつて、」窓と同じがわにある壁に作りつけの書物を入れるための戸棚を指さし、「贋物と本物を取りかえたのですが、なんだかこの年になつて子供にかえり、試験でカンニングをしているような気持でしたよ。」

無言で警部はフェルとマリの顔をみ、彼らの云うことを手帳に書きこんでいた。

「だから指紋を調べるのに時間がかかつたのです、」フェルがつづけた。「ここにいられるペイジさんは、殺人の行われた時刻よりちよつと前に、窓から中を覗きこんだのですが、その時あなたが指紋帳を開けつつあつたと云つています。ですからあなたは指紋を比べる時間なぞ殆どなかつた——」

「三分か四分の時間しかなかつたです、」と、マリが訂正した。

「よろしい。とにかくあなたは真の仕事に取り掛らぬうち、災難の知らせを聞いたのです。けれども、わが親愛なるマリ君は、軽はずみの人じやない。災難の知らせを聞くと同時に、こりやことによるとトリックかも知れないと考えた。本物の指紋帳をテーブルの上においたまま部屋を飛び出すのは危険だと考えた。私は最初この話を聞くと、すぐその真相が分つた。そうですよ。あなたは部屋を出るまえ、素早く本物をポケットにしまい、贋物をおいて出たのです。どうです。当つていますか？」

「その通り。」気のなさそうなマリの答えだつた。

「だから、贋物が盗まれてなくなると、あなたはじつと坐つたまま、推理を働かせた。そして、あなたは昨夜はおそくまで起きていて、本物の指紋帳を前においたまま、真の相続者は誰であるかという口供書をお書きになつたと思うのです――」

「誰です、真の相続者は?」冷やかにゴアがきいた。

「むろんあなたです。」唸るようにフェルがこたえた。

彼はマリを振りむいて、

「それくらいのことは、あなたにはすぐ分つたでしよう。昔の生徒だから。分つていたに違いない。私なんかこの人と話をしただけで、大抵想像がついた――」

立つていたゴアは、不器用に椅子に腰かけた。ただもう嬉しそうで、灰色の目は云うに及ばず、頭のはげたところまで喜びに輝いているようにみえた。

「フェルさん、有難うございます。でもあなたは何もおたずねにならなかつたですね。」胸に手を当てたまま彼がいつた。

「皆さん、」とフェルがいつた、「あなたがたは昨夜この人の話をお聞きになつたでしようが、この人の話を聞いて誰を連想なさいますか? 顔や風采じやない、言葉つきや物の考えかた、それから自己の表現のしかたですね、そんなものが誰に似ていると思います?」

フェルは一同を見まわす。ペイジの胸にある考えがうかんだ。

「マリさんに似ていますね、」と、沈黙を破つて彼がいつた。

「マリさん。その通り。時もたつているし、性格の差もあるにはあるが、やはり争われないところがある。この人の生長しざかりに世話をし、勢力を持つていたのはマリさんです。この人の態度を見、弁舌を聞けばそれがよく分る。もつとも、それは外形的な類似であることは事実です。性質はエリオットさんと私が違うぐらい違うでしよう。けれど感化というものは長く残るものです。昨夜マリさんはいろいろ質問されたようですが、あのなかでいちばん重要だつたのは、少年時代にどんな本を好み、どんな本を嫌がつたかという質問だつたでしよう。この人をごらんなさい。」フェルはゴアを指さして、「好きな本として『モンテ・クリスト』その他を数え、嫌いな本の名を云つた時の、この人の目の輝いたこと! この人が贋物だつたら、少年時代の教師のまえで、あんなふうに喋れるもんじやない。こんな場合には事実だとか証拠だとかいうものは、取るに足らんものなのです。事実というものは、贋物でも聞き覚えで間に合わせることが出来る。問題は心の内部にあるものです。マリさん、どうです？　もう兜をお脱ぎになつたらどうです？　名探偵のように、いつまでも呆けた顔をしなくてもいいでしよう。」

マリの額に皺が現れて、気むずかしいような、はにかむような表情が浮んだ。が、しきりになにか考えていた彼も、負けてはいなかつた。

「事実だとか証拠だとかいうものは、取るに足らんものじやないです。」彼がいつた。

「私は事実や証拠は——」フェルは云いよどんで、「エヘン——よろしい。そうかもしれません。しかし私の断定は当つているでしよう？」

「でも、この人は『アピンの赤い本』を知らなかつたです。そんな物はないと書きました。」

「そりや、本でなくて写本だからでしよう。もつとも、私はこの人の弁護士じやない。ただ推理の糸をたぐつたまでです。またききますが、どうです、私の断定は当つたでしよう？」

「フェルさんは仕様がないなあ、私のお膳立てを、横つちよから打毀しちやつて！」マリはおかしな声で苦情をいつたあとで、ゴアにむかつて、「フェルさんの云われる通りです。これが本当のジョン・ファーンリ卿に違いありません。よう、ジョンさん！」

「やあ！」とゴアがこたえた。そしてペイジは、初めて彼の顔に真から温いものが浮ぶのを見たように思つた。

いままでピントを外れていた映像が、はつきり表面に焦点を合わして浮びあがり、本当のファーンリ卿が確認されるとともに、部屋のなかにひそひそ囁く声がしだいに高まつた。じつと床を見つめているゴアとマリは、てれくさそうにも見えれば、それを面白がつているようにも見えた。

「では、本当のジョン・ファーンリであることを証明していただけますか？」権威のある声できいたのはウェルキンであつた。

「私の役目はすみました。」真顔になつたマリはふくれた内ポケットに手を突込み、「これが証明です。少年時代のジョンさんのサインと日附のある指紋帳。これを疑われると困りますので、バーミューダをたつとき、この指紋帳の写真をとつて警察に預けておきました。それから一九一一年にジョンさんから受けとつた手紙が二通。指紋帳のサインと比べてみてください。それから昨夜とつた指紋と、私の比較の結論を書いたもの——」

「よろしい。ごくろうさまでした。」ウェルキンは感謝した。ペイジがバロウズに視線をむけると、彼の顔が蒼白くなつているようにみえたが、これは必ずしも彼が失望したせいとは限らず、張りつめた心の緊張が取れたためかもしれなかつた。

だが、振り返つて、いつのまにか部屋に入つてきたファーンリ夫人の姿を見た時、彼は初めてバロウズの蒼白くなつた意味を知つた。夫人はマデライン・デインを後ろに従えて、こつそり部屋に入つていたが、いまの話は聞いていたに違いなかつた。一同は椅子のきしる音をたてて立ちあがつた。

「マリさん、あなたは正直なかたなんだそうですが、いまのお話本当なんでございましようね?」とかの女がきいた。

マリはお辞儀をして、

「奥さん、ほんとにお気の毒です。」

「あの人、にせだつたのでしようか?」

「にせです。しかし本当を知る人を欺くことは出来なかつたのです。」

「ところで、」と、ウェルキンが穏かに口をはさんだ。「私はバロウズさんと隔意なく話を進めたいのですが——」

「でも、」と、バロウズも穏かに、「これはちよつと変つた事件ですし、私はまだ証拠がどんなものだか拝見していないのです。ですから一応書類を調べさせて下さいませんか? 有難う。それから奥さんと二人だけで話したいのです。」

夫人はぼんやり気の抜けたような顔をしていたが、「ではそういたしましよう。マデラインさんからも、いろいろお話を聞きましたけれど。」

マデラインは慰めるように片手を夫人の腕に当てたけれど、夫人はじやけんにそれを払いのけた。すこしも美人ぶらない金髪のマデラインの美しさが、暗い顔の刺々しい夫人といい対照をしていた。夫人はかの女とバロウズに目くばせすると、部屋を出ていつた。バロウズは靴を鳴らしながら跡を追つた。

「さあ、これからどうするんですかね?」とゴアがいつた。

「まあそんなに急がないで、私の云うことを聞いてください。」厳重な声で警部がいうと、ゴアもウェルキンも彼の顔をみた。「詐欺漢はプールで死にましたが、殺した人間も分つていなければ、なぜ殺したかということも分つていない。また指紋帳を盗んだ者があるが、贋の指紋帳だつたので、盗んだ者はそれを返しました。つぎに女中ベティは十二時から行方不明になつていましたが、四時間後に、この図書室の上の部屋で発見されました。気絶の原因は怯えたためだということですが、なにに怯えたかと云うことも、またどうしてベティが手に指紋帳を持つていたかということも分つていない。時に医者のキングさんは、いまどこにいらつしやるんです?」

「ベティのそばでしよう。どうしたんです?」ゴアがきいた。

「私たちは新しい疑問を抱くにいたつたのです。」警部はちよつと言葉を切つて、「どなたも昨夜お話しになつたと同じことをくりかえしてお話しになりますが、しかしゴアさん、殺人が行われた時刻のあなたの行動は、じつさいあの通りだつたのですか? よくお考えになつて答えてください。あなたの話と矛盾することを云う人が他にあるんですから。」

これはペイジが待ち受けていた言葉であつた。いつ警部がそれを切り出すだろうと、彼は興味を持つて待つていたのである。

「矛盾すること? 誰がそんなことを云うのです?」鋭く云つて、ゴアは火の消えた葉巻を口からとつた。

「それは誰でもいいんです。あの人がプールに転んだ時、あなたはどこにいらつしやいました?」

ゴアはじろじろ警部を見ながら、「誰かぼくを見ていた人があるんですか? ぼくはあの時この人を、」マリを指さして、「窓の外から見ていたのです。もう隠す必要はないでしよう。誰がぼくを見ていたのです?」

「窓の外からマリさんを見ていたというのが事実なら、あなたのアリバイが成立すると思つていらつしやるんですか?」

「不幸にして、容疑者の圏外に立つようになると思いますね。」

「不幸にしてとは？」警部は嶮しい顔になつた。

「冗談ですよ。ごめんなさい。」

「どうして最初そうおつしやらなかつたのです？」

「その質問のつぎには、窓を覗いたらなにが見えたかという質問なんでしよう？」

「あなたの云われることは分らん。」

分つていながら、分らないというのが、この警部の癖なのであつた。

ゴアは妙な表情を浮べて、

「あからさまに云いますとね、ぼくは昨夜この家へ来るとすぐ、なんだか腹黒いことが行われつつあるような気がしたのです。この人は、」と、マリを振りむき、彼にたいしてどんな態度をとつたらいいか判断に迷つているような顔で、「ぼくを知つていながら、わざと知らん顔をしていられた。ぼくにはそれがよく分つたのです。知つていながら黙つておられた。」

「それで？」

「ぼくの見たことを云いましよう。いまあなたが抜け目なく見抜いたように、ぼくは殺人の行われるより一二分前に、家のそばを通り抜けたのです。」ちよつと言葉をきつて、「ときに自殺でなくて他殺だということは、もう分つているのですか？」

「それはあとにして、あなたの行動を話してください。」

「ぼくがこの部屋を覗くと、人形みたいに身動きもしないで、じつと坐つているマリさんの背がみえたのですが、それが見えたと思うと、まもなく今までみんなで話した、息の詰る音に始まつて、水のなかで藻掻く音に終る例の怪しい音が聞えたのです。ぼくはすぐ窓際をはなれ、左のほうへ歩いていつて、そこからプールのほうを見たのですが、そばへ近づこうとはしなかつた。すると、バロウズさんが家を出て、プールのほうへ行くのがみえたので、ぼくはまたそれをよけて、窓のところへ行つたのです。もうこの時には、家の中にいた人も、みな災難を知つたらしいのです。窓際へ近づいたぼくがなにを見たと思います？ この尊敬すべき立派な紳士が、」また顋でマリをさしながら、「二冊の指紋帳を、なんだか手の中でこそこそやつていたと思うと、一冊を素早くこつそりポケットに入れ、他の一冊をテーブルの上においたのです……」

批判的の興味をもつて、マリはこの話に耳をかたむけていたが、「へえ？」と、驚いて妙な声を出し、「わたしがあなたを陥れるためそんなことをしていたように思ったのですか？」それでいて彼は満足げな顔だつた。

「そうですとも。あなたはなんでもないことのように云われるが、ぼくは不愉快でした。だからいよいよ腹黒い行いが表面化した時、最後の切札としてこの窓から見たことを話そうと思つて、それで今まで黙つていたのですよ。」

「もう云うことはありませんか？」

「ありませんよ、警部さん。その他の点は最初話した通りなのです、しかし窓際に立つぼくを見たというのは誰ですか？」

「下男ノールズが『緑の部屋』から下を覗いていたのです。」

警部がそう云うと、一同が安心したような顔になつた。警部はゴアから目をはなすと、マリやウェルキンを見ながら、

「どなたか、これに見覚えのあるかたはございませんか？」

と、ポケットから新聞紙の包みをだし、それを拡げて、血痕のあるナイフをみせた。

ゴアとウェルキンは、ただぼんやり見ているだけだつたが、マリは鬚のある頬が窪むほど口をあけて、瞬きしながらそれを見た。そして椅子を引きよせながら、

「どこから出てきました？」と早口にきいた。

「現場の近くなんですがね、見覚えがありますか？」

「指紋を調べたですか？　調べない？　そりや残念だ！」マリは段々熱心になり、「用心して触りますから、ちよつと持たせてくれませんか？　ジョンさん、」ゴアを振りむき、「私の思いちがいかも知れませんが、あなたこんなのを持つていたことはありませんかね？　私が上げたのを、何年も持つていたでしよう？」

「ええ、持つていました。ぼくはいつもひとつはナイフを持つている。」ポケットからそれより少し小型の古いナイフを出し、「でも——」

だしぬけにウェルキンはぽんとテーブルを叩いた。

「私はこの人の弁護士として、きつぱりと云います。そんな無茶な質問をするもんじやない。ゴアさんはそんな無茶な質

問には答える必要がない。これと同じナイフはどこにだつてありますよ。私もこんなのを持つていたことがある。」

ゴアは不思議そうに、

「しかしいまの質問は別に悪くはないでしょう? ぼくもこんなのを持つていました。タイタニック遭難の時、ほかの衣類や持物といつしよに失つたのです。でも、まさかあのナイフが――」

だしぬけにマリはポケットからハンケチを出し、それを口で湿して――ペイジは常からハンケチを口で湿すのを見るのが嫌な性分だつた――ナイフの刄の中央部にこびりついている血を、すこしばかりすり落した。すると光る鋼鉄の面に、不器用に刻んだ「マデライン」という文字が現れてきた。にやにや彼は笑いながら、

「これはあなたのですよ、ジョンさん。いつか私がイルフォードの石切工場へ連れていつた時、あなたが刻んだ字ですよ。」

「マデライン、」とゴアが呟いた。

そして後ろの窓を開けて、葉巻の吸殻を並木にむけて投げすてた。その瞬間、ペイジはちらつと暗い窓ガラスに映るゴアの顔を見た。それは妙に真面目な、判断に苦しむような顔で、彼のいつもの自分の気分と外界の気分との不調和から来る、人を嘲るような皮肉な顔とは、似てもつかないものであつた。彼はこちらへむいた。

「このナイフがどうしたというのです? あの哀れな、苦しみぬいた、小心者の詐欺師が、長い間このナイフを大事にしまつていて、最後にそれで自分の咽喉を搔き斬つたと云うのですか? あなたがたはこれを他殺だと云いながら、それでいて――それでいて――」片手で自分の足を叩いた。

「皆さん、私の結論をいいましよう。要するにこれはじつに不思議な不可能の犯罪ですよ。」エリオット警部がいつた。

彼は下男から聞いた話を詳しく話した。ゴアとマリは面白げにそれをきいたが、ウェルキンは当惑げな、不快な顔をしていた。警部がナイフ発見のてんまつを語る時には、一同が不安げに身動きしていた。

ゴアは考えながらマリにむかい、「誰もそばにいないのに殺された! 先生、これはあなたの畑のものですよ。長い間

「そうとは限らないでしよう。まだほかに盗まれた指紋帳が返つてきたり、女中が死ぬほどびつくりした事実があるのですから――」

マリは閉じていた目をあけて、

「でも、陪審員がどんな評決をくだすか、あなたにしても私にしても、大抵想像がつくのです。被害者が自殺後、ナイフをほうり投げるということは、あるいは出来るかもしれないが、あの場合誰かに殺されるというのは不可能なことです。だが、それにも拘らず、私は他殺だと思うのです。」

「へえ、へえ、その理由は？」フェルは両手をもんだ。

「これが他殺なら、兇器はこのナイフじやなかつたと思いますね。咽喉の傷あとからみると、むしろ牙や爪のようなものだつたと思うのです。」

「爪？」警部が叫んだ。

「ちよつと突飛な想像ですが、爪というのは、必ずしも文字

11

別れていたので、今のあなたのことは知りませんが、昔は探偵気取りで、こんな事件が起ると、いろいろ自分の説を述べられましたが――」

「今の私は馬鹿じやないですぞ、ジョンさん。」

「でも、やつぱりご意見を聞きたいですな。どんなご意見でもいいのです。みなそれぞれ意見を述べられたが、あなただけは、まだなにも仰つしやらない。」

「賛成！」フェルもそういつた。

椅子にもたれかかつて楽な姿勢をとると、マリは一本の指を動かしながら、

「たとえば、算術で沢山の数を計算して、最後にどこかで一けた上げたり、あるいは二倍するのを忘れていたことに気がつくことがありますが、純粋の理論もそれと同じ過ちを犯しやすいものです。いくら理論が立派でも、一個所に欠点があつたらもう駄目です。答案は違つた数字になつてしまう。だから私は純粋の理論については何も云わず、ただ思いついたことを一口云いましよう――警部さん、検屍の結果は大抵自殺ということになるのでしよう？」

通りに解釈する必要はない。理由を説明しましようか?」教壇に立つてものを云うようなマリの態度を、ペイジは不快に思つた。

「どうぞお願いします。こみいつているから説明が厄介ですよ。」警部は微笑した。

マリは普通の言葉の調子で、「では、こういうふうに説明しましよう。もしこれを他殺だと仮定し、また兇器をこのナイフとすれば、一つの厄介な疑問にぶつかるのです。それは加害者はなぜ兇行後ナイフをプールに捨てなかつたかという疑問です。」

警部は不思議そうに彼を見つめた。

「当時の情況を考えてごらんなさい。あの時加害者は、殆ど完全な――ええと――」

「道具立て?」ゴアが言葉を添えてやつた。

「道具立てとは嫌な言葉ですよ、ジョンさん。でもまあそれでもよい。あの時加害者は、自殺と見せかけるには、殆ど完全と云つてよい道具立てを持つていた。かりに加害者が兇器をプールに捨てたとすれば、誰も他殺とは考えはしない。みな自殺と思うに決つている。被害者は詐欺師であることがばれる寸前にあつた。そしてそれを逃れる道は、自殺よりほかになかつたのです。現在でさえ大抵の人がこれを自殺と考えるのですから、ましてナイフがプールに捨ててあつたら、もう自殺であることは疑問の余地がないのです。そのうえナイフをプールに捨てれば、それについている指紋も消えてしまう――ところで、皆さん、この殺人を、加害者があとで自殺と思われることを嫌がつたと解釈すれば、筋道が立つてきますが、しかし、そんなことを希望する加害者は、世の中にないでしよう。大抵の加害者は、自殺と見せかけるために、苦心するのが普通です。では、なぜナイフをプールに捨てなかつたか? プールからナイフが出てくれば、誰も他殺とは考えない、誰だつて被害者が使つたものと考えるに決つている。しかるに、警部さんの仰つしやることが事実とすれば、加害者はこのナイフをプールに捨てないで、わざわざ十フィートも離れた生垣のそばまで持つていつて、その中に深くさしこんだ――」

「その事実はなにを証明するのでしようか?」警部がきい

た。

「なにも証明しないです。」マリは指をあげて、「しかしこの事実は、いろんなことを考えさせてくれる。まず、この事実と犯罪との関係を考えてみましよう。あなた下男ノールズの話を信じますか？」

「マリさんは純粋の理論をのべていらつしやるんでしよう？」

「いや、しかしこうして話をすすめて行かないと、いつまでたつても結論を得られないのですよ。」

「私が不可能を信ずると云つてみたところで、結論は得られませんよ、マリさん。」

「そんならあなたは自殺と思いますか？」

「そうも思わん。」

「自殺と他殺と、どつちだと思います？」

警部はちよつと歯を出して笑つて、

「無理にでも返事をしろと迫られちや、返事をしないわけにもいかないでしようが、私はノールズの話は、補助的な証拠で、事実であることが証明されていると思うんですよ。ですから、私が彼の話を信ずるとして、話をお進めになつても構いませんよ。そうするとどういうことになるのです？」

「どういうことになるかつて、そりや、むろん、ノールズは何も見なかつたということになりますよ。見るべき物がなかつたんですからね。それには疑惑の余地がないと思うのです。被害者は一人で砂地に立つていたのだから、誰もそばに近づくことは出来なかつた。だから加害者はこのナイフは使わないのに、使つたと見せかけるため、血を塗つてあとで生垣にさしこんだ。ね、お分りでしよう？ ナイフというものは、ひとりでに空中にまいあがつて、三度も咽喉を斬つて、またひとりでに生垣に落ちるものではない。だからこのナイフは本当は兇器じやなかつたのです。この理屈はすぐお分りになるでしよう？」

「分らんですね、」と警部がいつた。「そんなら、マリさんは、他に兇器があつたと云うのですか？ なにかほかの兇器が空中から飛んできて、三度咽喉を斬つたあとで、消えていつたと云うのですか？ そんなことはないでしよう。そんなことは出来るわけがない。そんな兇器は、このナイフより、もつと信じがたいですよ。」

「フェルさんはどんなご意見です？」と、いきりたつてマリがきいた。

フェルはしきりになにか思案しているらしく、息をするごとに鼻を鳴らしていたが、それでも声はやさしく、「私はナイフ説に賛成しますね。それに、なんだか、蒼い顔をしたものが庭をうろうろしていたというじやありませんか？　警部さんは聴取りをお書きになつたでしようが、私はもういちど真相を捜つてみたい。ここにいられる一番面白い人に、二三質問させてくれませんか？」

「一番面白い人？」ゴアはそう繰返して、自分のことではないかと思つた。

「いえ、なに、ウェルキンさんのことですよ。」フェルはステッキでそのほうを示した。

警視のハドリは、いつもフェルのこの癖を遺憾に思つているのであるが、彼は行き詰つてくると、一見正しいもののなかに、正しくないもの、すくなくも意外なものを捜り出そうとする。ペイジはウェルキンが一番面白い人物だなんて考えたことはなかつた。長い気むずかしそうな顋《あご》をした肥つちよのウェルキンも、フェルのこの言葉には面喰つたらしい。だが、ハドリも認めているように、フェルの言葉は概して、あとになつて当つていることが分るのである。

「私ですか？」とウェルキンがきいた。

「私はさつき警部さんに、ウェルキンという名は聞いたことがあるように思うと云つたのですが、いまそのわけを思い出しましたよ。あなたは神秘な学問に興味を持つているので、弁護を依頼する人も変つた人が多いのでしたね？　このゴアさんの弁護をおひき受けになつたのも、いつやらのエジプト人の時と同じいきさつなのでしよう？」

「エジプト人と云つたら誰です？」警部がそばからきいた。

「ランキンさんが裁いたレドウィジ対アーリマンの名誉毀損事件を覚えているでしよう。あの時の弁護士がウェルキンさんだつたのです。」

「あの、幽霊を見たとかいう男のことですか？」

フェルは得意げに、「そうです。一寸法師みたいな小さい男ですよ。しかしあの一寸法師は幽霊を見たのじやなくて、ほんとは、彼の説によると、霊魂を見たのですよ。ロンドンでは評判がよく、ことに婦人に人気があつた。あの男は妖術禁止令で告発されるべきであつたのに――」

「あれは詰らん禁止令ですよ。」ウェルキンはテーブルを叩いた。

「じつは名誉毀損で告発され、ウェルキンさんの巧みな弁護と、顧問役ゴルドン・ベイツの骨折りで、無事に釈放されたのです。それからまたウェルキンさんは、デュクェーヌ夫人という霊媒が、殺人罪で告発された時にも、弁護に当りましたが、この夫人は自分の家で依頼人のひとりが怯えて死んだと云う理由で告発されたのです。ちよつと物凄い事件でしたが、こんな微妙な事件になると、法律の適用がなかなか厄介なのですよ。それからまだある。あれは素晴らしく美しい金髪の娘でしたが、この娘の罪名は、ウェルキンさんの骨折りで、大陪審員よりほかに、誰も知らずじまいでした――」

ゴアは珍しげに弁護士を見ながら、

「そんなことがあつたのですか？　私はちつとも知らなかつた。」

「あつたのです。あなたがあのウェルキンさんでしよう？」フェルがきいた。

「その通りです。しかしそれがどうしたと云うのです？　この事件とは何の関係もないでしよう？」ウェルキンがいつた。

なぜともなく、ペイジは不調和なものを感じた。自分の桃色の指の爪を見ていたと思うと、ふと顔を起して小さい目で向うを見るウェルキンの態度は、慎しみぶかい模範的な弁護士ではないか。チョッキの襟に白いスリップをつけ、角を折つた真新しいカラーをつけたウェルキンが、そんな種類の事件に興味をもち、そんな依頼人と交渉があろうとは、信じられないようなことである。

「わたしがウェルキンさんの話を聞きたがる理由はほかにもあるのです。昨夜庭であつた奇妙な出来事を、見るか聞くかしたのは、あなたよりほかにないのです。警部さん、ちよつとウェルキンさんの口述を読んでみてください。」

警部はウェルキンに目をそそいだまま うなずいて手帳をあけた。

「――それからまた植込みか生垣を掻き分けるような音も聞えました。それからガラス戸の一番下のほうから、なにかが食堂の中を覗いたような気がしました。それで、ことによると、なにか変つた出来事があつたのかとも思いましたが、でも私には関係のないことです――」

「よろしい。」フェルは目をとじた。

警部は自殺か他殺かという問題を考えているらしかつたが、ペイジは問題が今までよりちがつた方面に発展しだしたことに気がついた。そしてフェルも警部も、そうなつたことを喜んでいるようにみえた。警部は砂色の荒い髪のある頭を前にかしげて、

「今朝は、あまり面倒なことはおたずねしないつもりだつたのですが、しかし、ここに書いてある食堂を覗いたというのはなんのことですか?」

「その通りなのです。」

「あなたはプールから十五フィートぐらいしか離れていない食堂にいながら、ドアを開けて庭を見なかつたのですか? ここに書いてあるような物音が聞えても、庭を見ようとしなかつたのですか?」

「ええ。」

「それでことによると、なにか変つた出来事があつたのかとも思いましたが、でも私には関係のないことです――と書いてありますが、この変つた出来事というのは、殺人のことなんですか? あの時殺人が行われたと思つたのですか?」

ウェルキンは烈しく体を動かして、「そんなことはないですよ。私は今でも殺人が行われたとは思わないです。警部さん、どうしてそんなに疑うのです? 自殺という証拠が揃つているのに、どうして他殺などと――」

「では、あなたは、昨夜のは自殺だとお考えなのですか?」

「それに疑惑の余地はないと思うのです。」

「そんなら、この聴きとりに書いてあるのは何のことでしよう?」警部がきいた。

両手をテーブルの上にのせていたウェルキンは、そのままの姿勢で肩をすくめたが、肥つた穏かな顔には、何の表情も浮んでいなかつた。

「では、言葉をかえて、おたずねしますがね、ウェルキンさ

ん、あなたは超自然の出来事を信じますか?」

「ええ。」ウェルキンの答えは簡単だつた。

「誰かがここで超自然のことをしようとしたとは思いませんか?」

ウェルキンは警部の顔をみながら、

「こりや驚いた! 警親庁から来た人が、そんなことを考えているんですか?」

警部は英国人特有の暗い顔になつて、

「なにもそんなにびつくりせんでもよろしい。超自然のことがあつたというのじやない、超自然のことを『しようとした、』と云つただけです。超自然のことにも種類があります。あなたがお考えになるより、この土地には昔から奇妙なことが多かつたのです。私はデイリの殺人事件を調べるのが目的でこの土地へ来たのですけれど、あの事件だつて、私は行商人が金を取つたという以外に、もつと奥に何かあるように思つています。どちらにしても、ここに超自然の出来事があると最初に云いだしたのは、私じやない。あなたなのです。」

「私が?」

「そうです。あなたはガラス戸の一番下から、なにかが食堂の中を覗いたような気がしたと云いましたが、どうして『誰かが』覗いたと云わずに、『なにかが』覗いたと云うのです?」

ウェルキンの額とこめかみのあたりに、小さい汗の玉が浮んだ。もしこれを表情と云うことが出来るなら、これが彼の顔に表れた唯一つの表情であつた。

「誰だか分らなかつたからですよ。分つたら誰かが覗いたと云いますよ。正確を期したから、それでなにかが覗いたと云つたのです。」

「そんなら人間だつたのですか?」

ウェルキンはうなずいた。

「しかし、ガラス戸の一番下から覗いたと云うのなら、その人は寝転ぶか、しやがむかしていたのでしようか?」

「そうとは限りません。」

「そうとは限りませんとは?」

「どういうふうに云つたらいいか分らないのですが、その人は素早く動いていたのです。」

「よく分るように云えませんか?」

「云えませんね。私はただ死んだもののような印象を受けただけなんです。」

恐怖の寒けがペイジの背骨を走つた。どうして恐怖を感じたのか、それは自分でも分らなかつた。話題はしだいに変つた方面に移動しつつある。だが、その底にひとつの恐怖がひそんでいて、誰かがそれを掘り起すのを待つているように思われる。この時ウェルキンは素早い動作をした。胸のポケットからハンケチを出し、掌の汗をふいてまたポケットにしまつたのである。だがやがて彼がふたたび口を開いた時には、もとの思慮ぶかい、威厳のある弁護士にかえつていた。

「云つときますが、私は自分の見たこと感じたことを、そのまま正直に話したのです。そんなものを信ずるかときかれると、私は信ずるとお答えするよりほかありませんね。じつのところ、千ポンドやるから、暗くなつてあの庭へ出ろと云われても、私は出るのをお断りします。私のような職業の男が、こんなことを云うのは、ちよつとおかしいでしよう?」

警部は考えたあとで、「べつにおかしいとも云われないわけですが、でも、弁護士の言葉として、やつぱりおかしいですね。弁護士だつて、超自然のことを信じて悪いはずはないのですが。」

ウェルキンはそつけなく、

「そうですとも。弁護士だつて会社員だつて、信じて悪いはずはない。」

マデラインが部屋にはいつた。みなウェルキンに注意をむけていたので、それに気のついたのは、ペイジだけであつた。かの女は爪先で歩いていた。ペイジはかの女が今の話を聞いただろうかどうだろうと思つた。彼が立つて自分の椅子をすすめると、かの女はその椅子の腕に腰かけた。彼の位置から女の顔は見えず、ただ頤や頬の軟らかい輪郭が見えるだけだつたが、白い絹のブラウスの胸のところが、烈しく波打つているのが目についた。

マリは丁寧で礼儀正しくはあつたが、荷物を調べる税関吏のように、眉に皺をよせて、

「ウェルキンさんは、ありのまま正直にお話しになつたのでしよう。じつさい不思議なことです。もともとこの庭は評判

がよくないのです。何百年も前から評判がわるかつた。十七世紀の末、魔除けが目的で、庭を改造したこともあるぐらいなのです。ジョンさんも子供の時、この庭でお化けごつこをしたのを、覚えているでしょう?」

「覚えています。」ゴアはそのあとで、なにか云いかけたが口をつぐんだ。

「ところが、こんどあなたが帰つてくると、早速もぞもぞ庭を這いまわる足のない何者かに迎えられたり、女中が怯えて気絶したりした。ジョンさん、まさかあなたが昔の手で、人を驚かそうとしているんじやないのでしようね?」

黒いゴアの顔が蒼くなるのを見て、ペイジは意外に感じた。刺々しい言葉でゴアの落着きを失わせうるのは、マリが一人であるように思われた。

「違いますよ、」とゴアが答えた。「ぼくがどこにいたか分つているでしよう。図書室を外から覗いていたのです。しかしあなたはどうして、今でも十五才の少年に云うような口の利きかたをするのです。あなたは父にぺこぺこ頭を下げていたが、ぼくにも相当の敬意を示してもらいたい。でないと昔あなたが鞭でぼくを打つたように、今度はぼくが鞭で打ちますよ。」

だしぬけにゴアが癇癪を爆発させたので、フェルは妙な声をだして唸つたほどだつた。マリは立ちあがつて、

「お気に触つたとみえる。どうでもいいようになさい。私の仕事はすんだ。証拠品は揃つている。警部さん、用事があつたら宿にいますから連絡してください。」

マデラインは穏かにそばから、「ジョンさん、あまりひどいことを仰つしやらないほうがいいと思いますわ。わたしが口を出すのは悪いかもしれませんが。」

マリとゴアは、初めてかの女をまともに見た。かの女のほうでも二人を見た。

ゴアは微笑しながら、

「マデラインさんですか?」といつた。

「そうです。」

「昔友だちですね、」とゴアがいつた。そして眉をひそめ、マリを引きとめて、しんみりとした口調になり、「先生、もう駄目です。昔を呼び戻すことも出来ないし、また呼び戻し

ても仕方がない。二十五年の間、あなたは変化がなかつたかも知れませんが、ぼくは精神的にたえず動いていました。もし祖先の家へ帰つたらどんな気がするだろう、壁にかけた絵や、ベンチの後ろにナイフで刻んだ家を見たら、どんな気がするだろうと、絶えず考えていましたが、いま帰つてみると、ぼくを迎えるのは敵意ある目ばかりです。帰らなかつたらよかつたと思うです。しかし、そんなことはどうでもいい。なんだか問題が中心を外れてきたようですが、警部さん、あなたはさつき、この土地へ来たのは、ヴィクトーリア・デイリの殺人事件を調べるためだとおつしやいましたね？」

「そうです。」

急に興味をかんじたらしく、マリはまた椅子に腰かけた。ゴアは警部をみながら、

「ヴィクトーリア・デイリといつたら、たしかアーネスティン・デイリとかなんとか云つた伯母といつしよに、森の向うがわのローズバウァー・カテージに住んでいた小さい女の子じやないですか？」

「伯母のことは知りませんが、住んでいた場所はそこですよ。去年七月三十一日の夜、絞め殺されたのです。」

ゴアは陰気な顔で、「そんならぼくにはアリバイがある。去年はアメリカで幸福に暮していた。しかし何だか話が妙ですね。こんどの事件が、ヴィクトーリア・デイリの事件に、どんな関係があるんです？」

さぐるような目つきで、警部がフェルを見ると、大きな体のフェルは、眠げな顔をこちらにむけて、はつきりとうなずいてみせた。警部は椅子のそばにおいてあつた鞄のなかから一冊の本をだした。黒つぽい表紙のついた四折判の、百年ほどまえに発行したと思われる本で、背に「感心すべき歴史」という、妙な本の名が書いてある。警部がそれをテーブルの上におくとフェルが取りあげた。そばからペイジの観察したところでは、その本は見かけよりも古く、一六一三年、セバスチャン・ミシャエリのフランス語から飜訳してロンドンで出版したもので、紙は色あせ皺がよつて、タイトルペイジの反対のがわに奇妙な蔵書票がはつてあつた。

「ふん、ここにいらつしやるかたで、この本を見られた人がありますか？」

「見ました、」とゴアが静かにこたえた。

「この蔵書票は？」

「宅では十八世紀以後はその蔵書票を使わなかつたです。」

フェルは巻頭のラテン語の標語を指でおさえながら、

「『彼の血は我々および我々の子孫の上に。』トマス・ファーンリ、一六七五年——この本はいつもこの図書室においてあつたのですか？」

本を覗きこむゴアの目は、落着きなく光つていたが、ちよつとためらつたあとで、「いや、この部屋にはなかつた、」と皮肉な調子で、「魔術に関する本は、祖先がいつさい屋根裏の部屋にしまいこんで、厳重な鍵を掛けたのです。これもその一冊なんです。ぼくは子供の時、その鍵を盗んで合鍵を作り、自由にその部屋に出入りしました。万一見つかつたら、隣りの部屋が林檎の物置になつていたので、林檎を取りに来たと云うつもりだつたのです。マデラインさん、あなた覚えていませんか？　人形を見せてやるといつて、あなたをあすこへ引つぱつて行つたことを。あなたに鍵を貸してあげたこともあつたが、あなたはなぜだか屋根裏を嫌がつた——フェルさん、この本をどこから手におい れになりました？どうしてあの部屋から出て来たんでしよう？」

警部は立ちあがつてベルを押して下男を呼んだ。おどおどしたノールズが姿をみせると、

「奥さんはどこにいらつしやるか、探して呼んで来てください。」

ゆつくりとフェルは煙草とパイプを出した。そのパイプに煙草をつめ、火をつけて満足げに二三どすうと、手をふつて、本を指さした。

「この本ですか？　これは本の表題が平凡なので、当時だれも開けて読んだ者がなかつた。しかし、これは歴史上もつとも奇妙な記録のひとつ、一六一一年、エイにおけるマドレーヌ・ドラパリューの懺悔録で、妖術降霊会や悪魔礼拝のことを書いてあるのです。ヴィクトーリア・デイリのベッドのそばの、テーブルの上にあつたのです。惨殺される前に読んでいたのでしよう。」

12

ファーンリ夫人とバロウズの歩いてくる足音を、ペイジは図書室の静けさのなかで、はつきりときいた。

マリは軽く咳払いして、

「どうしてそんな本が出てきたのでしよう？　あの女は行商人に殺されたのでしたね？」

「まあ、そうでしようね。」

「すると、どういうことになるのです？」

この時口を切つたのはファーンリ夫人であつた。かの女は憎悪にみちた冷酷な目でゴアを睨みつけ、「わたし、この人には、相続権を主張する理由が断じてないということを申しあげに参りました。最後までわたしは戦う決心をいたしました。弁護士のバロウズさんは、そんなことで争うと、何年もかかつたうえに、費用もかさむと云つてくださるのですが、そんなことはすこしも構いません。いま一番大切な問題は、誰がジョンを殺したかということです。でも必要とあれば、その問題は後廻しにしてもよろしゆうございます。いま皆さんは何を話していらしたのでしようか？」

後廻しという言葉に、一同ほつとした思いだつたが、ウェルキンのみはゴアの弁護士として、すぐ夫人の言葉に喰い下らないでいられなかつた。

「奥さん、そうおつしやるには、なにか確実な証拠でも握つていらつしやるのですか？　証拠がなければ――」

夫人は意味ありげな目つきでマデラインを見ながら、

「ええ、あなたがたが思いも及ばぬ証拠があるのです。でもいまなにを話していらしたの？」

フェルは大声で説明した。

「いま大事なことを話していたんですが、それについて奥さんのご返事が聞きたいのです。いまでもこの家の屋根裏には、妖術だとか、それに関連した書物をしまつた小さい部屋があるのですか？」

「ございます。それがどうしたんですか？」

「ちよつと、奥さん、この本を見てください。これはその部屋にあつた本ですか？」

夫人はテーブルに近よつた。みんな立ちあがつたが、夫人は面倒そうに、

「そうでしよう。ええ、確かにそうです。あすこの本はみなこの蔵書票がついていて、ほかの本にはこれがないのですから、あすこの本の特殊記号のようなものです。どこにございましたの、こんな本?」

フェルはそれを説明した。

「でも、そんなはずございませんわ。」

「どうして?」

「本のことではずいぶん大騒ぎをしたからです。騒ぎだしたのは、なぜだか主人でした。その時まだ結婚してから、一年ぐらいにしかなつていなかつたのです。」夫人はバロウズがすすめる椅子に腰かけると、静かな茶色の目でじつと過去を見つめて、「結婚してこの家へ参りますと、主人がその屋根裏の部屋以外の鍵は全部わたしに渡してくれましたので、それをすぐ家政婦のアプスに渡したのです。でも、屋根裏の部屋の鍵だけは、主人が大事にして手放さないので、自然わたしもその部屋に興味を持つようになつたのです。」

「青髭のように?」ゴアがいつた。

かの女がむッとしてゴアのほうに顔をむけると、

「喧嘩をしちやいけません!」と、フェルが鋭くさえぎつた。

「けれども、その部屋に鍵の掛つている理由は、すぐに分つたのです。主人は最初全部の書物を焼き払うつもりだつたそうです。なんでも主人がこの家に来る前、みんながロンドンの本屋を呼んで来て、書物を値踏みさせたところ、その本屋は狂気になるほど喜んで、屋根裏の本だけでも、何万ポンドか分らぬほど高価なものだと云つたそうです。またその本屋の説によると、みな珍しい本ばかりで、なかには世界に一つしかない本もあつて、十九世紀の初め、世界からなくなつたと云われている写本もそのひとつだというのです。その写本は今までどこへ行つたか誰も知らなかつたのに、それが偶然この家の屋根裏から出てきたのです。その写本の名は『アピンの赤い本』といいまして、放埒な魔法の奇術のことばかり書いてあつて、その本を読んだほどの人は、誰も彼も頭に鉄の輪をはめるようになるという、じつに不思議な本なので

す。わたしがその本のことを思い出したのは、昨夜その本の名が出たからです。その時この人は」と、ゴアをかえりみ、「本の名さえごぞんじなかつたのです。」

「フェルさんが喧嘩をするなと仰つしやつたので、ぼくは何も云いません。」ゴアは快活に云つたあとでマリにむかい、「先生、みごとな質問でした。お分りの通り、ぼくは本の名は知らなかつたです。しかしどんな本かということはよく知つているし、また、もし今でも屋根裏にあるなら、その本を選び出すことも出来るのです。その本の特徴をひとつあげてみるなら、その本を所有している男は、誰かある人と会つて、その人から質問を受けぬ前に、それがどんな質問であるか、ちやんと分るのだそうです。」

「そんなら昨夜のような場合は、得をするわけですのね。」嘲るように夫人がいつた。

「そうですとも、ぼくがその本を見たという証拠になりますからね。またその本を読むと、生命のない物体に、生命を与える力が出来るとも云われています。これはファーンリ夫人がその本を読んだという証拠になりそうですね。」

部屋がざわめきはじめたので、フェルはステッキの先で床を叩いて鎮め、にこにこしながら夫人をふりむき、

「なるほど、なるほど、どうも奥さんはアピンの赤い本の魔法の力と云つたようなものは、信用なさらないふうですな？」

「ええそんなことは！」聞いているマデラインがはらはらするほどの、不器用な夫人の返事だつた。

「ふん、なるほどね。で、いまのお話の続きは――」

「とにかく、主人はその書物の処置について、いろいろ思案したのですが、結局焼いてしまうと云いだしたのです。わたしは焼くのは馬鹿げている、家に置きさえしなければいいのですから、売り払つたらどうですかと云いました。かりに売り払わないにしても、家に置いといても害はないでしようとも云いました。すると主人はあんなエロティクなことや悪いことばかり書いた本はつまらないと云いました。」夫人はちよつと言葉を切つて、また話をつづけた。「おかしな話ですけれど、わたしはそれを聞いて多少好奇心が起きたので、主人に連れられて屋根裏へ上つた時、そのうちの一二冊を取つて読んでみたのです。ところが主人の云うような本でない

ことがすぐに分りました。あなたがたがごらんになつても分りますが、退屈で面白くもないことばかりで、卑しいことなぞ少しも書いてなく、救命綱かなにかのことを、曲りくどく長々と、しかも舌が縺れたような昔風の綴りで説明してあるので、すつかり興味を失つてしまいました。ですから、主人がドアに鍵を掛けておこうと云いだすと、一も二もなくそれに賛成してしまつたのです。それ以後鍵はずつと掛けたままになつています。」

フェルは本の表紙を叩いて、

「でもこの本はそこから出て来たのでしよう?」

「そうにちがいないと思います。」

「あなたのご主人が鍵を持つていられたに拘らず、この本は屋根裏を出て、ヴィクトーリア・デイリの手にはいつたのです。」フェルは小刻みにすぱすぱ喫つたあとで、パイプを口からとつて大息をし、

「ですから、ヴィクトーリアの死と、ご主人の死との間には、なにかの関係があるんじやないでしようか?」

「どんな関係ですか?」

「例えば、ご主人がヴィクトーリアに本を貸したというようなことはなかつたのですか?」

「だつて、主人がこんな本をどう考えているかということは、いまお話いたしましたでしよう?」

「でも奥さん、それは問題じやないのです。なぜといいますに、あなたのおつしやるように、ご主人が真のジョン・ファーンリであるとすれば、少年時代にそんな種類の本に、大変興味を感じていたという事実が分つているのです。」

夫人は平気だつた。

「わたし抜き差しならぬ羽目になりましたのね。主人がそんな本を嫌がつたと云えば、人の性質はそんなに変るものでないから、本当のジョンでないのだと仰つしやるでしようし、それかと云つて、主人が本をヴィクトーリアに渡したと云えば――そしたらどう仰つしやるのでしよう?」

「わたしたちが希望することは、奥さん、正直に返事してくださると云うことだけですよ。正直な印象をお与えになることが、奥さんとしては一番大切なのです。どんなことでも、有りのままに話してもらいたいのです。ヴィクトーリア・デ

イリという女をよくごぞんじなのですか？」

「ちよつと知つています。信仰の深い女でしたわ。」

フェルは微かにパイプを振つて、

「と云うより、妖術がとても好きな女だつたと云つちやいけないのですか？」

夫人は指を握りしめて、

「ちよつとお伺いしますが、どうしてそんなに妖術々々とおつしやるのですか？　この本が屋根裏から出たのなら、妖術のことが書いてあることは事実なんでしょうが、でも、それをあの女が読んでいたからといつて、それでなにか証明できるのですか？」

「賢明な奥さんにはすぐお分りだと思いますが、一つの事実を証明できるのです。それはヴィクトーリアと、鍵の掛つた図書室と、この書物——この三つを一つにつなぐ線が出来るのです。ご主人はあの女をよく知つていられたのでしょうか？」

「そんなこと存じませんわ。あまり親しくはなかつたように思うのですけれど。」

フェルは眉にしわをよせて、

「しかし、私は人から聞いただけなんですけれど、昨夜のご主人の態度を考えてごらんなさい。その態度から心理を想像すると、こんなふうに思われるのです。一人の男が相続権を主張して現れた。しかしご主人にとつては、いまの財産は正当であろうが不正当であろうが、捨てがたいものになつているのです。しかるにゴアとウェルキンの二人は、もつともらしい話と、動かしがたい指紋の証拠を携えて、ご主人の城砦に迫つてきた。ご主人が部屋を歩き廻りながら思案されたのは無理からんことなのです。だが、いよいよ殺されかけた時には、ご主人はヴィクトーリア・デイリの死を調べるため、一人の探偵が村に入り込んでいることを思いだし、その点で微かな安心を感じられたにちがいない。私はそう思うのですが、どんなものでしようかね？」

その通りだつた。ペイジもそう思つたし、夫人も最後にそれをみとめずにいられなかつた。

「これで一本の線が出来上りました。これからこの線をたどれば、どこへ行けるか考えてみましよう。私は鍵をした部屋に次第に興味を感じてきたのですが、あの部屋には、本のほかになにかしまってあるのですか？」

夫人は考えた。

「ほかにはあの機械人形があるだけでございます。子供の時いちど見たのですが、大変好きだと思いました。それでしたへ持っており、なんとかして動かしてみたらと、主人に相談したこともあるぐらいなのです。わたしは動くものが好きなのです。けれども、持っておりたことはいちどもございませんでした。」

「ああ機械人形ですか。どんな人形なのですか？」フェルは急に興味を感じたように、ぜえぜえ咽喉を鳴らしながら体を起した。

夫人に代って答えたのはマリであった。彼は椅子にもたれかかると、

「あの人形のことは、フェルさんもぜひお調べになるとよいです。私は昔調べたことがあります。ジョンさんも調べました。」

「なるほど。」

「私が知っているだけのことを話してみましょう。ダドリ卿は人形を見せてくれることすらしなかったので、私は外部から調べあげたのですが、それによると、この人形はルイ十四世のために、自動ハープシコードを作った、トロイの楽器製作者レザンの作で、一六七六〜七七年、チャールズ二世の宮廷で展覧されて、大変な評判になったことがあるのです。大きさは殆ど本当の人間と同じで、小さい腰掛に腰をかけていて、王の侍女の一人を模して作ったものだそうです。しかしその侍女の名は分っていません。評判になったのは動くからです。シザンというギターに似た楽器で歌を弾いたり、見物人にむかって拇指を鼻に当ててみたり、そのほかいろんな仕草をするのですが、その仕草のあるものは不作法をきわめていたということです。」

みな固唾をのんで耳をすましていた。

「その人形をファーンリ家へ持ち込んだのは、いまの蔵書票を作ったトマス・ファーンリ卿なのですが、人形の動作が不作法なためか、それともほかに原因があったのか、とにかくその人形は、いつのまにか不吉な人形で通るようになり、な

にか事件もあつたらしいのですが、記録がないので分りません。十八世紀になつて人々が人形を怖れたのは、しかしその事件のためではないらしく、ダドリ卿にしても、その父や祖父にしても、みなそんな物に興味を持つていなかつたというのが本当のところなんでしょう。たぶんトマス・ファーンリ卿のみは、人形を動かす術を知つていたのでしょうが、遺憾ながらその秘術は、後世に伝わらなかつたらしいのです。そうでしよう、ジョン……や、ごめん、ジョンさん？」

ややや嫌味のまじつた最後の丁寧な呼びかけに、ゴアは軽蔑の色をうかべたが、言葉にはそんな感情はあらわさないで、「祕術は伝わつていません。また研究しても分らないのです。子供の時、祕密を捜ろうと智恵を絞つてみたのですが駄目でした。実物を見れば、いくら智恵を絞つても駄目だということがすぐ分りますよ。ですから――」目を輝かせて、「どうです？　みんなでこれから屋根裏へあがつてみようじゃありませんか？　これは今思いついたことなんですが、私は一人で行かれないので、なんとかして、昔のように、あすこへ忍びこむ方法はないかと考えていたんです。しかし、みんなで堂々と、白昼屋根裏へ行くのは構わないでしよう？」

はじめて彼は昼の光を見たように、荒々しく拳で椅子を叩いた。警部はそれをさえぎつて、

「まあ、お待ちなさい。なるほどそれは面白いお話、そのうち一度拝見したいとは思いますが、しかしそんな人形がこの事件に――」

「ほんとにそう思いますか？」フェルはきいた。

「なんです？」

「この事件に関係がないと思いますか？」フェルの声は凛としていた。「そんなことを考えている人が他にもあるんでしようか？　いつたいその人形はどんな風采をしているんです？」

「なにぶん古くなつていますしね、それにぼくがみたのは二十五年も昔のことですから――」

マデラインは身震いして、

「ほんと。だからお行きにならないほうがいいわ！」

「どうして行かないほうがいいのですか？」と夫人がきいた。

「だつて怖いじゃありませんか。」

ゴアは同情のこもつた目でかの女をみながら、

「そうだ、今思い出しましたが、あなたはひどくあれを怖がりましたよ。フェルさんはどんな人形かとおたずねになりましたね？　新しかつた時には、気味がわるいほど人間に似ていたと思うのです。骨組みはむろん鉄をつなぎ合わせて作つてあるのですが、肉は蠟で、髪は本物、目はガラス、片方の目がなくなつているのです。もう古びていると思いますが、でもそんなに変つてはいないでしよう。どちらかというと、肥つたほうで、じつと見ていると、なにか気に入らぬことがあるのじやないかと思われるような表情なのです。着物は錦織のガウンで、指や手はペンキを塗つた鉄、しかし楽器を弾いたり、手真似をしたりするため、関節のある指は長くて、鋭く尖つて、ちよつと、……以前は笑つたそうですが、ぼくの見た時には、そんな能力はなかつたです。」

「で、女中のベティは、イヴみたいに林檎が好きなのですか？」藪から棒のフェルの質問だつた。

「なんですか？」

「女中のベティですよ。なにかに怯えて気絶した女中のことです。あなたも覚えているでしようが、召使たちを訊問した時、あの女について一番最初に知りえたことは、林檎が大好きだということでした。ことによると家政婦アプス夫人からヒントをえて、夜の暗闇を利用して、屋根裏に林檎を食いに行つたのかもしれませんよ。それにあなたも」――赤い顔をゴアにむけ――「子供の時屋根裏で見つけられたら、林檎が食べたかつたのだと弁護するつもりだつたといま云いました。書物と人形のある部屋は、林檎の物置と隣り合つていると云いました。誰かベティが本当に怯えて倒れたのはどの部屋だつたか、また昨夜指紋帳を隠したのはどこだつたか、そんなことを説明してくれる人はありませんか？」

ウェルキンが立ちあがつて、テーブルを中心に部屋をまわりだした。動いているのは彼一人だつた。薄暗い図書室のテーブルを囲む人々の顔を、ペイジは後々までも思い出すことであろう。そのうち一つの顔が動いた。マリが頤鬚をなでながら、口を切つたのである。

「なるほど。こりや面白い。間取りをはつきり覚えていないのですが、確か屋根裏へ登る階段は、『緑の部屋』の廊下のおくにあつたように思うのです。では、フェルさんは、誰かが女中を担いで階段をおりて、『緑の部屋』へ連れて来たと、おつしやるんですね？」

フェルは頭をふつた。

「私はみんなで考えてみよう、でなければ帰つて寝たほうがましだと云うだけです。考えてみると、どの線も屋根裏へ登つているようです。ですから、屋根裏が迷路の中心、あらゆる厄介な出来事の源泉のようなものですよ。ひとつ行つてみようじやありませんか。」

「ではこれから行つてみましよう。奥さん、差支えありませんか？」

「どうぞご遠慮なく。ただわたし鍵のあるところを存じませんの。でも錠前をこわしたら宜しゆうございますわね。たくがつけた新しい錠前なんですけれど、ええ、こわしてください――こわしてください――ご案内いたしましようか？」

「有難う」と警部はすぐに答えた。「あの部屋へ入つたことのある人はまだあるのですか？　マデラインさんとゴアさんだけなのですか？　お二人はフェルさんや私といつしよに来てください。それからペイジさんも。他のかたはここで待つていてください。」

警部とフェルが低い声で話しながら先に立つと、夫人はその後に続くゴアを避けるように、いちばん前に立つた。最後がペイジとマデラインであつた。

「あなた、行かないほうがいいのじやないのですか？」

そうペイジがいうと、マデラインは彼の腕を握つて、

「心配なさらないで。わたしもなにがあるか行つてみたいのです。なにかわたしの奥さんに話したことが、却つて奥さんを心配させる結果になつたのじやないかと、そんなことが気掛りで気持わるいのですけれど、でも云うよりほかに仕方がなかつたのです。ペイジさん、わたしを意地わるの女だとお考えになります？」

彼は意外に思つた。かの女は笑いながら云つたのだけれど、目にはいちずに思いつめた強い光があつた。

「いいえ、どうしてそんなこと仰つしやるんです？」

「なんでもないのよ。でも、奥さんはほんとはご主人を愛しちやいらつしやらなかつたのよ。ただ義務と思つてこんなこ

とをしていらつしやるんだわ。外から見ちや分りませんけど、二人は仲の好い夫婦じやなかつたのです。ご主人は理想家であるのに、奥さんは実際家でしよう。ご主人が詐欺師であつたことは事実ですが、まだあなたのご存知ない、いろいろ複雑な事情が――」

「そんならぼくは実際家の味方になります。」

「ペイジさん！」

「そうじやありませんか。理想家がなんです！　もしジョンが本当にみんなの云う通りのことをしたのなら、あの男は仕様のない下等な男ですよ。そのくらいのことはあなただつて分るでしよう。それともあなたはあの男を愛してでもいたんですか？」

「そんなことをおききになる権利が、あなたにありますか？」

「権利はありません。しかし愛していたのですか？」

「ちがいます。」静かに云つて床を見た。「あなたがもつと観察眼があつたら、そんなこと初めからおたずねになりはしませんわ。」言葉を切つた。話題を変えたがつている様子である。「フェルさんや警部さんは、この事件をどう見ていらつしやるんでしよう？」

彼は口をあけたが、云うべきことがなかつた。

巾の広いゆるやかな楢造の階段をあがると、彼らは二階の廊下を左に折れた。『緑の部屋』のドアが開いていたので、なかの昔風の重々しい書斎用の家具や、どすぐろい壁がちらと目についた。右には廊下に沿つてドアが二つ見える。寝室であろう。廊下の突当りには庭を見下す窓がある。屋根裏へあがる階段のドアは――ペイジは話に気をとられて屋根裏へ上るのだということを忘れていた――その廊下の突当りの左にあるのだつた。

ペイジは屋根裏と関係のないことを考えていた。フェルも上機嫌でよく喋り、警部も気軽に自己発表を行つたが、ペイジにはなにも分らなかつた。二人は永久に喋り続けるのではないかと思われるほどだつた。だが、なぜ警官らしく指紋を取つたり、足跡を調べたり、庭で拾つたものを封筒に入れたりしないのだろう？　なるほどナイフだけは拾つたようだが、あんな物は馬鹿でも拾える。理論にしても、まだほかに考えかたがあるのではなかろうか？　警部は一同の聴取りを書いたが、あの聴取りはどう解釈したらいいのだろう？　だが、要するに、そんなことは警察にまかしておけばいい。もつとも、まかしておいても不安なことは同じだが。警察はなんでもない土地を掘り起して、そこからブレニムの頭蓋骨のような新事実を発見する。頭蓋骨がテーブルの上を転ぶ時まで、我々はそれに気がつかないのだ。いや、この喩えは少々縁起が悪いぞ。前には廊下がふさがるほど大きいフェルの背が歩いていた。

「あの女中はどの部屋ですか？」低い声で警部がきいた。

夫人は向うのドア、屋根裏のドアと反対のがわにあるドアを指さした。ごく軽く警部がノックしただけだけれど、なかから驚いたような呻きごえがきこえた。

「ベティよ。」マデラインがペイジの耳に囁いた。

「この部屋にいるのですか？」

「ええ、いちばん近い寝室へ連れこみましたの。いま取り乱しているのでしよう。」

その言葉の意味が段々ペイジに分つた。医者のキングが寝室のドアを開けて姿を現し、ちよつと後ろを振り返つたあとで、そつと音のしないようにドアをしめて廊下へ出た。

「いま部屋へ入つちやいけません。今夜か、明日か、多分明後日ぐらいまではまだ面会できません。いまのところ、まだ鎮静剤がよく利かないのですが、そのうち利いてくるだろうと思つています。」

警部は当惑したような心配そうな声で、「しかし、なんでしよう、大したことは――」

「大したことはないと仰つしやるんですか？」医者はそう云つたまま、半白の頭を垂れていたが、「失礼します、」と云つてドアを開けた。

「ベティが何かいいましたか？」

「手帳にお書き込みになるようなことは何も云わんですよ。寝言を云うだけです。だから、何を見て驚いたのか、まだ分らないです。」

みな黙つて医者の話をきいていた。夫人は顔色をかえたが、しいて慌てたさまを見せまいとしている。この老いたる医者は、夫人の父と親しい仲だつたので、夫人とも心安くしていた。

「おじさん、どんな容態かもつと詳しく話してくださらない？　わたしベティのためなら、どんなことでもしてやりたいと思つていますの。でも、ベティの容態はそんなに悪いんじやないのでしよう？　悪くなるはずがないじやありませんか。誰だつてびつくりすることはありますが、病気になるほどびつくりするものじやありません。そうなんでしよう？べつに危険というほどじやないんでしよう？」

「危険というほどじやありません。丈夫な若い女が、なにか見て慌てると、ついそのものに、手を出したりするものです。驚く時の精神反応は人によつて違いますから、ことによると、煙突が風に鳴るのを聞いて驚いたのかもしれないし、鼠を見て驚いたのかもしれないのです。いずれにしても今はそつとしとくのがよろしい。」声を低めて、「いましばらくですよ。すみません。看護のほうは家政婦のアプス夫人と私とでなんとかやります。お茶を持つてこさしてください。」

ドアがしまつた。

ゴアは両手を深くポケットに突込んだまま、

「どつちにしても何事かあつたんですよ。階段をあがりましようか？」

彼は廊下を横切つてドアを開けた。

たちまち一つの急傾斜の階段が現れて、壁にとじこめられた古い石なぞから発する、酸つぱいような匂いが鼻を突いた。人々は近代技巧の磨きをかけぬ、建物の内部の露出した背骨や肋骨を見せつけられるような気がした。召使たちの部屋は、建物の他のがわにあつた。窓がないので先頭の警部は懐中電灯をつけねばならなかつた。警部の次にゴア、それからフェル、夫人、マデライン。ペイジがいちばんあとから階段をのぼつた。イニゴー・ジョーンズが煉瓦と石の小窓を作つた時から今日まで、この屋根裏には誰も手をいれなかつたらしい。床が傾いているので、うつかりすると元の階段に滑り落ちる憂いがあつた。屋根を支える大きな樒の梁は、美しいというより物凄い力で人に迫つた。どこからか明りがはいつてくる。空気は重く、湿つて、どことなく蒸暑かつた。

突き当りに目的のドアが見えたが、それは屋根裏というより、地下室といいたいような、煤けて重々しいドアで、蝶番は十八世紀のものらしく、手を掛けるノブはなくなつて、錠はあるが使つてなく、そのかわりに南京錠が掛けてある——

だが、警部が懐中電燈で照らしだしたのは、その南京錠ではなかつた。

なにか床に落ちて、ドアに潰されていた。

嚙りかけの林檎である。

13

警部は六ペンス銀貨の端をねじ廻しの代りに使つて、南京錠の喰いついた、座金のねじ釘を廻しはじめた。長い時間がかかつたが、彼は大工のような辛抱強さで仕事を続けた。やがて座金が落ちると、自然にドアが開いた。

「人形の住家だ！」

嬉しげに云つて、ゴアは靴の先で嚙りさしの林檎を払いのけた。

「だめですよ！」烈しく警部が注意した。

「え？　この林檎、証拠品なんですか？」

「そんなことは分らないが、この部屋へ入つたら、私に無断でいろんなものに手を触れないようにしてください。」

警部は「部屋」と云つたが、ペイジの見たところでは部屋とは名ばかりで、むしろ六フィート四方の、本を入れる押入に近かつた。傾斜した天井には、汚れた不透明のガラスをはめこんだ小さい天窓があつた。本棚には歯の抜けたような空間がところどころにあつた。本はでこぼこの小牛の皮の表紙のもあれば、もつと近代的な装幀のもあつた。すべての物が薄つすらとしたフィルムのような埃に覆われていて、それに何かの跡が残つているように思われた。床には初期ヴィクトリア朝時代の腕椅子。警部が電燈をむけると、人形が今にも飛びかかつて来そうな気勢を示した。

さすがエリオット警部も、思わず後退りした。人形は美しいとは云われなかつた。昔は美しかつたのであろうが、今は片目が落ちて、顔のその部分がすこしばかり毀れ、以前は黄色だつたと思われる錦織のガウンも色が褪せて、顔にひびがはいつている。

その人形は立つたら殆ど人間の背ぐらいありそうに思われ

るのだが、かつては金や色ペンキを塗つてあつたと思われる、長方形の寝椅子の上に腰掛けていた。その寝椅子は人形からはみ出さない程度に小さくしてあつて、自由に床の上を動かせるように、四隅に小さい車を取りつけてある。人形よりも後で取りつけたらしい鉄の車だつた。半ば宙に浮いた両手が、妙におどけた、媚びるような格好で、それが却つて気味わるかつた。自動人形の総重量は、二百ポンドか、あるいは三百ポンドぐらいのところらしかつた。

人形を見ると、マデラインは安堵したように、くすくす笑い、警部は唸り声を発し、フェルはちよつと呻いたあとで、

「ふん、こりやウドルフォかな？　藪蛇らしいぞ。」

「え？」

「お分りでしよう。あの女中が青鬚の部屋に入りかけて、初めてこの人形を見て――」舐めていた口髭の端を吹き出し、

「いや、そんなことはないですな。」

「そうじやないですよ。」と警部が相槌をうつた。「あの女がここで気絶したとすると、どうして入つたかが問題になつてきます。また、誰が階段をひきずりおろしたのです？　指紋帳はどこから取つてきたのです？　いくらなんでも、人形を見ただけで、あんなに病気になるほど驚きはしますまい。ちよつと驚いて、悲鳴をあげるぐらいのことは、あるかもしれませんが、ヒステリーの患者でもない限り、あんな容態にはならんですよ。奥さん、召使らは、ここに人形があることを知つているのですか？」

「ええ、知つていることは知つてますが、見たことのあるのは、ノールズか家政婦のアプス夫人ぐらいのものでしよう。」

「そんなら見ても驚きはしないでしよう？」

「ええ。」

「もし、この狭い部屋で、あの女中が何かを見て驚いたとすれば――この部屋という証拠はないのですが――」

「これをごらんなさい。」

フェルはそう云つて、ステッキで床をさした。

懐中電燈の光が照らし出したのは、人形の足もとに落ちている白いきれであつた。警部が拾いあげてみると、それは縁飾のある女中のエプロンで、最近に洗濯したものにはちがいないが、ところどころ埃でよごれて、ぎざぎざに破れたとこ

ろが二つばかりあつた。

フェルは警部の手から、それを受けとると夫人に渡して、

「ベティのでしよう?」

夫人はエプロンを手にとると、その紐のぐあいや、隅のほうに縫いこんだ小さい名前を見てうなずいた。

「待つてください!」といつてフェルは目をつむつた。そしてドアのそばに立つたまま、ぐらぐら体を動かして、眼鏡が落ちるのを防ぐように手を当てていたが、眼鏡から手を取つた時には、妙に陰気な無愛想な顔になつていた。「よろしい。私の話を聞いてください。林檎のことが証明できないように、このエプロンのことも証明することは出来ない。しかしこの部屋でどんな出来事があつたか、大体の見当はついたような気がする。十二時から四時までの間の、果して何時頃女中が気絶したか、そしてその時刻に一同が何をしていたか、これを調べるのは、単に当然の手順であるばかりでなく、この事件の最も重要な点なのです。なぜというに、女中はこの部屋で殺人者を見たんですよ。では殺人者がここで何をしていたか、それは分らない。が、とにかく殺人者はここで発見されると非常に不利になると考えたので、何かの方法で女中を気絶させ、それからエプロンで、埃の上に残つた足跡や手の跡を拭き、二階まで連れおろして、前夜盗んで今は不用になつた指紋帳をその手に握らせ、そしてエプロンを床にすてたまま出ていつたのです。どうです?」

警部は手をあげて、

「待つてください、それは即断です。」ちよつと考えて、「いまのお説に二つの欠点があると思うのです。」

「どんな?」

「一つは、犯人がここで何をしていたかという問題は問わないとしてもですね、とにかく犯人がここにいたことを秘密にするため、無意識になつた女中を、一つの場所から他の場所に移すでしようか? それで目的が達せられるでしようか? そんなことをするのは、発見されたのを無効にするのでなくて、ただ時機を延ばすだけです。女中は死んだのでなく、生きているんですから、いつかは意識を恢復するじやありませんか。意識を恢復したら、この部屋で誰がどんなことをしていたかということを、喋つてしまうじやありませんか。」

「なるほど、そこが厄介なところですね。玉にきずと云うところですか。しかしね、エリオットさん、この一見矛盾したように思われる難問題に、この事件の解決が掛つているのじやないでしょうか。で、もひとつの欠点というのは？」

「ベティは傷を受けていないんです。殴られてもいない。ただ何かを見たために、昔の女のように驚いて気絶したのです。その見た物が何であるかと云えば、ただ誰かが不都合なことをしていたと云うにすぎない。そこがおかしいんです。今の女は気が強いですよ。気絶するほど驚いたのは何を見たためでしようか？」

フェルは警部の顔をみながら、

「自動人形だつたかも知れませんよ。いまこの人形が手を出して、あなたの手を握つたとしたら、あなただつてびつくりするでしよう？」

この言葉を聞いたほどの者は、誰も彼も、思わず後退りしないでいられなかつた。六人が六人とも、人形の毀れた顔や、妙な格好の手を見まもつた。その手は握られて気持好さそうな手ではなかつた。手ばかりではない、ひびのはいつた蠟細工の顔から、黴のはえたガウンに至るまで、手を触れて気持よさそうなところはどこにもなかつた。

軽く警部は咳ばらいして、

「では、要するに犯人がこの人形を動かしたとおつしやるんですね？」

そばからゴアが口を出した。

「この人形は動くはずがない。それはぼくの子供の時に、すでに試験ずみなのです。その後、誰かがこれに、電気仕掛か何かを取入れでもしたのならとにかく、ファーンリ家の九代の人々は、みな動かそうとして、失敗しているんです。もしこの人形を動かしうる人があるなら、ぼくはその人に千ポンドの賞金を出してもいい。」

「その人というのは男ですか、女ですか？」

マデラインがきいた。ペイジの見たところでは、かの女は半ば冗談らしかつたが、ゴアはどこまでも本気だつた。

「男でも、女でも、子供でもよろしい。とにかく近代科学を利用せず、二百五十年前と同じように、この人形を動かしうる人があつたら、ぼくはその人に千ポンド出します。」

「千ポンドと云つたら大した金だ。とにかくこれを外に曳きずり出して見ましよう。」快活にフェルがいつた。

警部とペイジが、人形の鉄製の台に手をかけて、部屋から引つぱり出しかけたら、敷居に衝突して人形の頭がぐらりと動揺した。ペイジは人形の頭から、髪の毛が抜け落ちはしないかと心配したほどだつた。だが、台の下の車はきいきい軋りながらも、滑らかに動いて、難なく彼らはその人形を、階段の上の窓のそばまで持つてくることができた。

「説明の続きをお願いします、」とフェルがいつた。

ゴアはこまごまと人形を眺めていたが、

「まず、誰にでも気のつくことは、人形の体全体が時計仕掛になつているということなんですが、然しぼくは専門家でないので、この沢山の歯車が純粋のものであるかどうか、また、どんな働きをするものであるかと云うようなことは分らないんです。この歯車の多くは本物でしようが、なかにはまがい物もあるかも知れません。分つていることは、人形全体が歯車で出来ているということだけです。たしか背のところに長い窓があるはずですから、その窓が開くなら、そこから手を突込んでごらんになつて——あッ！　痛い！」

ゴアは眉をひそめて手をひつこめた。ついうつかり手を動かしたので、自動人形の鋭い指で手の甲を引つ搔かれたのである。彼は血のにじむ手の甲を舐めながら、

「この人形め！　横面を張り飛ばしてやろうかな！」

「お止しなさい！」マデラインがいつた。

彼は面白そうに、「じや毀すのは止しましよう。しかし警部さん、この人形の内部をよく見てください。ぼくの云いたいのは、要するにこの人形の内部は歯車で一杯になつていて、人間が隠れようと思つても、隠れることは出来ないということなんです。」

相変らず警部はむつかしい顔をしていた。人形の背の窓ガラスは毀れていたが、彼はそこから懐中電燈で内部を照らしてみたあとで、その手を突込んで手捜つた。彼はなにか驚いたらしい。が、口に出してはただ、

「そうですね、このなかには隠れるわけにいかん。このなかに入つて誰かが人形を動かしたと云つた人があるのですか？」

「そんなことを云つた人はないが、動かすとすれば入つて動

かすよりはかないでしよう。人形のほうはそれで分つたとして、こんどは腰掛を調べてみましようか。ごらんください。」

腰掛は人形より厄介だつた。寝椅子の前面は、蝶番で開閉するドアになつていて、左のほうに小さいハンドルのようなものが見える。そのハンドルのようなものを、しきりにゴアが、ここそつついていたと思うと、まもなくそのドアが開いた。ドアの開いたところをよく見ると、箱は長さ三フィートに高さ十八インチ以上ではない。なにも塗つていないので、鉄が赤く錆びている。

得意げにゴアは説明を続ける――

「みなさんは、メルツェルの将棋をさす人形のからくりを、お聞きになつたことがありますか？ あの人形はいくつかの箱の上に順々に坐つて将棋をさすのですが、その箱にはやはりこれと同じドアがついている。人形使いはいよいよ将棋をさせるまえ、箱の内部に仕掛のないことを見物人に納得させるため、順々にそのドアを開けて内部を見せるのですが、じつは一人の小さい子供が箱のなかに隠れていて、ドアが開くと同時に、順々に次の箱に乗り移つているので、見物人はどの箱も空のような印象を受けるのです。この人形にも、あるいはそんなからくりがあるのじやないかと云う人もありますが、当時の見物人は子供なんかいなかつたと書いている。この箱に入る子供はよほど小柄でなければなりませんし、またそんな子供を連れてヨーロッパを旅行していると、人目についてからくりを覚られるにちがいないのです。またこの人形の箱にはドアが一つしかなくて、見物人は実演に移るまえに、箱の中を調べるのです。人形は床から離れているうえに、床には敷物が敷いてある。だからこの人形がひとりでに動き出すはずはないのですが、それにも拘らず、人形使いの命令があると、ギターに似たシザンという楽器を受け取つて見物人の所望する歌を弾く。弾いたあとで楽器を返すと、当時はやつた道化た身振り手真似をして、どつと見物人を笑わせるのです。こんな人形を持つていたぼくの祖先が得意がつたのも無理はありますまい。しかしその祖先が、からくりを知つたあとでどうして気をかえたのだろうと、それが不思議でならないのです。」

ゴアは調子をおとして、

「どうです、これがどうして動いたか、分る人がありますか?」

「猿みたい!」と夫人がいつた。低い声だつたけれど両手は堅く握りしめていた。「いつまでそんな物を自慢なさるんです? もういいかげんでお止しになつたら? こんなおもちやのようなもの、ペイジさん、あなたもおもちやの説明はもう沢山でしよう? それから警察のかたも、いつまでも子供のようにおもちやを珍しがつていたつて仕様がないでしよう。昨夜人が殺されたというのに。」

「よろしい。じや話題を変えてききますが、誰かこの人形の動いた理由を説明できる人がありますか?」

「結局あなたは自殺だと云いたいんでしよう?」

「奥さん、」とゴアはがつかりしたような顔で、「ぼくがどう云おうと、そんなこと問題じやないのです。どつちにしてもぼくは攻撃される。ぼくが自殺と云えばAとBとCから憎まれ、他殺と云えばDとEとFから憎まれます。かりに過失死と云つたとしても、GとHとIから憎まれるのです。」

「なかなか上手にお立ち廻りになるんですね。警部さんのご意見は?」

「奥さん、私たちは非常に困難な問題を解決しようとしているのですが、この問題は皆さんの態度によつて左右されるようなものじやないのです。そこを考えてくださらないと困るです。この事件にはこの人形が重大な関係を持つている。だから感情に走つてとやかく云つてはなりません。感情以外のものも、この人形に関係があるんですからね。」

警部は人形の肩に手をおいて、

「ゴアさんの云われるように、この人形の中の時計仕掛が贋物であるかどうか、それはまだ分りませんが、私は機械が動くかどうか、よく研究してみたいと思つています。なにしろ二百年の歳月がたつているのです。昔通りに動くかどうか頗る疑問ですが、然し二百年前の時計が動くことは珍しくないのです。それにいま後ろから手を突込んでみたら、どうも最近油を誰かさしたらしい。」

夫人は眉にしわをよせて、

「なぜでしよう?」

「なぜだかいまそれを考えていたんですが、フェルさん、あなたは——」警部は振りむいて、「あッ、どこです？」

大きなフェルの体が行方不明になるなんて、世の中には妙なこともあるものだと、ペイジは不思議に思つた。彼はまだフェルのいつもの癖を知らないのだ。フェルはよく行方不明になるが、そんな場合探し出してみると、大抵は詰らぬ何でもないことを隅のほうでやつている。警部は間もなく本棚にマッチの火がついているのを発見した。よく見るとフェルがしやがんで、マッチを次から次とすりながら、本棚の下のほうを覗きこんでいるのであつた。

「え？　なにか云いましたか？」

「あなたは今私の話を聞いていらつしやつたのじやないのですか？」

「ああ、あれですか？　エヘン、聞きましたよ。しかしファーンリ家の何代もの人が試みて失敗したのに、今更成功するとも思われない。私はそれより、人形使いがどんな服装をしていたか、それを知りたいのです。」

「人形使いの服装？」

「そうです。伝統的な手品師の服装というものは、人目につかぬと同時に、当人に取つて都合のよいものだろうと思うんです。しかし本を探してもなかなか見つからない——」

「本ですか？」

「ここには正統派でない本ばかり、正統に蒐集してあるようですね。妖術に関係した公判記録がたくさんある。これはみな初めてお目に掛る本ですよ。ここに自動人形の公開法を書いた本がありますから、これを拝借して帰つてもいいですか？　有難う。これはなんだろう？」

フェルが隅のほうから取りだしたのは、毀れかかつた古い木でつくつた箱であつた。ゴアは意地わるげに笑いながらそれを見ていた。ペイジは急に屋根裏が身動きできぬほど人で満たされたのを感じた。

それは今まで階下にいたマリとバロウズが、辛抱しきれなくなつて、無断でのこのこ上つてきたのであつた。眼鏡をかけたバロウズと、落着き払つたマリの二人は、階段の途中に立つて、顔だけ覗けたが、上つて来ようとはしなかつた。フェルは木箱を自動人形の台の縁に落ちないようにのせた。

「ちよつと人形を支えていてください。床が平坦でないから、階段へ滑り落ちたら大変だ。さあ箱を調べてみましょう。ひどい埃だ。」

箱の中には子供のガラスのお弾きや、柄をペンキで塗つた錆びたナイフ、擬餌鉤、大きな四本の鉤を付けた重い鉛の玉、変つたものでは古い婦人の靴下どめのガーター。だが彼らの注意の焦点になつたのは、いちばん上にのせてあつた針金と羊皮紙でできたマスクであつた。それはジェーナスの面のように、前後両方に顔のあるマスクなのだが、どこが目だか鼻だか分らぬほど、黒く煤けて皺がよつている。フェルはそれに手は触れなかつた。

「気味が悪いのね。なんでしよう？」マデラインが呟いた。

「神の面です。」フェルが答えた。

「え？」

「妖術の集会で主人役の人がつける面なのです。妖術の本を読む人は元より、甚だしいのに至つては、本を書く人でさえ、本当の妖術がどんなものであるか知らぬ人が多いようです。私は妖術の講義をするつもりはないけれど、ここに見本があるから云うのですが、悪魔崇拝はキリスト教の儀式を真似ながら、じつは偶像崇拝の変形したものに過ぎないんです。悪魔崇拝の神は二つ——一つは豊沃と十字路の双面の守護神ジェーナス、一つは同じく豊沃と処女性の守護神ダイアナで、集会の時の主人役は、男であろうが女であろうが、悪魔の山羊の面、またはこの両方に顔のある面をかぶるのです。」

面を爪ではじいた。

「フェルさんはよくそんな話をなさいますが、こんなことはきいて悪いかも知れませんが、無遠慮にたずねさせて頂きます。おかしな話なんですが、この附近に悪魔崇拝の信徒の団体のようなものでもあるのでしようか？」マデラインが静かにきいた。

フェルは物知り顔で、「いや、そんな団体はありません。」しばらく沈黙がつづいた。警部は後を振り返つて、沢山の証人たちの前でフェルが不注意に喋つていることに気がついて驚いた。

「フェルさん、気をつけて話してください。証拠品から判断すれば——」

「私は思つた通り話しているのです。証拠品に価値はありません。」

「しかし――」

「どうして今までこれに気がつかなかつたのだろう。いま初めて分りかけたのだが、これは私のお手のものの事件なんですよ。この附近の森のなかでは、たちの悪い集合が催されたこともなければ、夜おそく山羊笛を吹いて騒ぎ廻つた者もない。みな堅実なケントの住民ばかりで、そんな狂気じみた馬鹿騒ぎをする者はなかつた。あなたがたが証拠品を集めだしてから、ただひとつ私の腑に落ちぬことがあつたが、その怖ろしい真実がいまわかつてきました。警部さん、一切のこの事件の底にはたつたひとりの人間が動いているだけなんですよ。精神的残忍行為から殺人に至るまでのすべてに、ただひとりの人間の手が動いているだけなのです。私の知つているだけのことは話してあげてもよろしい。」

マリとバロウズが靴の音をさせながら上つてきた。

「興奮していらつしやいますね。」マリが冷やかにいつた。

フェルはちよつときまり悪げな顔をして、

「すこしは興奮しているかも知れません。まだ全部は分らないが、だんだん分りだしたような気がするから、今に何かお知らせしますよ。問題は動機です。」遠方を眺めているような彼の目に、なにか微かなものが光つた。「それに、これはちよつと風変りな犯罪で、こんなトリックにお目にかかるのは、私もじつは初めてなんですよ。明らさまにいつて、悪魔崇拝そのものは、ある人の知的快楽に比べると、まつすぐで罪のないものなんですよ。皆さん、ごめんください、私は下の庭でちよつと見たいものがあるのです。警部さんはここのお仕事を続けていてください。」

重い足どりでフェルは階段のほうへ歩いていく。警部は万事を放てきして慌てぎみになり、

「あ、そうですか？　では――マリさん、なにかご用ですか？」

マリは無愛想に、「自動人形を拝見させてください。指紋の証拠を提供して、用事がすんだからといつて、のけものにしなくてもいいでしよう。なるほど、これが人形ですか。それからこれ――これも見せてもらいましよう。」

木箱を取りあげ、がさがさ揺すつて、煤けた窓からさしこむ微かな光のそばへ持つていつた。警部は注意ぶかく彼の様子をみながら、

「そのなかのもの、ごらんになつたことがありますか？」

マリは頭を振つた。

「羊皮紙のマスクがあるということは聞いていたが、見たことはなかつたのです。だからどんな——」

人形が動きだしたのはその瞬間であつた。

今日に至るまで、ペイジはあの時誰も人形に手を触れなかつたと云つている。それは本当かも知れない。あるいは彼の見そこないかも知れない。なにしろ、階段にむかつて傾斜した、ぎいぎい、軋る床板の上で、人形を中心に七人の人間がひしめきあつていたのである。それに窓の明りが暗いので、マリは人形を背にして立つたまま、右手に持つた箱に気を取られていた。だから、誰かの手、誰かの足、誰かの肩が人形に触れたとしても、べつに不思議はなかつたのである。とにかく彼らが見たのは、自動車のブレイキが切れたように、不意に人形が動き出したところでなくて、それが三百ポンドの鉄の重みで、誰もせき止めることの出来ぬ砲車の速度をもつて、階段の壁に突進するところであつた。そして、彼らが耳にしたのは、鉄の車の音と、階段を叩くフェルのステッキの音と、「危ないッ！　フェルさん！」と叫ぶ警部の叫声であつた。

それから階段を落ちていく音が聞えた。

階段の上まで走りよつたペイジは、人形の台に両手をかけて、一生懸命それを抱き止めようとしたが、その間に人形は横倒しに頭を突込み左右に揺れて、あらゆる邪魔物を押しのけながら、猛烈な勢で墜落したのである。鉄の車には全重量がかかつていた。階段の上にいるペイジは、階段の途中に立つて上を仰ぐフェルを見た。それから階段の下の開け放したドアから差しこむ昼の光を見た。狭い階段で身動きできぬフェルが、落ちてくる人形を払いのけようと、片手をあげるのを見た。あらゆる物を粉砕する黒い形が、間一髪のところで、フェルに触れないで落ちていくのを見た。

彼はまだそれ以上のこと、誰も予期しなかつたことを見た。開け放した下のドアを突破して、廊下に崩れ落ちた拍子

に、鉄の車の一つが外れたのである。だが、車が一つ外れたぐらいで運動を中止しはしなかつた。人形はよろめきながらも、今までの余力で、廊下の反対のがわのドアに衝突したのである。そしてそのドアがあいた。

ペイジは転ぶように階段を走りおりた。廊下の反対のがわの部屋の声に耳をすます必要はなかつた。その部屋に女中ベティが寝ていること、寝ている理由、それからいま衝突した物がかの女に何を意味するかということは、ペイジにはよく分つていた。人形が活動を停止したあとの静けさのなかで、彼は寝室のなかの微かな物音をきいた。それから間もなく、蝶番を軋らせて、医者キングが紙のように蒼い顔を戸口に現して、

「どうしたんです？　騒々しい！」といつた。

七月三十一日　金曜日

されば、つまりは、それが悪魔主義じゃて。目に見ゆる幻を、昔からとやかういうが、それは二の次と申すもの。悪魔はわざわざ人や獣の姿をかりて出るまでもない。極悪の罪を犯させるやうに、膿ませておいた人間にするりと入りこめばよいのだ。

——ユイスマン、「ラ・バ」——

14

そのあくる日、英国中の新聞という新聞を、沸騰するような騒ぎに巻きこみながら、ジョン・ファーンリ卿の検屍官の審理が行われた。

もともと警官というものは、検屍官の審理をあまり好まな

いものだがエリオット警部もそれを好まなかつた。それは職業的な理由からであつた。ペイジも同じようにそれを好まなかつたが、これは技術的な理由からであつた。審理をしたところで、今まで分らなかつたことが分るわけでもないし、またセンセイショナルな面白い事が起るわけでもなければ、どんな評決が下るかわからないが、その評決が今までより一歩でも解決に接近するわけでもないのだ。

だが、七月三十一日の金曜日に行われたこの検屍官の審理は、ちよつとペイジの意表に出るという結果になつたのである。自殺の評決が下されるだろうということは、誰しも予想していたところであつた。けれども第一の証人が立つて十口も喋らないうちに、大騒ぎが持ちあがつて、エリオット警部を唖然たらしめるという結果になつたのである。

ミルクの入らぬ濃いコーヒーを朝食のテーブルで啜りながら、ペイジはこんどの出来事の検屍官審理が、たつた一度しか行われないことを、皮肉まじりに感謝したい気持であつた。女中ベティは死ななかつた。だが二度目に人形を見た時から、また半死の状態になつて、話をすることなぞ全然できなかつた。警部は慌てふためく人々の間を、次から次と質問してまわつた。「あなた人形を押しましたか?」「冗談じやない。私は誰が押したかということさえ知らない。みんな傾いた床の上に立つていただけで、わざと押した人はなかつたはずです。」

エリオット警部はドクター・フェルと煙草をすつたりビールを飲んだりしながら、それらの質問にたいする答えを綜合して得たところのひとつの結論を述べた。ペイジはマデラインをかの女の家まで伴ないかえり、そこで無理に食事をすめて、今にも爆発しそうなかの女のヒステリーを宥めつつ、いろんなことを思いめぐらしたあとで、また引き返して警部の結論に耳を傾けた。

「私たちの負けですよ、」と警部は簡単に云うのである。

「なにひとつ証明することは出来ない。けれども一連の出来事を考えてごらんなさい。ヴィクトーリア・デイリを殺したのは行商人かも知れないし、あるいは行商人でないかも知れないが、とにかく、いまここで議論する必要はないにしても、なんだかたちの悪いえたいの知れぬものがありそうです。あれは一年前の出来事です。こんどはジョン・ファーンリ卿が咽喉を斬られて死んだ。女中ベティも誰かに襲撃されて屋根裏から担ぎおろされたらしく、破れたエプロンだけ本棚のそばに捨ててあつた。それから指紋帳がなくなつてまた現れた。最後に誰かが故意に人形を突き落して、段階に立つあなたを殺そうと企てたんだが、あなたは間一髪のところで、運よく助かりました。」

「ほんとに運がよかつた」と、フェルもにがい顔になつて、「上からあれが落ちて来るのを見た時の怖ろしさといつたら、ちよつと私の生涯でも初めての経験でしたよ。しかし考えてみると、私があまり喋り過ぎたのが悪かつたんですよ。もつとも――」

警部は咎めるような烈しい色を浮べてフェルを見ながら、

「どつちにしても、フェルさん、あんな事が起つたのは、あなたの睨みが間違つていなかつたということを証明しているのです。犯人はあなたに覚られたと思つてそれを怖がつたのです。あなたが犯人と睨んでいらつしやるのは誰か、ひとつきかせてくださいませんか。お分りでしようが、これ以上打つ手がないとすれば、私はロンドンへ帰らなくちやならないのです。」

「そりやいつでも話しますよ。なにも勿体ぶる考えは少しもない。しかしかりに私がそんなことを話しても、また万が一にもそれが当つていたとしても、それだけじや何も証明したことにならんのです。それに私はまだ疑惑がある。あなたは私を買いかぶつているようだが、私をなきものにするために、誰かが故意に人形を押したのかどうか、それは頗ぶる怪しいものだと思うのです。」

「そんなら何が目的だつたのでしよう？　まさか、女中をびつくりさせるためじやないでしよう。女中が寝ている部屋のドアに衝突するかどうか、そこまでは犯人も自信が持てなかつたでしようから。」

フェルはがむしやらに白髪まじりの長い髪を掻きあげながら――、

「そりや分つています。しかしですね――しかし――証拠というものが――」

「そこなんですよ、フェルさん。いろんな出来事が連結してはいるが、一つとして証拠というものがないんですよ。あるにはあつても、みなどつちにでも意味のとれるものばかりで、上役にむかつて、ここを探してごらんなさい、と云えるようなものがない。私なんか、いろんな事件に果してつながりがあるものか、また、どれが主要な犯罪かと云うことさえ見当がつかない。だから明日の審理にしたところが、警察がわでは、自殺説を固執するよりほかない終末なのです。」

「審理を延ばすわけにはいかんのですか？」

「そりや駄目です。普通だつたら、他殺という確実な証拠を摑むか、あるいはこれ以上調査しても無駄だと分るまで、審理を延ばすことも出来るわけですが、こんどの事件ではそれが出来ない。今のような状態で、これ以上調査して何が摑めますか？　警視庁の上役も、この事件を自殺と大体見きわめをつけているのですから、その上巡査部長バートンが生垣の中から拾い出したナイフに、死人の指紋がついていると分れば――」

この事実はペイジには初耳だつた。そうか、それでは自殺と解釈するよりほかないと思つた。

「――もうそれでお終いですよ。それ以上なにを調べるのです？」

「女中を調べたら？」ペイジが口を出した。

「ベティですか？　あの女が意識を恢復して、本棚のそばで、誰が何をしていたと云つてみたところで、何にもならないじゃありませんか？　それが庭で行われた自殺と関係があるのですか？　そんなことを聞いてなんの証拠が得られます？　指紋帳ですか？　だつて指紋帳は死んだ人が持つていなかつたのだから、そこから犯人を探し出すことは出来ないでしよう？　物事は感じで判断しないで、法律の上から見なくちや駄目ですよ。十中八九まで審理が行われる前に私を呼びに来るようなことはありますまいし、この事件はこれでお終いとなるのでしよう。そしてあなたや私は、男か女か知らないが、とにかくこのあたりに犯人がいると知りながら、その人間が相変らず悪いことを続けていくのを、どうすることも出来ないのです。だれもそれを中止させることは出来ないのです。」

「ではどうしたらいいでしょう?」

警部はビールをのみながら。

「チャンスが一つあるのです。それは大がかりな審理を行なうことです。あらゆる容疑者がそこで申し開きをしなければならない。誰かが口を滑らせるようなことは、多分ないとは思います。だから大して望みを掛けることは出来ません。しかし、いつやらのワディントン事件のように、ことによればそれで成功するかも知れないのです。ほかに方法がなければ、これに最後の望みを掛けるよりほかないのです。」

「検屍官が承知してくれるでしょうか?」

警部は小頸をかしげた。

「どうですかね。私の観察するところによると、あのバロウズという男ですね、あれが何かたくらんでいるらしい。私にむかつては何も云わないから見当がつかないのですが、しきりに検屍官に策動しているらしい。しかし検屍官のほうじや、特にバロウズに好意を持つているというわけでもないし、死人に好意を持つているわけでもないし、第一検屍官自身で自殺説を信じているのですから、いまのところ、公平な審理が期待できると思うのです。そして我々のような外部の者の云うことには、余り耳を貸さないだろうと思うのです。バロウズは他殺を証明したがつています。そりやそうでしよう、彼の依頼人が自殺したとなると、結局は贋者だつたということを認めることになりますからね。とにかく今度の審理は大変な騒ぎとなり、とどのつまりは自殺ということに決まつて、私はロンドンに呼び返され、それで事件が終りということになるでしよう。」

フェルは物軟らかに、「ああ、そうですか。ところで自動人形はいまどこにおいてあるのです?」

「え?」と、愚痴つぽいことばかり並べていた警部は、面喰つたようにフェルの顔を見た。「自動人形ですか? あれは元の部屋へしまつておきました。あんなに突落されたら、もう屑鉄としての価値しかありません。よく調べてはみましたが、専門家に見せたつて、元の通りになる心配はないですよ。」

フェルは寝室の蠟燭を取りあげ、溜息をしながら、

「そうでしようね。それが犯人のあれを突落した狙いだつた

のかもしれませんよ。」

その夜、ペイジはよく眠られなかつた。審理のほかに翌日なすべきことが沢山重なつていた。バロウズはその父のような種類の人ではなかつた。だから葬式の面倒もペイジが見なければならぬ。それにバロウズは何かほかの面倒なことに頭を突込んでいるらしい。まだ動揺している不安な家の中に、夫人一人おいとくことも考え物である。召使たちだつて、一団となつて家を出て行くと騒いでいる最中なのだから。

そんなことを思いめぐらしながら、うつらうつらとしたと思うと、いつのまにか夜が明けて、熱い日の照る朝となつた。時計が九時を廻る頃になると、そろそろ自動車の唸りがやかましくなりだした。マリンフォードの村に、こんな夥しい自動車の集合したのは、ペイジも初めてみる光景であつた。この事件がいかに世間を騒がせているかということは、集つてくる人々や新聞記者の数を見ても分つた。ペイジは腹立たしい気持になつた。いらぬ世話を焼くのも大抵にするがいい。そんなにうろうろと歩き廻るより、帰つて自分の仕事に精出したらいかがです？　彼らは「ブル・エンド・ブチャー」に押しよせた。そこの広間――と云つても、実はホップ摘みの百姓たちが馬鹿騒ぎするために造つた細長い小屋なのだが――で今日検屍官の審理が行われるのである。道路の方でカメラのレンズが朝日を受けて光つた。女の姿もたくさんみえた。ロントリー爺さんの飼つている犬は、誰かを追つかけてチェンバーズ少佐の家の前まで走り、朝中ヒステリーのように吠えつづけて、どんなになだめてもきかなかつた。

土地の人はこの事件についてあまり議論なぞしなかつた。彼らはどつちの味方でもなかつたのだ。田舎では誰でも両方に何かの関係を持つているので、こんな事件が起きても、法律が適当に処置してくれるまで、静かに黙つて見ているだけなのである。ただ怒濤のように遠方から押寄せてくる響きが、「自殺か他殺か？　彼は贋者だつたのか？」と怒鳴り立てるだけであつた。そして朝の十一時に検屍官の審理が始められた。

長くて、陰気で、天井の低い小屋は人で一杯になつていた。ペイジは洗濯したてのカラーを着けて来てよかつたと思つた。正直一方の法律家の検屍官は、うず高く書類を積み重ねた大テーブルに向つて坐つている。彼の眉宇には、ファーンリ家の遺族が、どんな馬鹿げたことを云つても、受けつけまいとする固い決意が現れている。彼の左てに証人の坐る椅子があつた。

　まず第一に死人の身元を確定するため、未亡人たるファーンリ夫人が立ち上らねばならなかつた。形式的ではあるが、まず名前からきいていくのが、こうした審理の習慣なのである。だが、夫人が立ち上つて発言しかけると、すぐゴアを代表するウェルキンが、フロックコートの胸にくちなしの花と云う出立ちでたちあがつた。そして彼は、故人は真のジョン・ファーンリ卿でなかつたのだし、かつまたその事実は、自殺か他殺かという問題の決定に重大な関係を持つているから、どうか検屍官もそれらの点を考慮されて、形式的にもせよ、故人をジョン・ファーンリ卿と呼ぶのは、中止して頂きたいと云うのであつた。

　それに対して検屍官は、怒つたような顔で冷然と構えるバロウズと共に、次から次とウェルキンに質問を浴せて、長い間議論した。だがウェルキンは頑強に持ちこたえ、汗だくになつて、諄々と自分の考えを述べ、事実の輪郭を説明したので、聴衆も最後にはうなずくにいたつた。

　検屍官は夫人に故人の平素の心理状態について質問した。検屍官の態度はいんぎんではあつたが、容赦なく突込んでくので、終いには夫人がたじたじとなつた。その次の死体発見の証言を求めるべきであつたのに、検屍官はそれを後廻しにしてマリを呼んだのを見て、ペイジは大体の成り行きを察することが出来た。マリは知つていることを全部話した。落着いてしつかりした彼の証言は、故人が詐欺漢であることを、遺憾なく暴露してしまつた。バロウズがやつきとなつて抗弁したが、それは検屍官を怒らせるだけであつた。

　死体発見の証言をしたのはバロウズとペイジであつたが、ペイジは自分ながら、自分の声がいつもと変つているような気がするのだつた。つぎに医者の証言があつた。医者キングは、七月二十九日、水曜日の夜、巡査部長バートンの電話に呼ばれてファーンリ家へ行き、最初の診断で死亡を確認し、翌日死体を死体仮置場へ移したあとで、検屍官の依頼でまた検査をして死因を調べた。

検屍官——キングさん、咽喉の傷を詳しく説明してください。

医者——傷は浅いのが三つで、咽喉の左がわから始まつて、やや上向きに右頤の角の下で終つています。そのうちの二つが交叉しているのです。

問——そんなら兇器を左から右へ廻したのですか？

答——そうなんです。

問——自殺する人間が手に持つた兇器で、そんなふうに傷をつけることができますか？

答——右手を使つたらそうなりますね。

問——被害者は右利きでしたか？

答——そうだつたように思いますが。

問——被害者が自分自身であんな傷をつけることは出来ないと思いますか？

答——そうは思いません。

問——傷痕から判断して、キングさん、被害者はどんな兇器を使つたとお考えですか？

答——多分ぎざぎざに双のこぼれた、長さ四、五インチの双物でしよう。正確には云えませんが、ところどころ裂傷のような傷になつているのです。

問——それはよく分つています。いまあとで証言があるはずですが、死体の左十フィートばかりのところの生垣の中から、あなたの云われたようなナイフが出てきたのです。あのナイフをごらんになりましたか？

答——見ました。

問——ではあなたの説によると、あのナイフで被害者が自分の咽喉を斬れば、あんな傷ができるのですね？

答——私はそう思います。

問——最後に、キングさん、これは大切な問題なのですが、バロウズさんは被害者が倒れる前に、プールのそばに家のほうに背を向けて立つていたと云うのです。そして私がいくらたずねても、一人立つていたのかどうか、その点がはつきり分らないと云うのです、ところで、かりに——いいですか、かりにですよ——被害者が一人立つていたとして、そんな兇器を十フィートも離れたところまで、投げることが出来るでしよう か？

答――それは肉体的に云つて、可能の範囲内の距離です。

問――でも、右手に兇器を持つていて、右でなく左のほうにそれを投げることが出来ますか？

答――死にかかつた人間の、発作的の動作までは、私も判断できません。ただ肉体的に可能だと云うだけなのです。

こんなふうに、無茶苦茶に話を進めていつた後だつたので、下男ノールズの証言に疑いを抱く者はなかつた。村の人はみなノールズを知つていた。彼が何を好み、何を嫌うかということ、彼のあらゆる性質をよく知つていた。何十年も前から彼を知つているので、誰も彼の言葉を疑わなかつた。彼は二階の窓から見た光景、プールのそばの砂地に被害者より他に誰もいなかつたこと、他殺ではありえないことなぞを述べた。

問――そんなら、ちようどあなたが見ていた時に、自殺したということになりますね！

答――そうです。

問――では、右手に持つていたナイフが、右へ飛ばないで、左へ飛んだのはなぜでしようか？

答――その時のあの人の身振りがちよつと曖昧だつたのです。初めには簡単な身振りのように考えていましたが、あとでよく考えてみると、分らなくなりました。なにしろ素早い身振りだつたので、どうとでも解釈できるのです。

問――しかしナイフが飛ぶのは見えなかつたのでしよう？

答――いや、なんだか見えたような気がします。

「わア！」という声が傍聴席から聞えた。それは初めには傍聴席のトニ・ウェラーの声かと思われたが、実は暑さにゆだつた赤い顔で、最初から咽喉を鳴らして居眠りばかりしていたドクター・フェルなのであつた。

「皆さん、静かに！」検屍官が叫んだ。

だが、このノールズは、未亡人の弁護士バロウズに反対尋問されると、果して彼がナイフを投げたかどうか、確実に見えなかつたと答えた。いくら視力の強いノールズでも、そこまで見えなかつたと云うのは本当であろう。正直な彼の答えは陪審員の同情をえた。ノールズはナイフが見えたように思つたから、初めそういつたが、自分の見あやまりだつたかも知れないと云つた。バロウズもそれ以上追及するわけにはいかなかつた。

その次に最後の仕上げとして、被害者の行動に関する警察がわの証言があつた。沢山の鉛筆が蜘蛛の足のように動く蒸し暑い小屋のなかで、死んだ男が詐欺漢であつたということが事実上決定された。一同が真の相続者のゴアのほうに目をやつた。ちらと目をくれてすぐまた目を外らすもの、品定めするようにじろじろ見るもの、そつと盗見するもの、好意ある目で見るもの――そんな視線を浴びながら、ゴアは静かに落着きはらつて坐つていた。

「陪審員のかたがた、」と、検屍官がいつた。「どんな話があるのか知りませんが、もひとりの証人の話を聞いてください。本人とバロウズさんの要求で来て頂いたのですが、重大なことを話されるそうです。きつとご参考になりましよう。では、マデライン・デインさん、どうぞ。」

ペイジは体を起した。

場内が多少ざわめいて、新聞記者はマデラインの美しさに見とれた。何を云うつもりなのだろうとペイジは不思議に思つた。かの女が証人席へ歩いて近よると、人々が道を開けた。牧師の手から聖書を受取つて、かの女は神経の高ぶつた、けれどもはつきりとした声で宣誓をした。遠縁の者の喪にでも服しているかのように、青黒い服に青黒い帽子という出立ちだつたが、それはかの女の目と同じ色でもあつた。なんとなく、人々は鬱陶しさから解放されたような気分になつた。固くなつていた陪審員らも心をゆるめた。彼らは無遠慮にマデラインの顔を見はしなかつたが、ペイジは彼らがそれとなくかの女に注意していることを意識せずにいられなかつた。検屍官でさえ多少そわそわしているように思われた。要するに男たちの間では、かの女は誰にも増して、人気があつたのである。審理はなごやかに進行した。

「皆さん、ちよつと静かにお願いします。あなたのお名前は?」検屍官がきいた。

「マデライン・デイン。」

「としは?」

「三――三十五。」

「お住いは?」

「フレトンデンのそばのモンプレイザーでございます。」

検屍官は早口に優しく、「あなたは故人について知っていることを話したいとおつしやいますが、それはどんな話なのですか?」

「お話したいのですけれど、どこから始めていいのやら――」

汗ばんだバロウズが重々しく立ち上つて、

「マデラインさん、そんなら私が手伝つてあげましよう。あなたにおききしますが――」

「バロウズさん!」と思わず声を荒らげて検屍官がさえぎつた。「あなたは始終秩序を無視して、勝手な発言をなさいますが、それはお許しできません。なにかこの証人にききたいことがあるのでしたら、私の尋問がすんでからにしてください。それまでは黙つていてくださるか、でなければ外に出ていてください。エヘン、マデラインさん、どうぞ?」

「喧嘩はなさらないで――」

「喧嘩じやないのです、マデラインさん。被害者の死因を審理するために集つた法廷の尊厳を守つて頂きたいと云つているだけなんです。いろんなことを云う人があるけれど、私は法廷の尊厳はあくまで守つて頂きたいと思つているのです。では、マデラインさん?」

「わたしがもうしあげたいのは、ジョン・ファーンリ卿のことなのでございます」と、マデラインは熱心に話しだした。「それからまた、あの人がほんとにジョン・ファーンリ卿であるかどうかということ、あの人がどうしてゴアさんやその弁護士を本気で迎えたか、どうして二人を門前払いしなかつたか、どうして熱心に指紋検査を要求したかという理由なぞを、お話したいのです。そんなことが分れば、死因を考えるのに都合がいいと思いますので。」

「マデラインさん、ただ、死んだ人がジョン・ファーンリ卿であつたかどうかという問題だけなのでしたら、残念ながら――」

「いいえ、そんなことはわたし存じませんの。それよりもつと恐ろしいこと、あの人は自分が誰だか知らなかつたということをお話したいのです。」

15

この言葉の意味は、誰にもよくは分らなかつた。分らないなりに、これがこの日のもつともセンセイショナルな言葉であると一同が解釈したことは、薄暗い小屋のなかが、ざわめいてきたのでも知ることができた。検屍官は軽く咳払いをし、操人形のように鋭く首をかの女のほうへむけて、

「マデラインさん、ここは公判廷でなくて、検屍の審理をしているだけなのですから、審理に役立つことなら、どんな証言をなさつても結構です。どうぞ遠慮なく話してみてください。」

かの女は長い溜息をして、

「わたしの話を聞いてくだされば、これがどんなに大切なことであるか、すぐお分りになるのです。どうしてあの人が、奥さんにさえ打明けなかつた祕密を、とくにわたしだけに打明けたのか、そのへんははつきりしないのですが、多分、あの人としては誰かに打明けたかつたが、何物よりも大事にしている奥さんには打明けにくかつたのでしよう。それで一人で祕密を抱いて悩んでいるのが、はたから見ても変に思われるほどだつたのです。でもわたしなら誰にも喋らないから大丈夫と思つて、それでわたしだけにお話しになつたのじやないかと思いますの。わたしはそんなふうに解釈しているのでございます。」眉をひそめて苦笑した。

「なるほど、なるほど、で、それはどんなことです？」

「あなたは、一昨夜ファーンリ家で相続権や指紋のことを協議した人たちをここにお招きになつて、その時の様子をさつきおききになりましたでしよう？」無意識なのだろうが、なんだか強く突込んで来るような気勢が感じられた。「わたしはあの晩いかなかつたのですけれど、あとであすこにいたお友だちから様子をきいたのですが、そのお友だちが一番不思議に感じたことは、ジョンさんもゴアさんも、両方とも指紋をとつたりなんかする時、確信に満ちていたことだつたそうです。またそのお友だちの話によりますと、ジョンは――ごめんなさい、ジョン卿は――ゴアさんがタイタニック遭難の話や、木槌で殴られた話をすると、初めて安心したように笑つたそうです。」

「それがどうしたのですか？」

「二月ほど前、ジョンさんから聞いた話と、ぴつたり符合す

るのです。あの人はタイタニック遭難後、ニューヨークの病院で目を覚ましたのですが、目を覚ました時、そこがニューヨークであることも、自分が遭難したことも分らなかったそうです。つまり、自分が現在いるところも、どうしてそこへ運ばれたかということも、自分が誰であるかということも分らなかつたのだそうです。遭難した時、誰かに頭を打たれるか、または過つて頭をどこかへ打ちつけるかして、脳震蕩を起し、そのため健忘病になつたらしいのです。お分りですか?」

「それで?」

「自分の名がジョン・ファーンリであることは、そばの人から教えられて初めて知つたと云うのです。そばの人は、着ている服や持つていた書類から判断してそう云つたのでしょう。そしてベッドのそばにあの人の母のいとこ——ぞんざいな云いかたですか、誰だかお分りでしよう?——いとこの人が立つていて、心配しないでよく眠つて、早く達者になつてくれと云つたのだそうです。でも、当時まだほんの子供だつたあの人の心理は、あなたにだつて大抵想像できましよう。あの人は自分が誰だか分らないので、それが心配で、恐ろしくてならなかつた。自分で自分が分らぬというようなことを、うつかり人に話すと狂人と思われ、ことによると何かの理由で、刑務所にぶちこまれるかも知れない、などと考えたのです。あの人のその時の心理状態は、まあ、そんなふうだつたのです。人が自分をジョンと呼ぶなら、多分そうなんだろうと思うだけで、別にそれを否定する理由はなかつた。人が自分についていろいろ話してくれる、それを疑うべき理由もなかつた。ただ朦朧として頭に残るのは、凍えるような冷たい外気と、そのなかで泣き叫ぶ声——そのほかの記憶はなにもない。ですからあの人は、ほかの人にはそんなことは何も話さなかつた。そしてそのいとこ——コロラドから迎えに来たレンウィクという人なんだそうですが、——その人にたいしては、昔を記憶しているようなふうをし、またレンウィクのほうでも、それを疑わなかつた。そしてあの人は秘密を心に抱いたまま生長し、昔の日記を読んで、昔を思い出そうとしました。わたしに話して下さつたところによると、よく何時間も両手で頭を抱えて、昔を思い出そうとしたんだそうですが、そうすると、人の顔や出来事が、どうかすると、水の底の物を見るように、ぼやけてぼんやり頭に浮ぶこともありますが、すぐそれがまた消えてしまつて、自分にはなにか過去に悪いことでもあつたのじやないかと心配になるのだそうです。そのなかで、たつた一つ、それも幻影としてでなく、むしろ言葉としてあの人の頭の中に残つているのは、蝶番なんだそうです。曲つた蝶番なのです。」

トタン屋根の下に坐る傍聴人は、人形のように押し黙つていた。ペイジは汗でカラーが湿り、心臓が時計のように波打つのを感じた。窓からさしこむ薄日を受けて、マデラインは眩しげに瞬きした。

「曲つた蝶番？」

「そうです。ただ曲つた蝶番というだけで、わたしには何のことだかさつぱり分りませんの。あの人にも分つていないのです。」

「それで？」

「コロラドにおける青年時代には、自分にはなにか過去に悪いことがあるのじやないか、もしそれを発見されたら、刑務所に入れられるのじやないかと、そんなことに気を揉みました。あの人は遭難の時、二本の指を怪我したので、字らしい字を書くことができず、したがつて国へ手紙を書き送つたこともありません。狂人と宣告されるのが怖わさに医者に診てもらう気にもなれなかつたそうです。むろんこの心配は年がたつとともに多少薄らいできました。こんなことは時々ある少数の人間にあることです、べつに心配するに当らないことだ、と考えようとしました。そのうち戦争やいろんな出来事が世間にありました。ある時意を決して、精神病の医者を訪ねて、自分は果してジョン・ファーンリなのだろうかと、いろんな試験をしてもらつたのですが、その医者は試験の結果、なにも心配するには当らないと云いました。でもあの人は全くは恐怖から脱却することができず、過去を忘れたと思つている時でも、どうかすると夢でそんなことをみたりしました。そのうちダドリさんがお亡くなりになり、あの人がいよいよ称号と遺産を相続するということになると、また忘れかけていた古疵が痛みだしました。英国へ帰らなければならぬ。あの人はそのことに——なんと云つたらいいでしょう、理論的と云つてもいいような興味を持ちました。そして今度こそは過去を思い出さねばならぬと考えても、相変らず思い出すことが出来ない。あの人が幽霊のようにこのあたりを歩き廻つていたのは、皆さんもご存知でしようが、自分が幽霊であるかどうかということさえ、あの人は知らずにいたのです。あの人が神経過敏だつたことは、皆さんもお気づきでしよう。あの人はこの土地を愛しました。隅から隅までこの土地を愛していました。自分がジョン・ファーンリでないなどとは、夢にも思つたことがありませんでした。ただ真実を知りたかつたのです。」

マデラインは唇をかんだ。そしてやや瞼しい光る目でじろじろと傍聴席をみた。

「わたしはいつもあの人を慰め、気を鎮めるように気をつけると同時に、あまり物事を深くお考えにならないようにすすめました。そうすると、却つて昔を思い出すことが出来るようになるかも知れないと思つたからです。それからまたわたしは、あの人が昔を思い出すに都合のよいような、外部的な情況を作つてあげて、かりにそのため、あの人が昔を思い出したとしても、それは外部的な情況からでなく、自然に思い出したのだと、あの人が考えるようにくふうしました。例えば、夕方はるか遠方から、『うるわしのおとめ』のレコードを掛けて聞かせて、それによつて、わたしたちが子供の時、いつしよに踊つたことを思い出させようとしたり、また、家の中のこまかいこと、すなわち、皆さんもご存知かも知れませんが、図書室の窓と窓との間に戸棚があつて、いまはそこに本が詰つていますが、その戸棚の或る場所に手を触れると、外の庭にむかつて、自然にドアが開くようになつているのですが、その手を触れる場所を探させたりしたのです。そのためか、あの人はそのご当分、夜よく眠れるようになつたと云いました。でも、あの人はあくまで真実を知りたがつたのです。自分がジョン・ファーンリでないことが分つてもいいから、ただ真実を知りたいと云いました。もう自分は昔のような子供ではない、だから落着いて真実に対することが出来る、真実を知ることが、自分に取つては一番大切なことだと云いました。それであの人は、またロンドンへ行つて、二人の違つた医者の診査を受けました。それどころか、その頃評判だつた心霊研究家の、ハーフムーン街に住むアーリマンという恐ろしいいちびを訪問したことさえあつたのです。その時、あの人は冗談半分に、運勢をみてもらつてやると云つて、わたしたちをいつしよに連れて行つたのですが、あの人はほんとはまじめだつたので、自分のことをアーリマンに話してしまつたのです。そんなことがあつても、あの人の気は休まらずに迷い続けました。自分は家の仕事が上手なんだと云つて、よく家のことを手伝つたり、それから、教会へも熱心に通いました。讃美歌が好きで、みんなが讃美歌を歌つていると、それに耳を澄まして考えこんだり、また教会へ行つて、その壁をじつと見上げながら、もし自分という人間が——」

マデラインは急に口をつぐんだ。

胸を波打たせて大息をし、椅子の腕に当てた両手の指を広く開いて、傍聴席の前のほうを見た。かの女が熱情をもつて話す神祕めいた物語は、胸の底から出る力強い響きは持つていたけれど、要するに、この女は蒸暑い小屋のなかで、ひたすら故人を弁護しているのだと、考えられないこともなかつた。

「わたし喋りすぎたかも知れませんのね。こんなことを喋つても、わたしたちには何の関係もないことなのかも知れませんわ。もし、こんな話が何の役にも立たないのでしたら——」

「静かにしてください!」と、検屍官は場内が騒がしくなつたのを制したあとで、「いや、役に立たないと云うこともありませんがね、しかし、まだなにか陪審員に話したいことがおありなんですか?」

マデラインは陪審員席のほうへ顔をむけて、

「ええ、たつた一つございます。」

「どんなこと?」

「わたしには、ゴアさんと弁護士が乗り込んで来られた時の、ジョンさんのお気持がよく分るのです。これだけお話しましたら、皆さんにだつてあの人の気持は想像お出来になりましよう。あの人の言葉の一つ一つや、何を考えていたかということ、それからタイタニック遭難の時、船の木槌の話が出ると、あの人が初めて安心したように笑つたそうですが、その安心した心理もお分りになるでしよう。つまり、自分が二十五年間も、記憶を失うに至つたのは、木槌で頭を打たれて、脳震蕩を起したためだということが分つたのです。と云つて、わたしなにも、ゴアさんの話が嘘だと云うのじやございませんのよ。そんなことはわたしには分りませんし、また、嘘か本当か問題にしているわけでもないのですが、ただ、あなたがたが現実の人間でないかのように、被害者だの故人だのと呼んでいられるジョンさん、あのジョンさんが、意外な話を聞いて安心なさつた、その気持が分るということを云つているだけなのです。あの人は長い間の謎が解けて、いよいよ自分は誰であるかを決定すべき時が来たと思つたのです。あの人が指紋検査を歓迎した心理もお分りになつたでしよう。誰よりも熱心に、あの人がそれを希望した理由がお分りになつたでしよう。指紋検査の結果を、待ち切れないほど焦つて、知りたがつた理由がお分りになつたでしよう。」

マデラインは椅子の腕を固く握りしめた。

「話しかたが下手なんですけれど、大体お分りになつたと思います。要するに、あの人の生涯の希望の一つは、どちらかに決りがつくことで、もし自分がジョン・ファーンリ卿と分れば、余生を幸福に暮すでしようし、もしそうでないと分つても、落胆はしなかつたと思うのです。それはちようど、フットボールに六ペンスの金を賭けると同じで、十中八九まで自分が勝つて、数千ポンドの大金を得られるに違いないと思つていても、電報が来るまでは安心ができないのです。もし電報が来なかつたら、『うん、そうか』と云つて諦めてしまいます。それがジョンさんの気持なのです。フットボールで賭けをするのと同じですよ。気持よい広大な土地、それがあの人の賭けなのです。尊敬と名誉と永久の夜の安眠、それがあの人の賭けなのです。苦悶の終り、新生涯の始まり、それがあの人の賭けなのです。あの人は自分では賭けに勝つたつもりでいたのに、他の人は自殺だと云うのです。でも、あなたがたはそうはお考えにならないでしよう。あなたがたには事情が分るはずです。もう三十分待てば結果が分るという瞬間に、あの人が故意に自分の咽喉を掻斬るなんて、そんなとほうもないことを、あなたがたはお信じになるでしようか?」

そう云つて、かの女は片手で目をおさえた。

場内が騒然となつたので、検屍官はそれを鎮めた。ウェルキンが立ちあがつた。日を受けて光る彼の顔はやや蒼ざめている。息をはずませて、烈しい語気で彼は話しはじめた。

「特別の申し開きとして、いまのお話は非常に興味ふかく拝聴しました。私はなにもさしでがましく検屍官の義務を云々したり、いまの十分間のあいだ一度もあなたのご質問がなかつたことを指摘したりするつもりはありません。しかし、いまのご婦人の話があれですんだのなら、また、いまの話が事実であるとするなら、故人は私たちが考えていたより以上の、手の込んだ詐欺漢であつたということになるのです。そして、いまのご婦人の話があれですんだのなら、私は本当のジョン・ファーンリ卿の弁護士として、いまのご婦人を反対尋問することを許していただきたいのです。」

検屍官は彼のほうに顔をむけて、「ウェルキンさん、時期がきたら、私が質問してよろしいと云いますから、それまで黙つていてください。ところで、マデラインさん——」

「あの人に質問を許してあげてください、」とマデラインがいつた。「わたしハーフムーン街の気味の悪いちびのエジプト人アーリマンの家で、あの人を見たことがございますの。」

ウェルキンはハンケチを出して額の汗をふいた。

そして反対尋問が行われた。そして検屍官は結論をくだした。エリオット警部は別室に退いて雀躍りして悦んだ。そして陪審員は自殺の判決を取消し、一人または一人以上の不明の人物の犯行による他殺と断じ、この事件は新たに警察の手にゆだねられることになつた。

16

エリオット警部は上等の白葡萄酒のグラスを取りあげて、それを見つめた。

「あなたは立派な政治家ですぞ、マデラインさん。いや、外交官と云つたほうが適切かな。フットボールの賭けの例えを持ち出すところなんか素晴らしい腕前だ。あんなふうに説明すれば、どんなに覚りの悪い陪審員にもよく分るですよ。どうしてあんな例えを思いついたのです。」

名前は妙でも、気持のよいモンプレイザーで、静かな温い夕ばえの光を浴びながら、警部とフェルとペイジは、マデラインといつしよに夕食をとつていた。食堂のテーブルのそばにはフランス窓があつて、そこから深々と月桂樹の繁る庭に出られるようになつている。庭の向うには林檎畑があるが、その林檎畑の一つの小径は、マーディル大佐の旧宅に続き、一つの小径は、小川を渡つて曲りくねつて斜面の森へ登つている。その森はいま林檎畑の左のほうに、暮れかかつた空を背景に黒々と見せている。この小径をつたつて、森のいちばん高いところへ登り、さらに坂道を下るとファーンリ家の裏庭へ出られる。

マデラインは一人で住んでいた。昼だけ女中が来て、料理その他のことを手伝つていた。家はこざつぱりとしていて、父の時代からの戦争の版画が壁にかかり、方々においてある古い時計がやかましく時を刻んでいた。隣りがなくて、いちばん近いのが死んだヴィクトーリア・デイリの家だつた。だが、マデラインは隣りがないのは平気であつた。

いまかの女は開け放した窓のそばのテーブルの上手に坐つている。テーブルのうえには蠟燭が立ててあるが、まだそれに火をつけるほど暗くはなつていない。その薄明りのなかに、銀食器や家具が光つてみえた。低い天井の、大きな楣の梁や、白蠟の器具や時計が、白い服を着て坐るかの女の背景になつていた。フェルは大きな葉巻をくゆらせていた。ペイジがかの女の巻煙草に火をつけるためマッチをすると、その光が警部の質問に笑うかの女の顔を浮び出させた。

かの女はすこしばかり顔を赤らめて、

「フットボールの賭けですか？　あれはほんとはわたしが考えたことじやなくて、バロウズさんの入智慧なのです。バロウズさんが書いて下さつたのを、一字一句間違えないように暗誦しただけなんです。もつともあれに嘘はないのです。でも、あんなところであれだけ喋るのは、かなり面の皮が厚くないと駄目ですね。わたし今にも検屍官が中止を命じはしないかと、ひやひやしていたのですけれど、バロウズさんが他に方法がないと仰つしやるので、仕方なしに終いまで喋りましたの。あとで『ブル・エンド・ブチャー』の二階へあがつて、ひとりでヒスリテーみたいに泣いたら、やつと気が落着きましたわ。ずいぶんわたし思い切つたことを喋つたでしょう？」

みんなまじまじとかの女を見ていた。

フェルは真顔になつて、「いや、なかかなかよく出来ました。しかしあれはバロウズさんのお膳立てだつたのですか？ふん！」

「ええ、あのかた昨夜おそくまでここにいらしたのです。」

「バロウズさんが？　だつていつ来たんです？　ぼくがあなたをここまで送つて来ましたのに。」ペイジは不思議そうな顔をした。

「あなたがお帰りになつてからおいでになつたのよ。わたしが奥さんに話したことを心配して、たいへん興奮していらつしやいましたわ。」

フェルは思案顔でゆつくり大きな葉巻をすいながら、

「とにかく、バロウズという人物を見くびつちやいけませんよ。ペイジさんも、いつかあの人は、えたいの知れぬほど聰明な人物だと云つたことがある。最初はウェルキンさんに勝味があつたようだつたが、終いにはあの人が、心理的に、と云うのもおかしいが、理窟でも審理を自分の思う通りのところへ持つていつてしまつた。あの人は奮闘家ですよ。ファーンリ家の地所財産の世話をしているということは、あの人の利害関係に、大変な影響があるのでしよう。ジョン対ゴアの問題が、いよいよ公判の段取りになると、目覚しい働きをしますよ。」

だがエリオット警部はほかのことを考えていたらしく、「マデラインさん、あなたが私たちのために立派な働きをして下さつたことは認めますよ。ただ外面的な、新聞記事的な勝利かも知れないが、とにかくこちらの勝利にはちがいない。今になつて陪審員の馬鹿どもが、美しい女の弁舌にまくし立てられたと云つて、上役が地団駄ふんで口惜しがつたつて、もう検屍官の手を離れて、警察の手に廻つたのだから仕方がないのです。しかしですね、私の知りたいのは、それだけのことをあなたが知つていながら、なぜ最初に私のところへ、知らせに来て下さらなかつたかということですよ。私はひねくれ者でもなければ、意地悪でもない。なぜ話して下さらなかつたのです？」

警部がむきになつて、我がことのように怒つているのが、ペイジにはむしろ、滑稽に思われた。

「ほんとは話したかつたのですわ。ええ、じつさい話したかつたの。でも奥さんに先に話さなくちやならんでしよう？　そしたらバロウズさんが、検屍官の審理のすまぬうちに一口でも他の人に喋つたら、大変なことになりますよと、厳重に口止めなさいましたの。バロウズさんは警察は信用できないとおつしやるのです。そして自分であることを証明しようと考えていらつしやるんです——」急に口をつぐんで、弁解するような手振りで巻煙草を振り、「人には誰でも特有の癖があるものです。おわかりでしよう？」

「しかし、どういうことになつたのですかね？」とペイジがいつた。「検屍官の審理の結果また二人の中のどちらが真の相続者かという、元の問題に後返りしたのでしようか？　マリさんはゴアが真の相続者だといい、また指紋の証拠もあるのだから、それで問題が解決されたのかと思つていたら、今朝の審理をみていたら、それもどうやら怪しくなりました。マデラインさん、あなたはウェルキンさんを目標にして、ちよいちよい当てこすりを云つていられたようですね？」

「わたしはただバロウズさんの云われたことを繰返しただけなのです。当てこすりと云いますのは？」

「いや、ぼくはただゴアさんが相続を要求して来たのは、ことによるとウェルキンさんのさしがねじやないかと思うんですよ。あの人は妖術や心霊研究家の専門の弁護士みたいなものので、平常つきあつているのも無茶な人が多いようですから、アーリマンやデュケーヌ夫人を弁護したと同じ手で、ゴアの弁護を買つて出たんじやないでしようか？　ぼくは初めてゴアさんに会つた時、あなたの職業は手品師かなんかじやないですかとたずねたように覚えていますが、じつさいウェルキンさんは殺人の行われた時刻に、幽霊のようなものを見たと自分で云つているのです。あの人はガラス一枚隔てているだけで、被害者から十五フィートしか離れていない近距離に坐つていたのです。あの人は——」

「ペイジさんは、ウェルキンが加害者だとおつしやるの？」

「分るもんですか？　フェルさんも云われましたが——」

フェルはしかめ面で葉巻を見ながら、

「私はあの人がみんなの中で、一番面白い人物だと云つただけです。」

「それは、結局、同じことだと思うのです、」ペイジは陰気な顔で、「それはそうと、マデラインさん、真の相続者はどつちだと思います？　あなたは死んだジョンは贋者だと、昨日云われたように思うのですが。」

「ええ、云いました。でもそれだからと云つて、同情しられないわけはないでしよう。あの人は、お分りだと思いますが、自分では人をだますつもりはなかつたのです。ただ自分が誰だか知りたかつたのです。それからウェルキンさんのことですが、わたしはあの人が犯人だとは考えませんわ。だつて自動人形が動き出した時——こんな静かな晩方、夕食のあとで怖い話をするのはどうかと思いますけれど——自動人形が動き出した時、屋根裏にいなかつたのは、あの人だけなんですからね。」

「嫌な出来事でしたね、あれは」と、フェルがいつた。

マデラインは真顔になつて、「でも、鉄の人形が上から落ちてくるのに、笑つていらつしやるなんて、やつぱりあなたは気の強いかたなんですわ。」

「気が強いのじやない。私には暴風のような音が聞えただけなんですよ。そして後になつて、ペテロみたいに怒つたり、冗談を云つたりしたのです。エヘン、それから幸い向うの部屋に住む、人形でない本物の女の子のことを思い出し、ひやりとしたという順序なのです——」

すでに薄暗くなりかけていたテーブルの上で、彼は大きな握りこぶしを振るのだつた。口では面白可笑しく話していても、なんだか気味わるい力強さを、人々はその拳に感じたけれど、彼はその拳でテーブルを叩くようなことはしないで、暮れかかつた庭を眺めながら静かに煙草をすつた。

「では、いまどういうことになつているのです、フェルさん？　私たちが信用できる——秘密をもらしても差支えない人間だということは、お分りになつているでしよう？」ペイジがきいた。

それに答えたのは警部であつた。彼はテーブルの上の箱から巻煙草を一本とり、ごく静かにマッチをすつて火をつけたが、その警部の顔にはいつもの敏捷な図太い、それでいてちよつと判断がつかぬような、表情が浮んでいるように、ペイジには思われた。

「ゆつくりしちやいられないんです、」と警部がいつた。「バートンが自動車でハドク・ウッドへ連れて行つてくれます。私はフェルさんと十時の汽車でロンドンへ帰ります。警視庁でベルチェスターさんと相談することがあるんですよ。フェルさんも考えを持つておられる。」

「ここで何をするかということですか？」マデラインが不審げな顔をした。

「そうです、」と、フェルが答えた。そしてしばらく眠むげに煙草をくゆらしていたが、「私はいろいろ考えているんですよ。こんなことは喋つても差支えないと思うんですが、例えば、今日の審理で二つの収穫があつたように思うのです。私は今日他殺の判決があるに違いないと思い、また証人の誰かが口を滑らせて云いしくじるに違いないと思つていたが、じつさい他殺の判決があつて、誰かが口を滑らせたです。」

「あなたが妙な声でお唸りになつた時ですか？」

「私は何度もひとりで唸りました。」フェルの声は重々しかつた。「交換条件なら、警部さんと私がなぜ唸つたかということ、あるいはそれが朧ろに想像できる程度の説明をしてあげてもよろしい。交換条件というのは可笑しいかも知れませんが、あなただつて、バロウズさんに知らせた程度のことは、祕密を守るという約束のもとに、私たちにも知らせて下さるのが当然だと思うのです。あなたはさつき、バロウズさんはある事を証明しようと思つていると云いましたが、それはなんですか？　なにを証明しようと思つているのです？」

マデラインは体を動かした。そして巻煙草の火を揉み消した。暮れかかつた部屋のなかで、涼しげな白服を着たかの女は、低い襟のあいだから、むつちりとした短い頸をのぞかせている。耳の上に波打つ金髪、ほのかな夕闇に浮び出した幅の広い顔は、妙にたよりなく軟らかい感じで、瞬きする動作でさえだるげにみえる。この瞬間のかの女の姿を、ペイジは後々まで脳裡から消すことが出来なかつたと云つているが、無理からぬことなのである。外には月桂冠のこずえが、あるかないかの風にそよぎ、はるかな低い西の空は、毀れ易いガラス器のように、黄色の勝つたオレンジ色に輝いて、斜面の森の上のあたりには、はやぽつかりと星が一つ浮びだしていた。部屋全部が息を殺して、マデラインの答えを待っているように思われた。かの女は両手をテーブルの上におくと、椅子の背にもたれかかつて、

「わたしには分らないのですけれど、皆さんが信用できると云つて、わたしのところへいろんなことを話しにおいでになるのです。それはわたしが祕密を守る女のように見えるからなんだそうです。また自分でもそのつもりでいますの。ですけど、今日のようにすつかり喋つてしまうと、なんだか悪いことをしたようで、気持がよくないのです。」

「そして?」フェルがうながした。

「でも、このことだけは話しても差支えないでしよう。あなたがたとしては、知つていらつしやらなければならないことなんですから。バロウズさんは、ある人に殺人の嫌疑をかけて、それを証明しようとしていらつしやるのです。」

「誰に?」

「マリさんです。」

警部の巻煙草の火が空中で動かなくなつた。彼は軽くテーブルを叩いて、

「マリさん? マリさん?」

「意外ですか、警部さん?」マデラインは目を見はつた。

警部は無表情な声で、「マリさんに嫌疑をかけるのはおかしいですな。科学的な捜査の上から云つても、それからまた、探偵小説的な考え方から云つても、マリさんは容疑者の範囲から一番遠のいた人物ですよ。それどころか、冗談なんでしようけれど、あの人はむしろ殺されるがわの人だろうと、みんなから考えられていたぐらいです。どうもバロウズさんは悧口すぎるようだ。マデラインさん、失礼ですが無茶なことを云うもんじやありません。マリは決してそんなことはしない。バロウズさんだつて、ただ悧口であるという以外に、マリが犯人だという理由を説明することは出来ますまい。マリには立派なアリバイがあるのですからね。」

マデラインは額に皺をよせて、「詳しく聞いたわけじやないのですから、よくは分りませんけれど、そこが問題だとわたし考えますの。あの人にほんとにアリバイがあるでしようか? わたしの云うことは、みなバロウズさんの受売りなんですけれど、バロウズさんがみんなの証言を調べたところに

よれば、あの時マリの行動を見ていたのは、図書室の窓の外に立つゴアさんだけで、そのほかにマリの行動を見ていた者は、一人もないのです。」

警部とフェルは黙つて目を見合わせた。

「そして？」

「今日の審理の時、図書室に本を入れる押入か戸棚のようなものがあつて、その戸棚の中に入つて、ある場所を押すと、庭へ出られるドアが開くとわたしが云つたのを、覚えていらつしやるでしよう？」

「覚えています。」フェルは真顔だつた。「あの戸棚のことを最初に云つたのは、マリさんなのです。窓から見られないように、本当の指紋帳と嘘の指紋帳を取りかえるため、あの人は戸棚の中に入つたと云いました。なるほどね。」

「そうなんです。わたしもあのことをバロウズさんに話しますと、バロウズさんが非常に面白がつて、調書に残るように喋つてやると云つていましたわ。バロウズさんの説によると、あなたがたは間違つた人物に焦点を向けていらつしやるんです。そしてこの事件は気の毒なジョンにたいする陰謀であつて、その陰謀の主導者は、弁舌が巧みで変つたところがあるのでゴアのように思われているが、実のところ、マリが本当の——なんと云いますかね、探偵小説なんかで云う言葉なんですが——」

「主導者ですか？」

「ええ、ゴアとウェルキンとマリの、三人のギャングのなかの主導者はマリだと云うのです。ゴアとウェルキンは人形みたいなもので、手荒いことをするだけの胆玉がないというのです。」

「それで？」と、フェルは奇妙な声でうながした。

「バロウズさんは、そんなことを説明する時、ひどく興奮していらつしやいましたわ。そしてマリの様子には最初から腑に落ちぬところがあると云うのですが、わたしにはそんなことはよくは分らないのです。わたしはマリさんとあまり話をしませんでしたし、少しは昔と変つているように思えないこともありませんが、でも、誰だつて多少は変るわけですからね。バロウズさんはまた、彼らの陰謀が成立するまでのいきさつを話して下さつたのですが、それによりますと、まずマりは例のいかがわしい弁護士ウェルキンと手を握つたのです。ウェルキンは沢山の依頼人のなかの占師の口からジョン・ファーンリ卿がどうした理由からか、記憶を失つているということを聞いたので、それをマリに話したのです。そこでジョンの昔の家庭教師マリは、贋の指紋で贋の相続者を作ることを思いつきました。贋の相続者を探すのはわけのないことです。マリはウェルキンの依頼人の中から、最も適当な人物として、ゴアをえらんだのです。そしてゴアはマリのもとで、六ヵ月の訓練を受けました。バロウズさんはゴアの話振りや動作がマリに似ているのは、六ヵ月の訓練を受けたためで、この二人が似ていることは、フェルさんもいつか指摘したことがあるとおつしやいました。」

フェルはテーブル越しに女の顔を見た。それから彼は両肘を出して頬杖ついたので、なにを考えているのか、ペイジには分らなかつた。開いた窓から流れ込む空気は、温かく、香ばしかつたが、それにも拘らず、フェルが身震いしたことは事実であつた。

「どんどん話してください、」と、警部はまたさいそくした。

マデラインはまた目をつむつて、

「バロウズさんの解釈によると、この事件はなかなか残酷なのです。考えまいとしても目に見えるようなのです。生れてから一度も悪いことをしたことのない哀れなジョンさん、そのジョンさんがあの人たちの相続権を目的とした陰謀のために殺されたのです。しかも自殺と見せかけて殺されたのです。誰だつてあれは自殺と思いますよ。」

「ええ、まあ大抵の人がね。」警部が調子を合わせた。

「胆の小さいサーカスのゴアと、それからウェルキン、この二人もそれぞれ仕事を分担しました。お分りでしよう? 二人で見張りの役をつとめたのです。ウェルキンは食堂のなかで。ゴアは外から図書室の二つの窓を見張つていたのです。それには二つの理由がありました。一つはマリのアリバイを証言するため、一つはマリの留守中、誰かが図書室を覗くのを防ぐためです。あの人たちにつけ狙われた可哀そうなジョンは、逃れるすべがなかつたのです。そしてジョンが庭へ出たことを知つた大男のマリは、足音を忍ばせて接近して、わけなくジョンを殺してしまつたのです。彼らとしては、ジョンを殺すのは、最後の瞬間まで延ばしたにちがいないのです。すなわちジョンが途方にくれて記憶がなくなつていることを自白し、相続者であるかどうか分らぬという印象をあたえるのを待つたのです。そうなれば、ジョンを殺す必要はなかつたわけです。けれども、いつまで待つても、ジョンが折れそうもないので、それで計画通り惨殺したのです。でも、マリとしては、指紋を比べるのになぜあんなに長い時間がかかつたか、それを弁解しなければなりませんでした。それで二つの指紋帳をすりかえるために苦心したという。あんな嘘の話を作りあげたのです。バロウズさんは」——フェルを見ながら早口に——「その嘘に、あなたがたが、うまうまと引つ掛つたとおつしやいましたわ。」

エリオット警部は、用心ぶかく、念をいれて、巻煙草の火を消した。

「そうですかね？　するとノールズも見ていたし、ノールズばかりか、バロウズ自身も見ていたのに、その目の下でマリが誰にも見られないように殺人を犯したということになりますが、バロウズさんはその見えなかつた理由をなにか説明しましたか？」

女は頭を振つた。

「それは聞きませんでした。たぶん話したくないか、でなければ、自分でもまだ分らないかどちらかでしよう。」

フェルは沈んだ声で、「自分でもまだ分らないのでしよう。一人で考えているので、さすがのバロウズさんも、まだそこまで考え及ばないのでしよう。恐ろしい話だ。」

マデラインは検屍官の審理の時にも興奮していたが、今度も烈しい息遣いになつていた。かの女は心を張りつめていたあとで、ふと庭からのそよ風に吹かれたためか、あるいは部屋全体が耳を澄ませていることに気がついたためか、急にわれにかえつたように、

「あなたがたは、この説をどうお考えになります？」ときいた。

フェルは考えたあとで、

「きずがありますよ。大変なきずが。」

マデラインはまともに彼に目をすえて、

「そんなことはどうでもいいのです。いまの話はわたしの考

えじゃないのですから。ただ、話せとおつしやるので、バロウズさんの説をお話しただけなのです。今度はあなたの考えを聞かしてくださいますか?」

フェルは疑惑のうかんだ妙な目つきで女をみた。

「知つてらつしやることを、みなお話しになりましたか?」

「あれが全部なのですから、もうおたずねにならないで。」

「しかし、」とフェルがいつた。「話を混乱させる結果になるかも知れませんが、まだ聞かしてもらいたいことがある。あなたは死んだジョンさんをよく知つていらつしやるんでしょう? だから話が少々心理的で曖昧な問題になるかも知れませんが、次のような問題を考えてみてください。そしたら事情がよほどはつきりして来ますよ。それは一口に云えば、あの人がなぜ二十五年間も煩悶し続けたかという問題なのです。どうして記憶を失つたことを、それほどまでに苦にやんだのでしよう? 大抵の人は健忘症になつても、一時は心配するでしようが、そんなに長い間苦悶するものじやない。だからあの人は、なにか犯罪のようなものの記憶に悩んでいたのじやないでしようか?」

女はうなずいて、「ええ、わたしもそう思いますの。昔の本にある清教徒を、現代式にしたような人じやないかと思うのです。」

「しかし、それが何であるかということは覚えていないのですか?」

「ええ、ただ曲つた蝶番というだけなのですから。」

曲つた蝶番といつたら何だろう? まつすぐな蝶番ではいけないのか? その言葉が何を意味するのか、ペイジには合点がいかなかつた。なにかその言葉に深い意味でもあるのだろうか?

「曲つた蝶番というのは、気が変になつているという意味の、上品な言葉かなんかではないのですか?」と彼がきいてみた。

「そうじやございますまい。言葉だけの記憶じやないのですから、時々ドアの蝶番、それも白い蝶番の幻が見えると云うのです。それをじつと見ているうちに、なぜだかそれが曲つてきて、しまいに落ちるか毀れるかするんだそうです。ちようど病気で寝ている時に、壁紙の模様を見ているような気持なんだそうです。」

フェルは警部を振りむいて、「白い蝶番！　ちよつと厄介ですな？」

「そうですね。」

鼻を鳴らしてフェルは長い溜息をした。

「よろしい。では、どこから暗示をえられるか分りませんから、一つ二つの事実を考えてみましようか。まず第一に船の木槌で誰かが頭を打たれたとか、打たれなかつたとか云う話が最初から出て来ているんですが、私たちはその事柄には興味を持つても、木槌のことはなにも考えなかつた。いつたいその木槌というものはどこにあるのです？　どうして手に入れることが出来るのです？　現代の機械化された船では、水夫だつて木槌のようなものはあまり使いません。ところがそんな木槌のある場所がたつた一つあるのです。太西洋を船でお渡りになつたかたはご存知でしようが、現代の定期船でも下のほうの甲板のところどころにある鉄のドアのそばには、木槌が一つずつぶらさげてあるのです。この鉄のドアは海水の侵入を防ぐのが目的なのですから、遭難のさいにそこをしめると、海水の侵入しない部屋が方々に出来るわけです。そしてそのドアのそばに掛けてある木槌は、乗客が混乱した場合に、給仕が武器として使うという、頗る気味の悪い品物なのです。ご承知かもしれませんが、タイタニックという船には、この海水の侵入しない部屋が特別に多かつたのです。」

「それがどうしたのです？」と、ペイジはフェルが話をやめた時にきいた。

「なにか気がつかなかつたですか？」

「なんにも。」

「ではもひとつ。つぎはあの面白い自動人形です。十七世紀の昔に、なにがあの自動人形を動かしたか考えてごらんなさい。そしたらこの事件の祕密の根本が分りますよ。」

「そんなことは意味がないじやございませんか、」とマデラインがいつた。「すくなくも、わたしが考えていたことは、何の関係もないことです。あなたがたもわたしと同じことを考えていらつしやるのかと思つていましたのに——」

エリオット警部は時計を出してみた。

「フェルさん、ぼつぼつ出かけましようか。汽車に乗る前に、ファーンリ家へ立ち寄らなくちやなりませんから。」

「お帰りにならないでくださいよ、ペイジさん、あなたはお帰りにならないで。」マデラインは慌ててそういつた。

「さきほどからききたいと思つていたのですが、マデラインは、なにか心配なことでもあるのですか?」静かにフェルがきいた。

「わたし怖いのです。だからこんなに喋るのです。」

なんだか意外なことを聞いたような気がして、ペイジはその理由を想像しながら不思議におもつた。

フェルはコーヒーの受皿の上に葉巻をおき、細心の注意を払いながらマッチをすつて、前こごみになつてテーブルの上の蠟燭に火をつけた。四つの炎はゆらめき波打ち、さながら蠟燭と切り離された別個の存在のように、ちよつと離れてまつすぐに、温い静かな空気のなかに立ちのぼつた。夕闇は窓の外に刎ね返された。じつと大きく見開いて見つめるマデラインの目の隅つこに、その蠟燭の灯が反射して映つた。かの女はなにか怖ろしいものの出現を期待しているかのようにみえる。

フェルはいらいらと、「マデラインさん、これで失礼いたします。ロンドンへ帰つて、二つ三つこの事件に関係したことを調べますが、明日はまたこちらへ参ります。ペイジさんがいるのですから、なにも心配することは——」

「ペイジさん、お帰りにならないでね。こんなことをお願いするのは、気の毒なんですけれど——」

ペイジは今までに感じたことのないような義俠心にかられながら、

「いいですとも。ぼくは帰りません。人にどんなに云われようと、明日の朝まで傍について守つてあげますよ。べつに心配なことはないとは思いますが。」

「あなた、今日なんにちだかお忘れになつて?」

「今日?」

「七月三十一日、ほら、ヴィクトーリア・デイリの一年目の命日なのよ。」

フェルは傍から仔細らしい目つきで二人を見ながら、

「それからまた今日はラマスの前夜祭なのです。エリオットさんにきいてごらんなさい、今日がどんな日か。エリオットさんはスコットランド生れだからよく知つていらつしやる。地下の悪魔どもが踊り出して騒ぐ日なんです。ヤッ！　こりやどうも、云わんでもいいことを云つて悪かつたですな。」

ペイジは嫌なことを聞いたと思つた。気がいらだつて腹が立つた。

「そんなことを云つて、マデラインさんを怖がらせなくてもいいじやありませんか？　マデラインさんは今日一日ひとのために、割りのわるい役目を買つて出たので、へとへとに疲れて、神経がいらだつているのです。ですから、これ以上心配させないでください。マデラインさん、怖がる必要はありません。もし変てこな物が現れたら、ぼくがそいつの首を、捻じ切つてあげますよ。」

「ごめん。」

大男のフェルは、立つたままそう云つて、疲労した親切げな目つきで、気の毒そうにマデラインを見下し、それから外套と、坊さんがきるような帽子と、撞木杖のような握りのついたステッキを、椅子の上から取りあげた。

「お休みなさい、」と、エリオット警部も挨拶した。「たしかこの庭の左の道をつたつて、森へあがつて向うがわへおりれば、ファーンリ家へ出られるんでしたね？　そうでしよう？」

「そうです。」

「では――ええと――左様なら。マデラインさん。いろいろ話をお伺いしたり、お世話になつたり、お蔭で気持のよい晩をすごすことが出来て、有難うございました――ペイジさん、気をつけていらつしやい。」

「あなたも森のお化けに気をつけて――」あとからペイジが呼びかけた。

フランス窓のそばに佇んで、彼は月樹冠の蔭に消えて行く二人の後姿を見送つた。むつとするほどの香りが庭から漂つてくる暑い夜だつた。東の空に光る星屑が、熱波のために揺らいで、瞬いているように見えた。ペイジは理由のない憤りを感じながら、

「あまたの老婆うちつどい――」と呟いた。

それから振りむいて、微笑をうかべたマデラインと顔を見あわせた。やや頬のあたりを赤らめてはいるが、かの女はす

つかり落着きをとりもどしていた。

「なんだかわたし、云い過ぎたような気がするんですけれど、ほんとはそんなに怖くはないのよ。」

かの女はゆつくりとそう云つたあとで立ちあがり、

「ちよつと二階へ行つて、鼻に白粉をつけて来ますから、待つていてくださらない。すぐおりてきます。」

「あまたの老婆うちつどい――」

ひとりになると、彼は巻煙草に火をつけた。

いつのまにか気が落着いて、先刻からの腹立たしさを、笑いたいような気持になつた。それどころか、マデラインと二人きりになるという異常な経験が、胸がぞくぞくするほど嬉しいのだつた。茶色の一匹の蛾が、勢よく窓から蠟燭の灯をめがけて飛んで来たので、ぽんと片手で払いのけながら身をかわすと、顔とすれすれのところを飛んで逃げた。

軟らかい蠟燭の灯は、涼しく心安かつたが、彼はもつと明るいほうがいいように思つた。それで、壁際へ歩いていつて、スイッチをひねると、おだやかな壁の電灯に灯がついて、それが品のいい部屋の飾りつけや、更紗模様を照らし出した。時計の音が高く響くのが、不思議なほどだつた。部屋には時計が二つあつたが、それがたがいに争わないで、交互に時を刻むので、普通の時計の倍の速度で、時を刻んでいるようなものだつた。その二つの時計の一つのほうの小さい振子は、休みなく忙しそうに左右に動いていた。

もとのテーブルへ戻つて、彼は冷くなつたコーヒーを啜つた。床を踏む自分の靴の音、コップが受皿に触れる音、陶器のコーヒーポットのコップに触れる音――そんなものが時計の音にゆずらず鋭く部屋に響きわたつた。いまさらのように、彼は部屋が森閑と鎮まり返つていることに気がついた。彼は考えた――この部屋には誰もいない、自分がひとりだ、それがなんだ？

部屋の空虚さが、明るい照明で一層強く胸にせまつた。彼はある一つのことはなるべく考えまいとした。それはみんなと話しているうちに、だんだん明らかになつた秘密、自分の本を調べて一層はつきりした秘密。だがそれと反対に気の晴れすることもある。それはむろんマデラインのことだつた。家はこざつぱりしていながら孤立していた。だから厚さ半マイルの闇の壁にとざされているようなものだつた。

鼻に白粉をつけると云つたマデラインは容易におりてこなかつた。また一匹の蛾が、ジグザグ型に窓から飛びこんで、ぱたんとテーブルの上に落ちた。カーテンがはためき、蠟燭の炎が揺らめく。彼は窓をしめようと思つた。明るい部屋を横切つて、フランス窓のそばへ行くと、なにげなくそこへ立ちどまつて庭のほうへ視線をむけた。

すると、窓から流れる細長い光線をちよつと外れた庭の闇の中に、ファーンリ家の自動人形が、ちよこなんと坐つているのが目についた。

17

およそ七秒のあいだ、彼自身が人形になつたように、身動きもしないでそれを見つめていた。

黄色つぽい窓からの光線は、十フィートか十二フィートの芝生を這つて、かつてはペンキが塗つてあつたと思われる人形の台の端にとどいていた。階段から墜落したために、首がやや斜めに傾いて、蠟細工の顔には新しいひびがはいり、内部の時計仕掛にも、半分ぐらいの欠損は出来ているにちがいないのだが、それを巧みにぼろのガウンで覆い隠してあつた。その古びて、毀れかかつて、片目のない人形が、月桂樹の木かげから、意地わるげにこちらを見ているのである。

むりに気を鎮めて、彼は明りのもれる窓を出て、静かに人形のほうへ歩いていき、自分でも不必要と思うほどの近くまで接近した。人形のそばには誰もいなかつた。すくなくも誰もいないように思われた。車は直してあつた。だが、七月の長い日照りが続いたあとなので、芝生に車の跡はつかず、またすぐ左には、跡のつかぬ小石を敷いた道があるのだつた。

この時階段をおりるマデラインの足音が聞えたので、彼は急いで部屋に引き返し、用心ぶかくフランス窓を締めてしまつた。それから重い楢製のテーブルを動かして、部屋の中央に運んだ。テーブルの上の二本の蠟燭が揺れた。女が部屋にはいつたのは、ちようど彼が、その蠟燭の一本のほうを、まつすぐに立て直している時であつた。

「蛾がはいりますのでね、」と、彼は弁解した。

「でも、蒸すじやないの。一枚お開けになつたら——」

「ぼくが開けます。」中央の窓を一フィートほどあけた。

「ペイジさん、なにか変つたことがあつたのですか？」

また、彼は時の刻む時計の音を、はつきり意識した。だが、それよりも一層強く意識したのは、自分の保護せねばならぬ、か弱いマデラインが身近にいるということだつた。不安というものは人間をいつもと変えるものだ。マデラインという女が、そんなに遠い存在でもなければ、また自我を没却する女でもないように思われだした。かの女の体から発散する、後光——というのもおかしいが、そんなものが部屋に満ちているように感じられた。

「なんでもないんです。変つたことなんかあるもんですか。蛾が飛び込んできて、うるさいから、窓をしめたのです。」

「ほかの部屋へ行きましようか？」

人形を見失つてはならぬ。人形を好きなところへ行かせてはならぬ。

「まあ、ここで煙草でもすいましよう。」

「そう。コーヒーはいかが？」

「構わないでください。」

「だつて、用意が出来ていますのよ。」

かの女は微笑した。明るいけれど、神経質らしい微笑だつた。そして台所へとんでいつた。かの女の留守のあいだ、彼は窓から外を見なかつた。あまり長く待たせるので、台所へ行つてみようと思つて立ちあがると、ドアのところで、コーヒーのポットを持つたかの女に出合つた。

「ペイジさん、やつぱりおかしいのよ。裏のドアが開いているの。わたしいつも締めとくのだし、女中のマライアが帰つて行く時だつて、締めるのですけれど。」

「女中が忘れたんでしよう。」

「そうかも知れないわ。なんだかわたし、どうかしているのね。もう、こんな話よしましようよ。」

急に陽気になつて、わざと大きな声を出して笑つた。部屋の片隅に静かにラジオ受信器が眠つていた。かの女がスイッチを入れると、温まるのに数秒かかつたけれど、まもなく二人がびつくりするほどの音量で歌いだした。

かの女は音を低めた。だが、やかましいダンス・オーケストラは、砂浜を洗う大波のように部屋にあふれた。曲はいつもの通りだつたが、歌の文句は悪かつた。マデラインはしばらく立つたままそれに耳を傾けると、テーブルに帰つて坐り、コーヒーをついだ。直角に座を占めた二人は、手と手が触れあうばかりの近距離にあつた。女は背を窓にむけていたが、彼は何物かが外から様子をうかがつているような気がして仕方がなかつた。いまにも、ひびのある顔が、ガラスの外から覗きはしないかとひやひやした。

だが、彼の神経が恐怖を感ずると同時に、頭脳も敏活に活動しはじめた。なんだか彼は夢から覚めたような心地で、理性というものが、初めてものを云いだし、手足を縛つていた鉄の環がとれて、自由になつた気持だつた。

自動人形がなんで怖いのだ？　死んだ鉄と車と蠟で作つた人形は、台所のボイラーと同じで、少しも恐るるに足らんではないか？　それは一同がよつてたかつて人形の内部を調べた通り、また自分もその時見た通りである。だから、誰か人間が威嚇の目的で動かしているにちがいないのだ。

それはいざり車に乗つたお婆さんみたいに、自分で車を押して、ファーンリ家からはるばる、ここまでやつて来たものではない。人を脅かすのが目的で、誰かが運んで来たのだ。そして、この自動人形こそは、こんどの事件の性質と、妙に一脈通ずるものがあるではないか？　今の今まで、この事実に気がつかなかつたとは……

「そう、そのことを話しましよう。それがいいわ、」と、彼の瞑想を破つて、マデラインの声がした。

「そのこと？　なんです？」

「こんどの事件全体の話なの。ことによると、わたし、あなたがお考えになるより、以上のことを知つているかもしれないわ。」

またかの女が彼の視野のなかに入つてきた。またかの女は両手を開いてテーブルの上におき、いまにも後ろへそりかえるような姿勢で、かすかに口もとに微笑をうかべた。どことなく媚びるようで、物静かで、いつもより素直な心構えが現れているように思われた。

「ぼくがどういうふうに想像しているか、あなたには分らないでしよう？」

「そりや分らないわ。」

彼は一フィートほど開いた窓を見つめていた。自分ながら、マデラインを相手にして喋つているよりも、窓の外にいるもの、家の周囲を取りかこむものに向つて、喋つているような気がした。

「こんなことは考えないほうがいいのかも知れませんね、」と、彼は相変らず目を窓にむけたまま、「あなたにききたいことがあるのです。この近処に悪魔礼拝の風習があるというような話、お聞きになつたことはありませんか？」

沈黙。

「ええ、聞きましたわ。どうしたの？」

「なに、ヴィクトーリア・デイリのことなんですがね、昨日、フェルさんや警部さんから、あの話の大体を聞き、その後自分で調べてみたのですが、初めは断片的のことしか分らなかつたが、今ではあの事件がよく分つたような気がするのですよ。ヴィクトーリアの死体に、ウォーターパースニプ、とりかぶと、シンクフォイル、ベラドンナ、なぞの溶液に、煤を加えて塗つてあつたという話、お聞きになりましたか？」

「どうして？　どうしてそんな馬鹿げたものを塗るのです？」

「大変な意味があるのです。これは悪魔礼拝の信徒たちが、大会に出る前に塗る、有名な塗料*なのです。ただ一つ、この混合物のなかに抜けているものがある。それは赤ん坊の肉なんですが、さすが殺人者も、そこまでは手が出なかつたのでしょう。」

＊この混合塗料の化学的分析の参考書――マーガリト・アリス・マリ著、「西ヨーロッパの魔女礼拝」（オクスフォード大学出版部一九二一年版。）附録V二七九―二八〇頁。J・W・ウィッカー著、「妖術と魔術」（ハーバート・ジェンキンズ出版一九二五年版。）三六―四〇頁。モンタギュー・サマーズ著、「妖術と悪魔学の歴史」（キーガン・ポール出版一九二六年版。）

――ディクスン・カー

「まあ、殺人者！」

彼が殺人者と云つたのは、これら錯綜した一連のいかがわしい出来事のおくには、悪魔礼拝者というよりも、むしろ殺人者と云いたい者の手が、動いているように思われたからであつた。

「本当ですよ。ぼくもその方面のことは少しは研究して知つているのですが、最初はなぜだか気がつかなかつたのです。あなたもその方面から、推理の手を伸ばしてごらんなさい。フェルさんや警部さんは、とつくにそれに気づいていたんですよ。なにもヴィクトーリア・デイリが悪魔礼拝にこつていたとか、こつているようなふうをしていたとか、そんなことと云うのじやありませんよ。それは推理を働かせなくても分ることですからね。」

「どうして?」

「まあ、考えてごらんなさい。あの女が塗料を塗つたのは、悪魔礼拝者の一年中の大会のある、ラマス前夜祭のことだつたのですが、大会が夜の十二時に始まるのに、あの女は、十一時四十五分という、際どい時刻に殺されているのです。ですから、恐らく殺人者に襲われる数分前に、自分の体に塗料をぬつたのでしよう。そして、殺された部屋というのは、階下の自分の寝室だつたのですが、その寝室の窓は、開け放してありました。悪魔礼拝の信徒たちは、大会へ行く時に窓から抜け出すため、あるいは抜け出したようにするため、その晩はいつも窓を開け放しておく習慣なのです。」

マデラインの顔を見ていたわけではないが、彼は女が額にしわをよせ、不思議そうな表情を浮べるのを意識した。

「抜けだしたようにするため窓をあけたというのは、その——」

「それはいま説明しますがね、それよりあなたは、この殺人事件にどんな推理をくだしますか? これが大事なことなんです。よく考えてみると、ヴィクトーリア・デイリを殺したのが、行商人であるかないかは別問題として、殺人の時刻、あるいはその直後に、現場に第三の人物がいたということになるのです。」

だしぬけにマデラインは立ちあがつた。彼はかの女を見ていなかつたけれど、女の青い大きな目が、自分に注がれているのが分つた。

「どうして? 分らないわ。」

「塗料の性質を考えてごらんなさい。あんな塗料がどんな作用をするか知つていますか?」

「すこしは。でも、話してみてください。」

「それはね、大会に出席して悪魔の出現を見たという人々の記録を、六百年の長い間にわたつて集めた本があるのですよ。それを読んでみると、現実にはありうべからざることを、いかにもまことしやかに、誰も彼も確信をもつて、こまごまと述べているのに胸を打たれるのです。ですから、悪魔礼拝というものが実際にあつたこと、ならびに、それが中世紀から十七世紀まで盛んであつたことは、歴史上の事実として認めないわけにいかないのです。おそらく彼らはキリスト教の教会などと同じような、しつかりした組織を持つていたのでしよう。しかし彼ら信徒たちが、空中を飛行したり、また、不思議な幽霊や、悪魔やその家来、それからまた、睡眠中の女を襲うインキュバスや、睡眠中の男を襲うサキュバスの存在をどう解釈したらいいのでしようか? ぼくらにはそんなものの存在は信じられない。それにもかかわらず、狂人でもなければ、ヒステリーでもない、大した苦悶も抱いていない普通の人が、それを信じている。どうして彼らは、そんなものの存在を信ずるのでしよう?」

「とりかぶととベラドンナ。」静かにマデラインがこたえた。

二人は顔を見合わせた。

だが、すぐまたペイジは、窓に目をうつしながら、

「ぼくもそう思います。信徒たちは大会に出席するため、家を出たと云いながら、じつはちつとも家を出ちやいないのですよ。彼らは森のなかの大会に出席し、魔法で祭壇に運ばれて、悪魔を見たなどと云いますが、それはみな体に塗つた塗料のなかに、ベラドンナととりかぶとが混つているからなのですよ。皮膚にそんなものを摩りこむと、どんな作用を起すかごぞんじですか?」

「父が法医学の本を持つていましたのよ。ですから——」

「皮膚の毛孔や、爪の下の軟らかい肉から吸いこまれたベラドンナは、すぐ人間を興奮させ、烈しい幻覚におとしいれ、はじめ夢中になつてうわごとを云いますが、終いには無意識になつてしまうのです。これにとりかぶとの症状が加わる

と、精神錯乱状態となり、めまいを起し、運動不自由、脈膊不整、それから意識を失います。ヴィクトーリア・デイリの枕元にも、大会の大騒ぎのことを書いた本がありましたが、あんな悪魔礼拝者の大騒ぎを読んだり聞いたりして信ずる者が、この無意識のなかで、どんな精神的の経験をするかということは、誰にでも想像できるのです。ラマス前夜祭の大会に出るというのは、そのことを云うのですよ。」

マデラインはテーブルの端を指でつつき、その指を眺めたあとでうなずいた。

「でも、いまお話しになつたことが本当だつたとしても、あの人が殺された晩に、ほかの人が来ていたかどうかは分りますまい。ほかの人というのは、殺されたヴィクトーリアと、殺した行商人以外の第三の人物のことなんですけれど？」

「死体が発見された時、あの女がどんな服装をしていたか、覚えていますか？」

「ゆるい寝着と、ドレシンガウンを着て、スリッパをはいていたそうです。」

「そう――死体が発見された時にはね。そこが問題なのです。油のようにべたべたくつつく、煤でよごれた液体を体に塗つている時に、新しい寝着を着て、そのうえにドレシンガウンを着たりするでしょうか？　そんなものを着ると、汚れて気持悪くはないでしょうか？　前夜祭にドレシンガウンを着る人間があるでしょうか？　ほんとは前夜祭には体を動かすのに邪魔にならぬよう、また汚れても構わぬように、ちよつとしたぼろを身につけるだけなのです。

「まあ、そのときの有様を想像してごらんなさい。暗い家の中で、女が一人意識を失つて、うなされているのです。通りかかつた宿無しが、窓を開け放したまま、灯もつけずにいる家を見て、食指を動かした心理は、容易に想像できましょう。そして部屋に忍びこんでみると、ベッドの上か床の上かしらないけれど、女が一人むつくり起きあがつて、寝言だか悲鳴だか分らぬ叫声を立てたので、彼は度胆を抜かれたにちがいない。そこで、彼は前後のわきまえもなく、とつさに女の首をしめました。

「そんな液体を体に塗つて夢を見る女は、寝着やドレシンガウンを着もしないし、また、着ようにも汚なくて着られるものでもない。といつて、殺した人間がそんな物を着せるはずもない。彼は仕事の途中で、第三者に邪魔されたのです。

「つまり暗い家のなかに誰かいたのです。ヴィクトーリア・デイリの死体は、体に怪しげな液体を塗り、妙な服装のまま倒れています。こんな死体を発見されたら、スキャンダルになるにちがいない。知識のある人は、かの女が悪魔礼拝の信徒であつたことを知るかもしれない。そこでこの第三者は、死体が発見されるよりも先に、寝室へ忍びこみました。あなたも覚えているでしようが、二人の通行人は家の外から叫声をきき、窓から逃出す犯人を追つかけて、かなり時間がたつまで、家へ帰つてこなかつたのです。その誰もいない留守を利用して、この第三者は女のぼろの着物を脱がせ、きちんとした寝着とドレシンガウンを着せ、スリッパまではかせてやつた。これがあの時の真相なんですよ。」

ペイジは胸の鼓動をかんじた。長いあいだ気がつかずにいて、急に気のついた事柄の光景が、疑惑の余地のないほどの真実性をもつて、彼の目の前に展開された。

彼はマデラインに顔をむけて、

「どうです、これが真相だとは思いませんか?」

「でも、確実かどうかは分らないでしよう?」

「そりや分りませんが、ぼくが信じている程度には、信じられるでしよう。警部のエリオットさんだつて、いまのような仮定をもとにして、調査を進めているのです。」

女はしばらく考えたあとで、

「ええ、じつはわたしもそうじやないかと思つていましたのよ。今まではそう思つていました。けれども、今夜フェルさんの話を聞いて自信が持てなくなりましたの。あの人はまるで違つたことを考えていらつしやるので、フェルさんにむかつて、わたしの考えていることと違うと云つたほどなのです。フェルさんや警部さんは、そんな考えかたはしていらつしやらないように思うのです。フェルさんが昨日この附近には悪魔礼拝の風習がないと云つたのを、覚えていらつしやるでしよう?」

「覚えています。ぼくもそんな風習はないと思います。」

「あら、だつていまあなたは——」

「ぼくは一人だけのことを云つたのです。ヴィクトーリア・

ディリ一人だけのことを。昨日フェルさんが云つた言葉を思い出してごらんなさい『精神的残忍行為から、殺人に至るまでのすべてに、ただ一人の人間の手が動いているだけである』と云つたり、『明らさまにいつて、悪魔礼拝そのものは、ある人の知的快楽に比べると、まつすぐで罪のないものだ。』と云つたりした言葉をつなぎ合わせて考えてごらんなさい。そして、精神的残忍だの、知的快楽だの、ヴィクトーリアの死だの、それからこの地方の――フェルさんはどんな言葉を使いましたかね？――この地方の人たちの間に流布されている、捕えどころのない曖昧な妖術の噂なぞを、適当に配列して考えてみてください。しかし、この人物はなぜこんなことに手を出し始めたのでしょう？　退屈でしょうか？　人生に退屈して、普通のことに興味が持てなくなつたのでしようか？　それとも、子供の時からの遺伝が、意識の底に潜伏していて、それが知らず知らずのうちに、いろんなことに刺戟されて、大きいものとなつて頭をもたげたのでしょうか？」

「こんなことに手を出し始めたとおつしやるのはなんですか？　何に手を出したのです？　わたしの知りたいのはそれなんです。」

だしぬけに、かの女の後ろの窓ガラスを、誰かが外から叩くと同時に、がりがりと掻くような物音がした。

マデラインは悲鳴をあげた。外から叩いたために、少しばかり開いていた窓が締つて、低いがたんという音を立てた。ペイジはしばらく躊躇した。部屋にはまだダンスオーケストラが流れていた。彼は窓のそばへ歩いていつて、ガラスを押しあけた。

18

ドクター・フェルとエリオット警部は、ロンドン行きの汽車に乗らなかつた。なぜ乗らなかつたかといえば、ファーンリ家へ行つてみたら、女中ベティが意識をとりもどして、話が出来るようになつていたからであつた。

彼らは果樹園を通つて、森へ登る時でも、あまり話をせず、まれに話をしても、他の人には判断できぬ、謎のような短い言葉を取りかわすのみだつたが、じつはこの短い言葉が、それから僅か一、二時間後、フェル博士ほどの経験をもつてしても珍しいほどの狡猾な人殺しを、余りに早すぎるほどの速度で、明るみにおびき出すに至る、重要な原因となることが後で分るのである。

高い梢が星を隠して、森は狭くて暗かつた。警部の懐中電燈の光をうけた、前方の道のみが、蒼白く浮びだして、その電燈のすぐうしろに、疳走つた警部のテナーと、濁つてかすれたフェルのバスが響いた。

「すこしは、フェルさん、解決に近づきましたか?」

「近づきましたよ。ある一人の人物の性格をのみこんでしまつたら、あとは必要な証拠が自然にそろつてくるのです。」

「もしあなたの推理が適中していたら、どういうことになるんです?」

「ふん、そうですね、もし適中していたら。私の推理は棒や石やぼろや骨のような物を拾い集めて作つたのですが、しかしそれでも間に合うですよ。」

「大丈夫でしようかね、危険はないでしようか、」警部はマデラインの家のほうへ顔をむけて、「あすこは?」

フェルはすぐには返事をしなかつた。しばらくは、ただがさがさと二人の羊歯を踏む音のみが聞えた。

「そりや分らん。しかしまず心配はないでしよう。殺人者の性格を考えてごらんなさい。狡猾で、頭にひびがはいつていて——昔は綺麗だつたが、今はひびのはいつた人形の頭みたいな性格ですよ。しかしこの殺人者は決して怪物ではない。そこらじゆうに死体を撒きちらすような怪物ではない。怪物でないことは確かですよ。ごく穏かな殺人者です、エリオットさん。これが普通の殺人鬼だつたら、次から次と人を殺して行くので、次の被害者を想像するだけで、肌えに粟を生ずるわけなのです。よく世間には、はじめ苦心惨澹計画して一人を殺してしまうと、それから先は、気ちがいのように素早く人を殺すのがある。それは、ちようど瓶に入つたオリーヴの実を出すようなもの、最初の一つをつまみ出すのは困難だが、そいつが出てしまうと、あとはころころと、自然に出てくるようなものですよ。ちつとも骨は折れない。それに比べると、この殺人者には人情というものがあるです、エリオットさん。私はなにも、この殺人者が次から次と人を殺さぬと云つて、褒めるわけじやない。しかし殺されるべきで、殺されなかつた人たちのことを考えてごらんなさい。まず女中のベティ、この女は殺されるところだつた。それからある男、私はこの男の安全に最初から不安を感じていた。それからある女、これも危なかつた。しかるに殺人者はそんな人物には一指も触れなかつた。これは殺人者の自負心でしようか？何でしようか？」

言葉すくなに二人は森を抜けて山をくだつた。ファーンリ家には僅かの灯しかついていなかつた。彼らは殺人の行われた庭でないほうの庭を通り抜けて玄関にまわつた。姿を現したのは、いつもより控えめの下男ノールズであつた。

「奥様はもうお休みになりましたが、医者のキングさんが、二階であなたがたにお会いしたいとおつしやいます。」

「ベティは――？」そこまで云つて、警部は口をつぐんだ。

「はい、もう――」

警部は軽く口笛を吹くと、フェルを伴つて階段をのぼり、『緑の部屋』と女中の寝ている部屋の間の、薄暗い電燈に照らされた廊下にはいつた。医者はその廊下に彼らを迎えて、早口に囁いた。

「云つときますが、面会は五分か十分、それ以上かからぬよう気をつけてください。いますつかり落着いていて、喋る時だつて、まるで乗合自動車の話をするように平気で喋りますけれど、それに欺かれちやいけません。鎮静剤をあたえたので、それで落着いているだけなのです。あの女は好奇心が強くて、いろんなことに気を廻しますから、あなたのほうでも、あまり沢山の質問をしたり、無駄話をしたりなさらないよう、気をつけてもらわんと困るです。お分りですか？　では、おはいりください。」

彼らが部屋にはいると、すれちがいに家政婦のアプス夫人が出ていつた。大きな部屋の天井に、昔風のシャンデリヤがたれさがつて、どの電球にも灯がついていた。あまり目立つような部屋ではなかつた。ファーンリ家の人らしい、大きな古びた写真を、いくつか額椽にはめて壁にかかげてあつた。化粧台のうえには、焼物の動物を箱に入れて飾つてあつた。ベティは時代がかつた大きな黒いベッドのうえから、ぼんやりと珍しげにこちらを見ていた。

ベティはまつすぐな髪を断髪にした、明るい顔の女で、ただ顔色が蒼くて、目がちよつと落窪んでいるほかには、少しも病気らしくみえない。彼らが来たのを、むしろ喜んでいるふうで、ただ医者がついているので、自分は病人だなと思つているらしい。そして静かにベッドのうえのカウンタペンをなでた。

微笑しながらフェルはかの女を見た。どつしりとした彼の態度が、なんとなく部屋に落着きを与えた。

「こんばんは!」と、彼がいつた。

「こんばんは!」と、ベティも愛想よくいつた。

「私たちが誰だか分るかい? なんのために来たか分る?」

「分ります。どんなことがあつたか、ききにおいでになつたのでしよう?」

「話してくれる?」

「はい。」

かの女は床に目を落した。医者のキングは時計を出してテーブルのうえにおいた。

「さあ、どうお話したらいいのですか、とにかく、屋根裏へ林檎をとりにあがつたのです――」そこまで云うと、急に気を変えて寝返りを打ち、「いや、ちがいます!」

「ちがいます?」

「林檎をとりにあがつたのじやないのです。病気が直つたら、わたしの姉さんが迎えに来てくれて、いつしよに姉さんのところへ行きますから、構わずに話すのですけれど、林檎を取りに行つたのじやないのです。屋根裏の鍵をした部屋の中に、何があるのだろうかと思つて、これまでにも何度もあすこの部屋の前まで行つてみたことがあるのです。」

言葉の調子には、興奮したようなところは、すこしもみえなかつた。ただぼんやりと無関心でいるようにみえた。モルヒネよりも、むしろスコポラミンの作用で、ただありのままを話しているらしかつた。

フェルはいぶかしげに、

「どうして鍵をした部屋が見たかつたの?」

「あの部屋のこと、誰でも知つているのです。あの部屋を使つている人があるくらいですから。」

「部屋を使う?」

「ええ、しよつちゆうあの部屋に灯をつけて、誰かが何かしていますの。天井に天窓みたいな小さい明りとりがあるのです。ですから、家のすぐそばからは見えなくても、遠方からは夜その天窓の明りが時々見えるのです。それを見た人は沢山ありますよ。けれども女中たちを疑う者はひとりもありません。マデラインさんも知つていらつしやいます。いつかの晩、旦那様の云いつけで、マデラインさんとこへ小さい包みをもつていつて、森を通つて帰ろうとしたら、あのかたが暗くなつてから森を通ると、怖くはないかとおききになりましたの。それでわたしは、いいえ、屋根の明りが見えますから面白いのですと答えたのですけれど、これはただ冗談にそう答えただけで、ほんとはその屋根の明りは、南がわから見えるだけで、北がわの山の森からは見えないのです。その時マデラインさんは、笑いながらわたしの肩に手をかけて、屋根の明りを知つているのはわたしだけかとおききになりましたので、わたしは誰でも知つているとお答えしたのです。みんながあすこにある蓄音器みたいな人形を見たがつているのです――」

人形の話になると、かの女の目の色が変つてきた。

しばらく沈黙が続いた。

「誰です、その部屋を使つているのは?」

「みんな旦那様だと云つていますわ。いつかアグニスが、汗だらけになつて鞭を持つた旦那様が、屋根裏からおりるのを見たと云いますので、わたしが誰だつてあんな押入みたいな狭い部屋に入つて、ドアをしめきつていると、汗だらけになるわよと云いますと、アグニスは暑そうでもなかつたわと云つたことがあるのです。」

「昨日はどんなことがあつたの? 話してくれないかね?」

医者が口をだした、

「二分!」と、注意した。

ベティはびつくりしたようだつたが、

「なに、いいんですよ。わたし、屋根裏へ林檎をとりにいつて、なにげなくあの部屋のほうを見たのです。するとドアの南京錠が外れたままぶらさがつて、壁のふちとドアとの隙間に、なにか喰わせてしめてあるのです。」

「それであなたはどうしました？」

「林檎の部屋へ入つて、林檎を一つ取つて、それから廊下へ出て、南京鍵の外れたドアを見ながら、それを食べかけたのです。それからまた林檎の部屋へ入りました。そして林檎の部屋を出ると、またあの部屋に入つてみたくなつたのですが、いつもとちがつて、そんなにはいりたくないような、きもしたのです。」

「どうして？」

「神経のせいかも知れませんが、なんだか、がたがたいう音が聞えたような気がしたからです。ごく低い音ですけれど、ちよつと大時計のねじを掛けるみたいな音なのです。」

「それは何時ごろのことだか覚えていませんか、ベティ？」

「よく覚えていないんです。一時をちよつと過ぎた頃、一時十五分か、もつとあとだつたかもしれませんわ。」

「それからどうした？」

「ドアを開けるのがいいか悪いか、そんなことは考えないで、つい思い切つて素早くドアを開けてしまつたのです。ドアに喰わせてあつたのは手袋でした。」

「男の手袋か、女のか？」

「男のでしよう。油の匂いがしたようです。それがドアを開けると下に落ちたのです。わたしは狭い部屋のなかにはいりました。古い人形がやや横向きに坐つていました。二度と見たくないような人形です。といつて、暗いのではつきり見えたわけじやないのです。でも、わたしが部屋にはいると、すぐドアが静かにしまつて、外から誰かの南京鍵を掛ける音が聞えたのです。それでわたしは出られなくなりました。」

「時間が来ました！」医者は鋭くそう云つて、テーブルのうえの時計を取りあげた。

ベティはカウンタペンの端をいじつていた。フェルと警部は顔を見あわせた。むつかしげな重々しい表情が、フェルの赤い顔にうかんでいた。

「まだ大丈夫、ベティ？　――その部屋には誰がいたの？」

「誰もいません。機械の人形があつただけです。ほかには誰も。」

「それは確かかね？」

「はい。」

「それからどうした?」

「どうもしなかったのです、大声を出して救いを求めると、後で厄介なことになるので黙っていました。まだ夜ではないので、そんなに暗くはなかったのです。わたしは長い間、そうですね、十五分ばかりじっとしていました。そのあいだ機械人形も動かずにいました。ところが、不意にその人形が、両腕をわたしのほうへ伸ばしかけたので、びっくりして後しざりしたのです。」

巻煙草の灰が落ちても、その音が聞える静けさであった。警部は自分の鼻で吸いこむ、息の音を聞いたほどであった。

「動いたか、ベティ? 人形が動いたか?」と、警部がきいた。

「ええ、両腕が動きました。早く動いたのじゃないのです。なんだか上体をわたしのほうへこごめるようにして、ゆっくり両手を伸ばしたのですが、手を伸ばす時には、その音がしたようでした。でも、そんなものを見ても、わたしはびっくりはしません。もう十五分間も人形といっしょにいたぐらいですから。わたしがびっくりしたのは、そんなことでなくて、目を見たからなんです。その目は人形の顔にくっついた目じゃないのです。人形のスカートにくっついた目なのです。それが人形の膝のところから、ぐるぐる動いて、わたしを見ているのです。それでもわたしはそんなに怖いとは思いませんでした。じっと見つめていれば慣れるだろうと思ったのです。でも、その頃から、はっきり覚えていないのです。たぶんわたし目をまわしたのでしょう。気がついた時にはドアの外へ出ていたのです。」ベティは声の調子も変えないで、そこまで云うとドアを見た。

「わたしねむい!」と、しばらくしてかの女が細い声でいった。

医者は不平らしい声で、

「もういけません。出てください。病気は大したことはありませんがね、しかしもう出てください。」

警部はベティのつむった目を見ながら、

「はい、じや出ましよう。」

悪いことでもしたように、二人が静々と部屋を出ていくと、医者は、「あんなうわごとが役に立ちましたかしら、」と嫌味を云いながら、いまいましげにドアをしめた。廊下に出たフェルと警部は、黙つたまま暗い『緑の部屋』へはいつた。そこは重々しい古風な趣味で書斎らしく飾つてあつて、長方形の窓から星の光がさしこんでいた。二人はその窓際にたたずんだ。

「もう、大抵お分りでしよう？　これ以上の質問をなさらなくても？」

「分ります。」

「そんなら一時も早くロンドンへ——」

フェルはしばらく考えたあとで、

「いや、その必要はないでしよう。それより今のうちにここで私の推理が当つているかどうか試してみたい。あれは？」

したの庭はエッチングのように闇に浮びだして、迷路のような生垣、血管のような白い道、プールを取囲む砂地、ほの白い睡蓮の花でさえ、かすかに見えたが、彼らが目を注いだのはそんなものではなかつた。一人の女が闇の中でも分る鞄のような物を携えて、図書室の窓下を通り抜けて、建物の南がわを表のほうへ歩いているのである。

フェルは大息をして、のそのそ部屋のまんなかへ歩みよると、電燈に灯をつけ、ケイプを大きく波打たせながらくるりと向きなおつて、皮肉な調子でいつた。

「心理的な解決は今夜が山ですな。いよいよ勝負です。今夜をうしなえば手数がかかる。だから、エリオットさん、みんなを集めてくれませんか。砂地に一人で立つている人間がどうして殺されたか、私はこれからその説明をしたい。そして、私の推理が当つているか、当つていないか、悪魔の審判を乞いたいのです。どうです？」

軽い咳払いがきこえて、下男のノールズがはいつてきた。

「ごめんください。マリさんがお目に掛りたいと云つて、おいでになりました。ずいぶんあなたがたを、お探しになつたのだそうでございます。」

フェルは嬉しげにケイプをゆるがせ愛想よく、

「マリさんが？　どんな用事で来られたか云われましたか？」

下男は躊躇しながら、「いえ、その——」ちよつと口ごもり、「なんだか気にかかることがあるとかいわれました。それからバロウズさんにもお目に掛りたいといわれます。それから、あれは――」

「あれ？　云つてしまいなさい。」

「マデラインさんは自動人形をお受け取りになつたでしょうか？」

警部は窓から身をひいて振りかえり、

「マデラインさんが自動人形を？　どんな自動人形です？　どうして？」

「ご存知でしよう？」ノールズは仔細らしい目つきで、「今日マデラインさんからお電話がございまして、今夜自動人形を貸してくれとおつしやつたのです。妙なことだとは思いましたが、マデラインさんのお宅に、あんな物に詳しいお客さまがあるので、そのかたに見せたいと云われました。」

「その人に調べてもらうのですか？」早口にフェルがきいた。

「そうでございます。それで植木屋のマクネイルが、人形の台についた小さい車輪を修繕して、パースンズと二人で車にのせて持つて行つたのですが、マデラインさんがお留守でしたので、あすこの石炭小屋のなかに入れて帰つたそうです。そしたら後からバロウズさんがおいでになつて、その話を聞いて残念がつておいでになりました。あのかたも自動人形のような物に詳しい人を知つていらつしやるのだそうです。」

フェルは咽喉をひいひい鳴らし、機嫌がいいのか悪いのか分らぬような声で、

「あの人形は年を取つて人気者になつてきた。お婆さんになつても、方々から引つぱりだこで結構なご身分だ。ほんとに結構なご身分！　美しくて、悧口で、宝石のような冷い固い目をして――うわあ！」下男にむかい、「マリさんも自動人形におぼしめしがあるのですか？」

「いえ、それは存じません。」

「それはお気の毒。では、図書室へ案内してあげてください。あの人はあすこがお気に入りらしい。二人のうちどつちかが今図書室へおります。」下男が去ると警部にむかい、「いつたい、これはどうしたわけでしよう？」

警部は顎をなでて考えた。

「分りませんね。とにかく私たちの予想とは違うようです。私はこれから大急ぎで、マデラインさんとこへ行つてみましようか？」

「そうそう、それがよろしい。」

「バートンに自動車をここへ廻すように云つといたのですが。自動車なら三分間で行けるのですけれど、まだ来ないようなら——」

自動車は来なかつた。故障ができたのか夜のためか、警部には判断がつかなかつた。それかといつてファーンリ家の自動車を使うわけにもいかなかつた。ちよつとみたところ、ガレジのドアに錠がおりていたからである。しかたなしに警部は森を抜けることにした。彼が家を出る時、振り返ると、フェルは撞木のような握りのあるステッキをついて、ゆるゆる前こごみに広い階段をおりるところであつた。いつもは見られぬ心の動揺が、フェルの顔に漂つていた。

エリオット警部は、ちつとも急ぐ必要はないのだと、自分の心に云つて聞かせたが、森の坂道を登るころの彼は、いつのまにか急ぎ足になつていた。


彼は自分を取りかこむすべての雰囲気を好まなかつた。いままでは、次から次と打ち続く奇妙な悪戯に悩まされたが、もうそんなものに悩まされはしないぞと彼は考えた。それは屋根裏のジェナスのマスクが怖くないのと同様である。元来、いたずらというものは、軽くて不快を感ずるだけですみ、重くて殺人という厄介なことになるのだが、しかし結局いたずらはいたずらに過ぎない——

そうは考えても、足を早めた頃の彼は、自分を取り囲むすべてのものにむかつて、用心ぶかく懐中電燈の光を投げかけずにはいられなかつた。ふと彼の意識の底で、遺伝的に持つて生れたような考えが頭をもたげてきた。それはこの事件を修飾する言葉、ようやく彼が気のついたその言葉は、子供の時から知つている「邪教的」という言葉であつた。

彼はもうこの事件はすんだのだと考えた。もう自分の仕事はすんだのだと考えた。

だが、坂をくだつて森を抜けたと思う頃、彼は一発の銃声を聞いた。

19

あいたフランス窓に立つて、ペイジは庭をながめた。窓を叩く音を聞いてから、彼はどんな事態にも立ち向う心構えだつたが、庭を見ると何事もなかつた。すくなくも何事もないようにみえた。

自動人形はいつのまにか消えていた。近よつて調べるなら、緑の芝生を黄色く染めた静かな明りに、かすかな車輪の跡ぐらいは、その位置に残つているだろうが、しかしどうせ鉄で造つた生命のない人形のことである、そんな物がいたとか、いなくなつたとかいうのは、この際問題ではなかつた。問題は誰かが窓を叩いたということである。彼は窓から一歩踏み出した。

「ペイジさん、どこへおいでになるの?」と、マデラインが静かにきいた。

「いま窓を叩いたのは、誰だろうかと思つて。」

「どうぞ外にお出にならないで。」哀願するようにいつて近づいた。「今まであなたに面倒なことをお願いしたことは、一度もなかつたでしよう? こんど初めてお願いするわ、どうぞお出にならないで。もし、それでもお出になるなら、わたし——そうね、何をするか分らないけれど、とにかくあなたの嫌なことをするわ。早く窓をしめて、はいつてください、ね。わたし知つてるのよ。」

「なにを?」

かの女は庭のほうに顔をむけて、「さつきあすこにあつて今ないもの。わたし台所にいる時裏から見たのよ。でも、あなたを心配させまいと思つて黙つていたの——ことによるとごらんになつたかも知れないとは思つたけれど。」両手で彼の胸の襟をなでながら、「お出になつちやいや。あんなものほつといて。むこうでも、きつとそうしてもらいたがつているのよ。」

彼は下をむいて、哀願を浮べた女の目、上向きになつた短い咽喉の曲線を見た。そして、今まで考えていたことや、感じていたことは忘れてしまい、超然とした情熱でこんなことをいつた。

「ここはこんなことを云う場所としては、もっとも不適当な、飛んでもない場所なんです。また、今という時機はこんなことを云う時機として、最も不適当な時機なんです。そんなことはよく知っているんですが、ぼくの感情を現すには、最上級の表現が必要なので、わざと今云うわけなのですが、マデラインさん、ぼくあなたを愛しているのです。」

「ラマス前夜祭には素晴しいことがありますのね。」

そういって、マデラインは口をもたげた。

この物騒な雰囲気のなかで、彼がどのくらいの程度に自分の思いを述べたかと云うことは疑問である。だが、明るい窓の外に、たとえ物騒なものがうごめいていたにしても、その時の彼が、知るべきことを知らず、耳に聞くべき物音を、心に聞かなかつたことは事実なのである。そんなことは問題にしていなかつた。彼の心はもつと他のことを考えるに忙しかつた。ただすぐそばに接近したという理由で、愛する者の顔が、どんなに神祕に、かつ却つて遠のいて見えるものか。マデラインの接吻の不思議な味。そんなものは彼の生命を変化させるほど力強いと同時に、また現実として信じられないほど奇妙なものであつた。嬉しさのあまり、声を出して叫びたくなつた。そして、じつさい彼はしばらくして窓のそばで声を出して叫んだ。

マデラインは半ば笑いながら、半ば泣きながら、

「ペイジさん、どうして今までそう云つてくださらなかつたの？　苦情は云わないけれど、わたしいけない女になつてしまつたのね。どうして今まで黙つていらしたの？」

「ぼくのような男に興味を持つていらつしやらないだろうと思つたからですよ。それに、笑われるのはいやですからね。」

「わたしが笑うとお思いになつて？」

「正直のところ、そう思いました。」

女は両手を彼の肩にかけて、じつとその顔をあおいだ。目が奇妙に光つている。

「ペイジさん、ほんとに愛してくださるの？」

「それはいま長々と説明した通りです。しかしもいちどくり返してくれとおつしやるなら、くりかえしてもいいですよ。もし——」

「わたしみたいな老嬢《スピンスタ》——」

「マデラインさん、老嬢《スピンスタ》という言葉だけは使わないでください。耳触りの悪い言葉じやありませんか。なんだか紡錘《スピンドル》と酢《ヴィニガ》をごつちやまぜにしたようで。それより、あなたを適当に形容する言葉としては――」

また彼は女の目が妙に光るのをみた。

「ペイジさん、ほんとにわたしを愛してくださるのなら、いいものを見せてあげましようか？」

外で芝生を踏む音がした。彼は女の声の調子に、妙な響きがあるのを感じたが、それが何であるか考える暇がなかつた。寄り添つていた二人は、足音を聞いて離れた。月桂樹の下を歩いてくる人影がしだいに近くなつた。よろよろとした急ぎ足の肩幅のせまい痩せた男をよく見ると、ほかならぬバロウズだつたので、ペイジはほつと安心した。

バロウズは、比目魚のようなむつかしい顔をすべきか、笑うべきか、しばらく迷つていたらしかつたが、微かに顔面筋肉をねじまげて、友好的と云つていいような表情をうかべた。でも大きなべつこうの縁の眼鏡は厳めしかつた。その細長い顔は笑えば愛嬌があるのだが、いまはその愛嬌のほんの一部分がそこに漂つているだけである。そして黒の山高帽は少し斜めの角度になつていた。

「よお！」と、彼は快活にいつた。「自動人形をもらいに来ました。

「自動人形！」啞然となつてマデラインは彼を見まもつた。「こんな窓のそばで立話するもんじやありませんよ。人が来ると慌てなくちやならん。ペイジ君だつて気をつけなくちや。」忠告するように云つて、「自動人形ですよ。マデラインさん。あなたが今日ファーンリ家からお借りになつた自動人形です。」

ペイジは女の顔を見た。かの女はいぶかしげにバロウズを見ている。

「わたしが借りた自動人形？　なにをおつしやるんです？　そんなものわたし借りませんよ。」

「マデラインさん、」バロウズは手袋をはめた両手を両方に広く伸ばしてまたおろした。「まだお礼を云うのを忘れていましたが、検屍官の審理の時には、いろいろお骨折りくださいまして、有難うございました。しかし、」眼鏡ごしに横目をつかつて、「今日あなたが電話で人形を貸してくれとおつしやつたので、マクネイルとパースンズが持つてきて、いま石炭小屋にいれてあるはずなんですが――」

「それはあなたの聞き違えですよ。」マデラインは不思議そうな顔でやつきとなつて抗弁した。

バロウズはいつもの、物の分つたような穏かな口ぶりで、「でも、石炭小屋にあるのです。それは確実なんです。私は初め玄関で声をかけたのですが、誰も出てくださらない。裏へ廻つて声をかけても出てくださらない。それでここへ来たんです。表に私の自動車があります。人形をもらいに来たのです。どうして人形をお借りになつたのか知りませんが、すんだら貸してくださいませんか？　借りても役に立つかどうか分らないのですが、あんな物に詳しい男がいますので、見せてやりたいのです。」

台所の左がわの壁ぎわに石炭小屋があつた。ペイジがそこへ行つてドアを開けると、闇のなかにぼんやりと人形の輪郭が見えた。

「ほら、あつた！」と、バロウズがいつた。

「ペイジさん、そんな電話をかけた覚えはないんですよ。こんな物を持つてきてくれなんて頼んだことはないのです。なんの必要があつてそんなことを頼みますか？」マデラインはひどく興奮していた。

「それは分つています。なにかの間違いですよ。」ペイジがいつた。

「部屋に入つて話しましよう。待つてください。自動車に灯をつけてくる。」

二人は部屋に入つた。そして顔を見合わせた。ラジオの音楽はいつの間にか止んで、誰かが話をしていたが、マデラインがそばへよつてスイッチを切つた。かの女はすつかり落着きを失つていた。

「不思議じやありませんか。まるで夢を見ているみたい。夢の一部分だけが本当ならいいんですけれど。」笑つて、「これからどんなことになるのでしよう？」

それから二、三秒後に、どんなことが起つたか、ペイジは頭が混乱して、いまにそれが分らないのであるが、とにかく、二人が窓のそばで話したことの真実である限り、どんなことが起ろうと構いはしないと説明するつもりでかの女の手を握ると、その瞬間、裏の林檎畑か畑の方向から、物凄い音が響いてきたのである。それは一本調子の爆発する音であつた。二人は飛びあがるほど驚いた。その響きは二人のすぐ耳元をかすめて時計の一つを止めたにかかわらず、妙に彼らと何のかかわりもない、遠方の出来事のように感じられた。

壁の時計の一つが止つた。ペイジは耳で時を刻む音の止るのを聞き、目でその時計のガラスに小さい丸い穴があいているのを見た。穴のぐるりには星型のこまかいひびができている。弾丸が当つて時計が止つたことはすぐに判断できた。もひとつの時計はまだ動いていた。

「窓に顔を出すと危ないですよ、」と、ペイジがいつた。

「どうしたんだろう？　誰か庭から狙つたな。バロウズはどこをうろついているのかしら。」

彼は部屋を横切つて電燈を消した。まだ蠟燭の灯が残つている。彼がその灯を吹き消すと、帽子を目深にかぶつたバロウズが、汗だらけになつて、逃げこむように身を低めて窓からはいつてきた。


「誰かいるらしい――」バロウズがあえいだ。

「うん、それは分つている。」

ペイジはマデラインの位置をかえさせた。時計の弾痕から判断すれば、もう二インチ弾丸が左によれば、マデラインの頭を射貫いていたかもしれなかつた。

銃声はそれきりで、あとは聞えなかつた。ペイジはマデラインの怯えたような息づかいと、バロウズの荒い鼻息を聞くことが出来た。やがてバロウズは立ちあがつて、窓の内がわに歩みよつた。靴だけが光つてみえる。

「いまのことをぼくがどう解釈していると思う？」と、彼がいつた。

「え？」

「ぼくの考えを話してみようか？」

「うん。」

「ちよつと！」マデラインがさえぎつた。「あれはだれ？」

亀のように首を伸して、バロウズは窓の外を見た。庭から呼ぶ声が聞えた。ペイジがそれに答えた。エリオット警部の声だつた。ペイジは警部を迎えるために、急いで庭へ出た。

林檎畑から芝生を抜けて、部屋へ入つた警部の顔は、暗くて見えなかつたけれど、彼の態度はいつもと違つて、いかにも警官らしかつた。警部はペイジの口から話を一通り聞くと、

「なるほど、でも灯はおつけになつたらどうです。もう大抵大丈夫ですよ。」

バロウズは咎めるように、「警部さん、あれだけの音を聞いて、知らん顔でいらつしやるんですか？　それともロンドンでは、あんな事が始終あるのですか？　ここでは珍しい出来事ですよ。」手袋をはめた手の甲で額の汗をふき、「林檎畑か、庭か、音のした場所を早くお探しになつたらどうです？」

「いま云つた通りです。もう大抵大丈夫です、」と、警部が穏かにいつた。

「誰ですか？　なにが目的なんでしよう？」

「もうこの馬鹿騒ぎはすんだようなものなんです。すこし予定をかえましてね、ご面倒でも皆さんにファーンリ家へ集合していただきたいのです。これは警察からの要求のようなものですから、ぜひ来てもらいたいのです。」

「それは行きますよ。しかし今夜は意外なことばかりでしたね。」快活にペイジがいつた、

警部は不同意な顔で笑つた。

「ところがそうでないんです。今夜の出来事はなにも意外じやない。意外なことは、ペイジさん、これからあるんですよ。誰か自動車をお持ちですか？」

なんとなく不安な警部のこの言葉を噛みしめながら、一同は自動車に乗つてファーンリ家へ行つたのである。いろいろ鎌をかけても警部は何も喋らなかつた。バロウズは人形をいつしよに持つて行こうとしたが、警部のほうで時間もないし、その必要もないと云つて断つた。

玄関に彼らを迎えたのは、心配顔の下男ノールズであつた。会合の場所は図書室で、そこでは二晩前と同じように、天井のシャンデリアが窓ガラスに光を反射させていた。二晩前にマリのいた主座にはフェルが坐り、マリはそれと相対した座席に坐つている。フェルは片手をステッキにのせて、二重顎の上の下脣を突出していた。ペイジの一行がドアを開けてはいると今しがたまでフェルが話していたのであろう、マリは弱々しい手を額にあて、しんみりとした空気が感じられ

た。

「やあ！」と、フェルは愛想よく、「マデラインさん、バロウズさん、ペイジさん、今晩は！　いま主人に無断でこの部屋を借用しているところなんです。でも勘弁してもらわんと困る。どうしてもみんなで集つて、相談したいことがあるんですから。いまウェルキンさんとゴアを呼びにやつたところなんです。ノールズ、奥さんを呼んでください。いや、あなたが行かんでもええ。女中で結構。あなたにはここにいてもらいたい。その間に話を進行させて行きましよう。」

そう云うフェルの言葉の調子に、唯ならぬものが感じられたので、椅子に坐りかけたバロウズは、マリには目もくれないで片手をあげた。

「待つてください！　まだそこまで進行してはいないのでしよう。話というのは――その――なんですか――皆の意見を述べて、議論するというような性質のものなんですか？」

「そうです。」

またバロウズは躊躇した。彼はマリのほうには顔をむけなかつた。彼らを見ていたペイジは、なぜともなしにマリに同情した。昔の家庭教師がやつれ果てて見えたからである。

「では、フェルさん、どんな問題で意見を戦わすのですか？」

「ある人物の性格についてです。誰だか分るでしよう？」

ペイジは我を忘れて口を滑らした。「分ります。ヴィクトーリア・デイリを、妖術に誘いこんだ人物でしよう？」

ペイジはいつも思うのであるが、ヴィクトーリア・デイリという言葉には不思議な力があつて、ひとたび誰かがこの名を口にすると、呪文でも唱えたように、みんなが逃腰になると同時に、なぜともなく不安な嫌な気持になるのである。フェルはちよつと驚いたらしかつたが、感心したように彼のほうへ顔をむけて、

「分りましたか。そうなんです。」と、かすれた声でいつた。

「一人で考えたのです。あの人が犯人なのですか？」

「そうです。あなたも同じ意見なら都合がいい。遠慮なしに話してみてください。今夜は解散するまえに、みんなで腹蔵なく話すことにしましよう。」

ペイジはすでにマデラインに聞かせた話を、熱心にここでまた生々とした言葉で繰返した。フェルは小さい鋭い目を彼

から離さず、警部は一語をも聞き漏らさなかつた。不思議な液体を塗つた死体、窓を開け放した暗い部屋、行商人の驚愕、第三の人物の出現——そんなものがスクリーンの上の映画のようにこの部屋に描き出されるのだつた。

話がすむとマデラインがきいた。

「いまのこと本当なのですか？　あなたや警部さんも同じご意見なのですか？」

フェルは黙つてうなずいた。

「そんなら、ペイジさんにききたいと思つていたことを、あなたにおたずねしますが、ペイジさんがおつしやつたように、妖術というものが実在でなくて、妖術が夢に過ぎないものとすれば、その第三の人物というのは、そこで何をしていたのでしようか？　また妖術の証拠はどこにあるのです？」

「証拠ですか？」

フェルはそう呟いたあとで説明をはじめた。

「そんなら話しましようかな。私のいうその人物は、長年の間、妖術や妖術で尊重するものに、ひそかに心酔していたのです。しかしそれは信仰じやない。この点はよく呑み込んでおいてもらわんと困るのですが、決してそれは信仰じやない。その証拠には、この人ほど闇の力だとか悪魔だとかいうものを冷笑した人はないのです。けれども表面人に知られまいとして、妙に気取らなくてはならなかつたので、この人の悪魔にたいする心酔は、一層深い熱烈なものとなつたのです。この人は皆さんの前では違つた性格の人のようにふるまい、そんなことに興味を持つているふうはおくびにも出さなかつた。だからその秘密の興味、その興味を他の人に分ち、他の人に試そうとする欲望が、終いには常軌を逸するほど強くなつたのです。

「ところで、この人はどんな立場にあつたのでしよう？　何をするつもりだつたのでしよう？　ケント地方に昔のように盛んに妖術を広めようとしたのでしようか？　これは面白い野心だつたにちがいない。しかしこの人はその困難なことはよく知つていた。もともと実際家だつたからですよ。

「悪魔礼拝のいちばん小さい団体はコヴンと云つて、人数は十三人、そのうち十二人が会員で、一人がジェナスのマスクをつけたリーダーです。リーダーになる人物はこの人の眼鏡にかなわなければならんし、またいろんなむつかしい問題を処理していかねばならぬ。また団体の祕密を守っていくうえには、会員の数を制限して少数にしなければならぬ。

「しかし、注意しなければならんことは、彼らはなにも特別の目的があつて闇の力――そんなものがあるかどうか知りませんが――闇の力の団体に入会するのではないのです。彼らはなにも大きな野心、誇大な妄想を持つているわけではない。用心深い計画があるわけでもなければ、思慮ある人物が指導しているわけでもない。その点、世間によくある真面目な信仰団体とは違うのです。ただそんなことの好きな怠者の集り、いわば道楽のようなものなのです。だから、彼らが錯覚を伴う劇薬を使いさえしなければ、決して有害な団体、危険な団体とは云えないのです。彼らが馬鹿騒ぎをするだけで、社会の習慣や法律を破りさえせねば、警察でこの問題を取り上げる必要はない。しかしタンブリッジ・ウェルズ附近の女が、皮膚にベラドンナを塗つて死んだとなると――これはまだ証明できませんが、十八ヵ月前の出来事なんです――そんなことがあると、警察でも黙つて見ているわけにはいかない。いつたいエリオットさんは何が目的でこの土地に派遣されたとお考えですか？　エリオットさんがヴィクトーリア・デイリ事件に興味を持つていられるのは、なぜだとお考えですか？　え？

「これだけお話したら、この人物がどんなことをしたか、ぼつぼつ見当がおつきになるでしょう。この人はまず妖術をひろめるため、信用できる適当な候補者を選びましたが、その候補者の数は今のところ大したことはない。二人か三人、多くて四人ぐらいでしょうが、私たちはこの人たちの名は、恐らく知ることが出来ないだろうと思うのです。この人は彼らと度々妖術の話をし、それから妖術にかんする本を与えたり貸したりして好奇心をあおる。そして、彼らが悪魔礼拝に興味を持つてくると、好機到来とばかりに、附近に集りがあるから入会してはどうかとくるんです。」

いまいましげに、フェルはステッキの先で床を烈しくこづいた。

「しかし、むろんそんな悪魔礼拝の集会なんてものはありはしない。その証拠には、新入会員は、集りのある日に外出してもいなければ、自分の部屋を出もしない。それにもかかわらず、彼らが集りに出席したように云うのは、とりかぶととベラドンナから来る錯覚なんです。

「そして、むろん彼らに入会をすすめた人物は、大会のある日には、彼らに近づきもせねば、大会に出席しもしない。もし分量をあやまつて塗料をぬりすぎると、危険な結果となる。この人はただ悪魔礼拝をひろめ、神祕な冒険を共にするのが嬉しいのです。そして他の人が薬剤の作用で精神的に廢頽し、大会に出席したような錯覚を起して満足しているのを傍から見るのが嬉しいのです。言葉をかえて云えば、この人は限られたごく少数の人々に、こんな面白いことを分担させると同時に、たちの悪い自己の精神的残忍性を満足させることに悦びを感ずるのです。」

フルェは口をとじた。

やがて考えながら沈黙を破つたのはマリであつた。

「その心理は、毒のペンで手紙を書く人にどこか似ているようですね。」

フェルはうなずいた。

「そうなんですよ。心理は同じですが、このほうがもつと危険なのです。」

「しかし、もひとりの女――私の知らぬタンブリッジ・ウェルズの女が、毒で死んだという証拠があるのですか？ 証拠がなければ、その人が法律を犯したとは云えないわけです。ヴィクトーリア・デイリは、毒のために死んだのじやありませんからね，」と、マリがきいた。

警部はおだやかに、「あなたは毒薬というものは、口から呑まなければ毒薬でないと考えていらつしやるらしいが、そんなものじやありませんよ。しかし、そんなことは問題じやない。いまフェルさんは祕密の問題を説明していられるのですから。」

「祕密？」

「塗料の祕密ですよ，」とフェルがいつた。「この人は塗料の祕密を守るために、二晩前に庭のプールで殺人を行つたのです。」

また沈黙がつづいた。こんどのは気味のわるい沈黙で、聞いているほどの人々はみなひやりとするものを感じた。

バロウズは一本の指をカラーの間に突込みながら、

「これは面白い。非常に面白いお話です。しかし私はだまされてこんなところへ連れて来られたような気がする。私は邪教を研究している者でなくて、弁護士なんです。邪教のことは私の考えている問題とは関係がない。あなたはファーンリ家の真の相続者は誰かという問題には、すこしもお触れにならないようですね?」

「いや、その問題に関係があるのです。」フェルが答えた。「いま私の話していることが、あらゆる問題の根柢になっていることはすぐお分りになりますよ。いま、あなたは、」鋭くペイジに顔をむけ、「この人がどうしてこんな妖術研究に興味を持ち始めたか、おたずねになりましたね? 人生に退屈したからでしょうか? 子供の時からの偏執が成長すると同時に大きくなつたものでしょうか? 私はこの両方が一つになつたものと考えるのです。いろんな要素が一つに絡み合つて、生垣のそばの怖ろしいアトローパ・ベラドンナのように成長したものだろうと考えるのです。

「では、そんな本能を持ちながら、始終それをはたから抑圧されてきた人物は誰でしょう? そんな奇癖の徴候を現していた人物は誰でしょう? 妖術と殺人と、この両方を気まぐれにもてあそび得る資格を持つた、唯一人の人物は誰でしょう? 愛のないみじめな結婚に退屈し、同時にあふれるような精力をもてあまし——」

急に気がついたように、バロウズは「ああ!」と唸りながら立ちあがつた。

だが、このとき、図書室にいる下男のノールズと、開け放したドアの外にいる誰かとが、ひそひそと話をはじめたのである。

やがてノールズはまつ蒼になつた顔をこちらへむけて、

「ごめんください。いま奥様を呼びに行つたのですけれど、いらつしやらないそうでございます。なんでも、ちよつと前に、鞄をお持ちになつて、ガレジから自動車をお出しになつて——」

フェルはうなずいた。

「分つています。だから、私たちがロンドンへ帰る必要はないと云つたのです。もう自然に祕密がばれたようなものだ。」

こうなつたら、殺人容疑でファーンリ夫人の逮捕状を請求するのはわけはない。」

20

「ところで、皆さん！」またステッキで床を突いて、フェルはじゆんじゆんと諭す親切な教師のような顔で一同を見まわし、「夫人が犯人とお聞きになつても、驚きはなさらないでしよう。意外じやないでしよう。マデラインさん、あなたは夫人のことは前から知つていたでしよう？　夫人があなたを憎んでいたことも知つていたでしよう？」

かの女は手の甲で額をふき、それからペイジの腕をとつて、

「知つていたと云うより、想像していたというのが当つているのです。でも、ありのままをあなたに話す気にはなれませんでしたの。いい加減わたしは意地の悪い女と思われていましたから。」

ペイジは今までの考えを、多少修正しなければならなかつた。ペイジ以外の人々も、その点恐らく同じであろう。だが、今までの考えを修正すると同時に、彼は新しい事実に気がついた。それは、この事件はまだ解決されていないのだということである。

それはちらちら動くフェルの目の輝きだつたかも知れないし、ステッキを握る彼の手の動きだつたかも知れないし、また、山のような彼の体の微かな震えだつたかも知れない、とにかく何かがペイジに奥歯に物のはさまつた印象をあたえた。フェルはまだ大事なことを云わずにいるのだなという印象をあたえた。まだどこから不意に伏兵が現れるかも知れぬ。どこから弾丸が飛んで来て、頭を射貫くかも知れぬ。

「なるほど、どんどん話してください、」と、マリは静かにうながした。

「そう、」と、気の抜けたようにバロウズも呟いて、また椅子に腰をおろした。

フェルは静かな図書室に、眠むげな声を響かせながら続けた。

「外部に現れる証拠は最初から見えていたわけなのです。

心理的に云つても、それ以外の方面からみても、すべての騒ぎの本拠は、この家だつたのです。すべての騒ぎの中心は屋根裏の鍵を掛けた部屋だつたのです。誰かが始終あすこに出入りして、あすこの物をいじくつたり、本を出し入れしたり、こまごましたものをつついたりしていた。要するに、精力のありあまつた人が、あすこを根城にしていたわけなのです。

「しかし外部からの人、近処の人が、この家に出入りして、あの屋根裏に巣を作つていたと考えることは出来ない。それは心理的にも実際的にも、不可能なことです。誰だつて沢山の奉公人の好奇的な目の光つている他人の家の一室に、一人だけのクラブのようなものをもうけることは出来ません。いくら夜だつて、この家を出入りしていたら、召使に発見されるにきまつているし、また、この家の主人の監視下にある新しい南京錠を、そう自由に開けたり締めたり出来るものでもない。仮にマデラインさんが、」笑いながら、「あの部屋の鍵を持つていたとしても、新しい南京錠に変つたら、もうそれきりで鍵は役に立たないのです。

「つぎは、ジョン・ファーンリ卿を悩ましたのは、何であるかという問題ですが、皆さんもこの問題をよく考えてみてください。いつたい自分自身のことに悩み続けていた清教徒のようなこの人物は、なぜ家庭に慰安を求めようとしなかつたのです？　なにを思い続けていたのです？　自分の相続権を脅やかされた晩、なぜ床の上を歩くばかりして、ヴィクトーリア・デイリのことを話したりする以外に何もしえなかつたのです？　近くの宿に土俗研究の探偵が泊つていると聞いて、どうしてあんなに心配そうに、その探偵のことを根掘り葉掘りきいたのです？　マデラインさんに関する彼の短い言葉は、何を意味するのです？　教会で壁を見上げながら、もし自分という人間が——

「この妙な言葉は何を意味するのです？　教会をけがした男を罵つたのでしようか？　なぜ鞭を持つて屋根裏へ上つたのです？　屋根裏で発見した人にたいして、鞭を使うこともできず、ただ蒼くなり、汗を出して退きさがつたのでしようか？　これは大体心理的な事件なのですが、私はこれから事件の外部に現れた形而下の手掛りをたぐつて、話を進めて行こうと思います。こんな場合、そうするよりほかに手がないわけですから。」

話をやめて、フェルは憂鬱な顔でしばらくテーブルを眺め、それからポケットに手を入れて、パイプを取り出した。

「ファーンリ夫人、すなわちモリー・ビショップの経歴を考えてみましょう。これは思い切ったことのできる立派な役者ですよ。パトリック・ゴアはこの女に就いて二晩前に本当のことを一つ話しました。それは皆さんもお聞きになったでしようが、夫人が良人のジョンを愛していなかったということです。夫人がジョンと結婚したのは、少年時代のゴアの記憶に曳きずられたに過ぎないということです。それは本当なのです。ですから、結婚したあとになつて、現在の良人は子供の時のジョンではない、まるで別人だということを発見した時の夫人の驚き、夫人の失望は、想像するにかたくないのです。

「では、夫人が七つの少女だつた頃の、迷執や奇癖の起りはなんでしようか？　それをさぐるのはむつかしいことではない。人間の基本的な趣味嗜好は、そのころ外部から植えつけられるものです。そのころ外部から植えつけられた趣味嗜好は、生涯抜き去ることの出来ないものです。肥つちよのオランダ老人が粘土パイプをくわえて将棋をさしている絵——私はこの絵が今でも好き、恐らく死ぬ日まで好きだと思うのですが、それは私が子供の時、父の書斎にこの絵を掛けてあつたからですよ。人間はそれと同じ理由で、家鴨が好きになつたり、お化の話が好きになつたり、自動車の機械をつつくのが好きになつたりするのです。

「さて、少年のジョン・ファーンリを偶像のように慕つたのは誰でしよう？　喧嘩のあつた時いつもジョンの味方になつたのは誰でしよう？　ジプシーのキャンプ——このジプシーのキャンプのことは、よく覚えていてもらいたいのですが——少年ジョンがジプシーのキャンプや森の中へ始終連れて行つた少女は誰でしよう？　そして、まだ日曜学校で習つた文句でさえ暗誦できないのに、ジョンに習つた魔法の呪文を暗誦した少女は誰でしよう？　そしてそれ以後のかの女はどうであつたか？　少女時代に植えつけられた種が、どんなふうに成長したか、それは知るよしもありませんが、ただ分つているのは、かの女が始終ジョンの去つたあとのファーンリ家に出入りしていたということです。ジョンの父やジョンの兄に信用されていたことは、かの女の口添えでノールズがファーンリ家の下男になつたことを見ても分りましょう——そうでしよう、ノールズ？」

そう云いながらフェルは下男を振り返つた。七十四の老僕は身動きもしないで耳を澄ましていた。心の微かな動きも顔に現す老人なのだが、いまはなんの表情も浮べていなかつた。そしてなにか云おうとするように口を開けたが、すぐその口をとじて黙つたままうなずいた。なにかをひどく恐れているらしい。

「私はことによると、夫人はまだ結婚しない以前から、あの秘密の書物を借り出して読んでいたのではないかと思うのです。いつ頃から夫人が悪魔礼拝をはじめたか、それはエリオットさんが調べたのですが、確かなことは分らない。が、多分結婚した時より数年前だつたと思われるのです。夫人を愛していた男の数は驚くほど多いのですが、彼らは悪魔礼拝のことは少しも知らぬと云つているし、また知つていても容易には実を吐きますまい。とにかく夫人が悪魔を礼拝していたということ、これがこの事件の要点、これが悲劇のもととなつたのです。では、どういうふうにそれが発展したか？

「ジョンは長いロマンティックな旅から、父の家へ帰つて来ました。モリー——夫人が有頂天になつて喜んだのも無理もありません。彼は理想の男、妖術の面白さを教えてくれた人、かの女は是が非でも彼と結婚したいと思つた。そして彼ら二人が結婚したのが、今から一年前のこと——正確にいつて一年三ヵ月前のことなのです。

「だが、世の中にこんな不幸な結婚があつたでしようか？この点は真面目に考えてみなければなりません。昔のジョンと思つて結婚したのはどんな男だつたでしよう？妻の心を見抜いた良人の、妙に敬遠したような黙りがちの冷い軽蔑。夫人は夫人で同じように良人の心を見抜いていながら、しかも表面なにげない顔で、家庭の妻としての態度をとらねばならぬ辛らさ。両方で相手の心を見抜いていながら、うわべだけ丁寧な態度をとつたのです。かの女は結婚するとすぐにこれは本当のジョン・ファーンリではないと思つた。両方が相手の秘密を知つて、心の中で憎みあつた。

「では、なぜ彼は妻を離婚しなかつたのでしよう？　じつのところ、かの女は清教徒の心を持つた彼に、地獄に蹴落されるだけの資格を持つていたばかりではない。彼に鞭打たれるだけの要素を持つていたばかりではない。かの女自身がすでに法律を犯した女だつたのです。皆さん、この点を忘れてはなりません。かの女がヘロインやコカインよりもつと危険な薬剤の供給者だということを、彼のほうでよく知つていたのです。ヴィクトーリア・デイリの殺人事件の共犯者みたいなものだということを、彼のほうでよく知つていたのです。彼が度々癇癪を起したこと、彼の心中は皆さんにもよくお分りのことと思います。であるのに、なぜ彼は思い切つて離婚しなかつたのでしよう？

「それは、離婚しようにも、離婚できなかつたからなのです。双方が相手の秘密を握つていたからなのです。彼は自分がジョンでないとは思わなかつたが、ことによるとそうかも知れぬとは思つた。夫人を怒らせると、あるいは自分がジョンでないことを喋るかも知れぬと思つて、それが怖かつた。果して夫人がその点を疑つているかどうかは分らなかつたが、ことによると疑つているかも知れぬと思つて、それが心配であつた。彼はマデラインさんのような朗らかなたちではありません。要するに彼は悪気のある詐欺師ではなかつたのです。ただ、記憶を失つたので、過去を捜つていたのです。自分は真のジョン・ファーンリであるに違いないとしばしば思いながら、一方であるいは犯罪者であるかも知れぬという疑惑があつたので、いよいよ運命に追い詰められて、動きの取れなくなる日まで、こちらから真相を突き止めようとしなかつたのも、人情の常として、無理からんことでしよう。」

バロウズは勢よく立ちあがり、鋭い声で、

「私はそんな話を黙つて聞くわけにはいきません。警部さん、この人を黙らせてください。まだいずれとも決つていない事柄に、勝手な解釈をつけられては困るです。私はジョン・ファーンリの弁護士として、ジョン・ファーンリが――」

「お坐りなさい。」と警部がなだめた。

「しかし――」

「お坐りなさい。」

マデラインがフェルにいつた——

「あなたは以前にも、ジョンが自分でも分らぬ犯罪感に悩んでいると云われたことがありますが、清教徒のようなジョンの犯罪感にたいする悩みは、この事件によく現れているとわたしも考えます。しかしジョンはどうして犯罪感に苦しむのでしよう。わたし、それがちつとも分りませんの。フェルさんはその点をどう解釈なさいます?」

フェルは火の消えたパイプを口へ持つていつてすいながら、

「私の解釈は曲つた蝶番と、その蝶番に支えられる白いドアです。これがこの事件の鍵なんですが、あとで説明しましょう。

「まあ、そんなふうに、この夫婦は心に短刀を隠して相手を憎みあいながら、人にたいしてさりげない顔をしていたばかりでなく、お互に相手にたいしても、さりげない顔をしていたのです。ヴィクトーリア・デイリが妖術の犠牲者となつて死んだのは、彼らの結婚後三ヵ月のことです。その頃のジョンはすでに妻の祕密を知つていたでしよう。そして、『もし自分という人間が——』というのは、彼が口癖のように度度漏らす言葉となつていたでしよう。彼という人間が自由に喋る位置にない限り、夫人は安全だつたのです。一年以上夫人は安全でした。そこへ、寝耳に水に相続権を主張して現れたのがゴアでした。そこで夫人は次のような仮定と決論を頭の中で考えたのです——

「いまのジョンが真の相続者でないことは明らかである。

「だから結局ゴアが真の相続者であることが分るだろう。

「ゴアが真の相続者であることが分れば、ジョンは当然身をひかなければならぬ。

「ジョンが身をひけば、妻の祕密を守る必要もなくなるわけだから、妻の祕密を公表するであろう。

「だから、彼を殺さなければならぬ。

「ファーンリ夫人の殺人動機は以上のようなものであるにちがいないのです。」

マリは椅子のなかで体を動かし、顔に当てていた手をとつて、

「フェルさん、そんなら、これは長い前から考えた計画的の

犯罪ですか?」

「いや、いや、いや!」フェルは熱心に打ち消した。「決してそうでない。僅か二日前に巧妙に計画した犯罪なのです。とつさに思いついて、自動人形を突落したと同じ筆法ですよ。

「私はこう思う。夫人は相続権を主張するゴアの出現を、案外早くから知つていたのじやないかと思うのですが、ゴアが現れても別に驚く必要はないと思つた。良人のほうでも相続権を主張して戦うだろうし、また、皮肉なことに、かの女のほうでも、良人を勝たせたいと思つた。憎んでいた良人が戦いに負けねばいいがと思つたばかりか、これまでよりも一層強く、良人を護らねばならんと思つた。ことによると、良人が勝つかも知れない、法律というのは元来そんなものだし、裁判沙汰になつても、そう容易に今までの財産を人に渡すようにはならない。すくなくも、判決があるまでには、息をするだけの相当の期間があるだろう。

「ところが、夫人の知らずにいたことが一つありました。夫人は相手方が指紋の証拠を持つていることを、二日前まで知らずにいました、これは動かすことの出来ぬ証拠です。これがあればどうにもならない。恐るべき指紋は、三十分ほどの短時間に、あらゆる問題を解決してしまいます。指紋を突きつけられて、自分は真のジョン・ファーンリでないのだと分れば、良人はすぐにも兜を脱ぐにきまつている。良人の性質をよく知るかの女としては、そう信ぜずにいられなかつたのです。

「ですから、指紋の話を持ち出されると、夫人は手榴弾を投げつけられたように驚きました。あの晩のジョンの心理は大抵お分りになるでしよう。あの時のジョンの言葉や態度——これはあなたがたから聞いた話なんですが、その言葉や態度から判断すれば、ジョンはこんなことを考えていたと思うのです。『よし、そんなら指紋の検査を受けよう。勝てばよし、万一負けてもそれをつぐのう仕事がある。それは自分と結婚した女の秘密をあばいてやることだ。』——エヘン、それがあの時のジョンの心理だつたと思うのですが、皆さん、どうお考えですな?」

「私もそう思います。」ペイジが同意した。

「そこで夫人は思い切つた方法をとつたのです。ぐずぐずしてはいられない。行動するなら指紋の比較がすまないうちでなければならぬ。そこで、丁度昨日不意に私の後ろから自動人形を突落したように、とつさに思いついて見事に決行したのです。そして自分の良人を殺しました。」

バロウズは蒼くなつて汗ばみ、先刻からフェルを黙らそうと、しきりにテーブルを叩いていたが、急に相手の落度を発見したらしく顔を輝かして、

「あなたはもう止して下さいと云つてもおやめにならない。警察の方も黙つているのだから、手のくだしようがない。しかしいくらお喋りになつても無駄ですよ。なにもあなたのおつしやることに、証拠の裏付けがないといつて、それを攻めるのじやありません。しかし、ジョン卿がたつた一人で——いいですか？　たつた一人で、そばに誰もいなかつたのに、なぜ殺されたかという説明をなさらない以上——その説明をなさらない以上——」そこまで云つて口ごもり、大袈裟な手振りで、「その説明はできますまい。」

「できますよ。それを思いついたのは、昨日の検屍官審理の時のことでした。」フェルは考えながらつづけた。「有難いことに審理の記録が取つてあるので、それを見ながら最初から鼻先にぶらさがつていた証拠を整理していけばいいわけなのです。そのなかには、奇蹟のような珍しい事柄が述べられている。それが殺人の証拠なのです。私たちはそれを繋ぎ合わせて整理して検事に渡す。そして、」手真似しながら、「絞首台の綱を引つぱるのです。」

「検屍官の審理の時にそんな証拠がありましたか？　それは誰の証言です？」マリは不思議そうに彼を見た。

「ノールズです。」フェルが答えた。

下男のノールズは、なんだかうめくような妙な声を出して、一歩進み出て顔をおさえたが、ものは云わなかつた。

フェルは彼を見ながら、

「お気の毒だが、やつぱりあなたですよ。運命のいたずらと云うのか、殺人の証拠を提供したのはあなたなのです。あなたは夫人が子供の時からあの夫人を可愛がつていた。けれども昨日の審理の時、あなたは何の悪気もなしに、ただ忠実に本当のことを話そうとした結果、却つて夫人を絞首台にのせて、綱を引つぱることになつたのです。」

フェルは下男を見ながら、親切げな声でつづけた。

「あなたの証言を聞いて、嘘をついているように思つた人もあるかも知れないが、私はそうは思わなかつた。あなたはジョンが自殺したと云つた。そして、これは潜在意識の記憶を述べたのだと思いますが、ジョンが投げたナイフが空中を飛ぶのを見たと云いました。

「私はあんなことを聞いても、あなたが嘘を云つているとは思わなかつた。なぜというに、その前日、あなたは警部さんや私にむかつて、やはりその点について、記憶がはつきりしていないようなことを云つたからです。あの時あなたは迷つて考えこんでいた。警部さんが突込んで追求すると、『ナイフの大きさによる』と云つたり、『庭に蝙蝠が飛ぶこともあるし、暗ければテニスの球だつて見えない』と云つたりした。この言葉の選択に大変な意味がある。これを云いかえると、『私は犯罪のあつた時刻に何かが空中を飛ぶのを見た』と云うことになるのです。あの時、あなたが自分でも分らないで当惑していたのは、それが犯罪の直後に飛ぶのを無意識に見たのでなく、じつは直前に無意識に見ていたからです。無意識だから時刻が分らなかつたのです。」フェルは両手をひろげた。

「蝙蝠は可笑しいですな。テニスの球はもつと可笑しい。」バロウズはきびしく非難した。

フェルは真顔で、「ちよつとテニスの球に似た物ですが、あれよりもつと小さいです。いまそのことは話しますが、それより前に傷のことを考えてみましよう。あの三つの傷については、いろいろの説がありまして、ここにいられるマリさんなぞは、あれは生垣から発見された血のついたナイフの傷でなく、牙や爪のような物の傷であると云つておられる。あなたがたから聞いた話から判断すると、ゴアさんでさえ、それに似たことを云われたらしい。すなわち、ゴアさんはこう云つている。『ミシシッピ以西で第一の猛獣使といわれるバーニ・プールが豹に殺されたのを見たことがあるが、その時の傷がこれと同じだつた。』いつたい、爪のモティーフはこの事件に何度も繰返し繰返し一貫して出てくるのでありまして、たとえば、審理のさいにおける医者のキングさんの証言にも、それが妙に衣をかぶつて、変形して現れているんです。ここに写しがございますから、エヘン、読んでみましょうか。『傷は浅いのが三つで、咽喉の左がわから始まり、やや下向きに右顎のかどの下で終つている。そのうちの二つが交叉している。』まだ面白い文句がここにありますよ。『ところどころ裂傷のような傷になつている。』どうです?」フェルはじろじろ一同を見まわし、「裂傷とは可笑しいでしょう? いま警部さんが持つておられる鋭いナイフ、たとえ刃がこぼれているにしても、磨ぎ澄ましたナイフの傷としては可笑しい。咽喉の裂傷というのは――まあ、それより元にかえつて、爪のモティーフを考えてみましょう。爪で引つ掻くとどんな傷ができるでしょう? ジョンを爪で引つ掻くことが出来るでしょうか? 爪の傷の特徴は――

「1、浅い。

「2、切傷というより掻傷や裂傷である。

「3、別々でなく同時に傷がつく。

「ジョンの傷はこの三つの条件を満足させているのです。医者の証言をよく味わつてごらんなさい。可笑しいじゃありませんか。キングさんは嘘はつかないが、一生懸命ジョンの死を自殺に持つて行こうとしている。それはなぜか? ノールズと同じように、この人も夫人を子供の時から可愛がつていた。キングさんは夫人の父の友人なのです。だから夫人は今でもキングさんをおじさんと呼んでいるぐらいで、キングさんのほうでは、夫人の性質のこまかいところまでよく知つている。しかしこの人は、ノールズと違つて、夫人を巧みにおいかくし、首に綱をかけるようなことはしなかつた。」

歎願するような格好で、ノールズは両手をあげ、額に汗をにじませていたが、口に出してはなにも云わなかつた。

フェルは続けた――

「やはりこの、何かが飛んだと云う話が出た時のことですが、マリさんは兇器がナイフであるなら、なぜそのナイフをプールに棄てなかつたのだろうとおたずねになつた。これは適切な質問で、解決の鍵はここにあるのです。しかし今までにどんなことが分つているんです? 分つているのは、闇の中をテニスボールより小さい物が、ジョンにむかつて飛んで行つたということ。その小さい物には爪と同じ傷の出来る、牙のように尖つた物がついていたということ――」

バロウズはくすくす笑つて、

「牙が飛ぶんですか？　こりゃ面白い！　もつと詳しい説明を拝聴したいもんですな。」

「説明どころか、実物をお目にかけますよ。あなたがたも昨日ごらんになつたはずだが。」

そう云いながら、彼はだぶだぶした脇のポケットから、大きな赤いさらさ染のハンケチに包んだ物を取り出して、針のように鋭い先端が引つかからぬよう用心しながら包みを解いた。ペイジは啞然となつて、不思議そうにそれを眺めた。それはフェルが屋根裏の本棚の傍の木箱の中から発見した小さい重い鉛の球で、深海の猛魚を捕えるために作つたような、四本の大きい鈎を並べて植えつけてあつた。

「妙な格好をしとりますが、これは何をするものだと思いますか？」笑いながらフェルがきいた。「どんな時にこれを使うと思います？　中部ヨーロッパのジプシーは——いいですか、ジプシーですよ——これを使うのがとても上手なのです。警部さん、グロスの本を出してください。」

エリオット警部は鞄のなかから、表紙を灰色の紙でおおつた大きな本をだした。

フェルはそれを受けとると、

「これですよ。これにいろんな種類の犯罪実話が集めてある。* 一度確かめたいと思つて、昨夜ロンドンから取りよせたのです。二四九ペイジから次のペイジにかけて、鉛の球のことが詳しく書いてある。

* プラーグ大学の犯罪学の教授ハンス・グロス博士の著書を、弁護士ジョン・アダムとコリヤー・アダム両氏が飜案し、ロンドン警視庁副総監ノーマル・ケンダルが、判事刑事弁護士の読本として一九三四年、ロンドンのスイート・エンド・マクスウェル社から出版した「犯罪捜査」という書物。

「これは、いわば、ジプシーの飛道具のようなもので、彼らがよく信じられない超自然の窃盗をして人を煙に巻くのは、これを使うからなんです。この球の鉤と反対のがわに、細くて非常に強い長い釣紐をつけて放り投げるんですよ。すると、どつちに向けて転げ落ちても、船の錨のように、そこにあるものが引つ掛かるのです。鉛で出来ているのは、投げるに都合よくするためで、紐がついているのは、目的物をこちらへ引つぱるためなんです。ここを読んでみましよう——

「『いつたい、ジプシーは、物を投げることが上手である。なかんずく子供が上手で、彼らはよく石を投げて遊ぶ。石投げ遊びで大切なことは、出来るだけ遠方に投げるということである。だが、ジプシーの子供が青年になると、この訓練の様子がすこし変つてくる。彼らはくるみ大の石を集めて積み重ね、約十歩か二十歩の距離に、大きい石だとか、小さい板だとか、ぼろぎれのようなものを目標としておき、それに向つて一つずつ石を投げていくのである。……毎日何時間もこんな練習を続けるので、まもなく握拳大の目標でも外さぬぐらいに上達する。そこまで上達すると、初めて鉤投げの練習に取り掛かる……若いジプシーが、木の枝に掛けたぼろぎれに鉤を投げつけ、紐を引つぱつてそれを取りうるようになつたら、それで練習期を卒業したことになるのである。』

「どうです？　木の枝に投げつけると書いてある。だから、格子のある窓のおくや、囲いのある中庭の洗濯物や衣類を、わけなしに掻つ払えるんですよ。そのくらいだから、武器として使つても恐ろしい効果がある。人間の咽喉を掻いて、あとで鉤を手ぐりよせるぐらい、わけのないことです——」

マリが唸つた。バロウズは黙つていた。

「ふん、まあ、そんなわけです。ところで、妙な話ですが、ファーンリ夫人はジプシーに習つたとかで、物を投げるのが素晴しく旨いそうじやありませんか。マデラインさんの話だけれど、夫人は決断力があつて、素早く物を打つたりするのが得意だといううじやありませんか。では、このファーンリ夫人は、殺人があつた時刻にどこにいたんでしようか？　云うまでもなく、自分の寝室の露台から、プールを見ていたのです。あの露台はプールのすぐ上ですよ。そしてその寝室は、食堂の真上なんですから、ウェルキンさんと同じように、ジョンから二十フィートの近距離、しかもウェルキンさんより高いところにいたわけです。しかし、ひどく高いかと云うに、そんなに高くもない。ここにいるノールズ——無意識に夫人を罪人にしてしまつたノールズも云つたように、あの建物はあとで建増したので非常に低く、露台の高さだつて、庭から八、九フィートぐらいしかないのです。

「だから下の良人を見下す夫人は、闇の中に立つていたうえに、位置が高いので鉛の球を投げるには都合がよかつた。後ろの部屋が暗かつたことは夫人が自分で話した通りです。そして女中は隣りの部屋にいた。しかし夫人が最後の決心をするきつかけとなつたのは何でしようか？　上へ向いて咽喉を出させるため、夫人がジョンに何か話しかけたのでしようか？　それとも、ジョンが勝手に星でも見るために上へ向いたのでしようか？」

恐怖の色を目に浮べてマデラインがきいた――

「星を？」

「そうです、空の星です、マデラインさん。私はいろんな人にこの事件のことをきいてみたんですがね、やつぱりジョンはあなたが興味を持つていられる星を見ていたんじやないかと思うのです。」

重々しいフェルの言葉を聞くと、ペイジも殺人があつた時刻に庭を歩きながら、マデラインの星を仰いでいたことを思い出した。東の空の一つ星、それにかの女は詩的な名前をつけた。プールの位置からは、ちよつと仰向きさえすれば、煙突の上のあたりに、その星が見えるのであつた。

「そうですよ、夫人はあなたを嫌がつていました。良人の注意がいつもあなたに注がれていたからです。そして、あの際、良人があなたの星、あなたが名前をつけた星を仰いでいるのを見るとかッと逆上して、片手に紐を持ち片手で鉛の球を力一杯投げつけたのです。

「ここで、ちよつと、鉛の球を投げつけられたジョンの、奇妙な動作について考えてみましよう。プールに倒れるまえの動作を言葉で現すのには、みな相当困つていられた様子で、咽喉が詰つたようなだとか、藻掻くようなだとか、暴れるようなだとか云われましたが、あんな形容を聞いて皆さんは何を一番に思い出しますか？　どうです、思い出しましたか？　すぐ分るでしよう？　釣針に掛つた魚ですよ。傷は深くはないが、何本もついているので、みんながその点でいろいろ議論しましたが、傷の方向はやや上向きに、左から右についていた。そして、その拍子に彼は中心を失い、少しばかりの増築の建物のほうに体を向けたままプールに倒れた。倒れると夫人が紐を引つぱつた。」

顔をしかめてフェルは鉛の球をもちあげた。

「そんな小さい球で？」

「そうなんです。引つぱりあげた時には、血もなにもついていなかつた。プールに落ちて洗われたからです。ジョンがプールの中で藻掻いたために、縁から溢れるほど水が動揺したという話は、覚えていらつしやるでしよう。そのため球についている血が綺麗に洗われたのです。しかしその球は、たつた一つの証拠を残した。それは音です。

「生垣がさらさらと鳴るような音を聞いたのは誰です？　すぐそばにいた唯一人の人、下の食堂にいたウェルキンさんです。このさらさらと鳴るような音というのは、大変興味ある言葉です。人間の音でないことは確かです。なぜというに、これは実験してみても分ることなんですが。相当厚い生垣なので、あれを人間が突き抜けることは出来ない。バートンさんだつて、初めには生垣の中の血染めのナイフゃ見損つたほどです。

「まあ、詳しいことは略して、以上がざつと、私の経験にも珍しい、狡猾な犯罪の真相です。一口に云えば憎悪と情熱の犯罪で、それがうまく成功し、かの女としては目的を果したわけです。しかし瞞しおおせることは出来ない。警官に出合えば、すぐ捕えられて処刑されるにきまつています。しかも、それが、なんと、ただノールズが闇の中をとぶテニスボールの話をしただけで、こんなことになつたのです。」

ノールズは額に汁をにじませ、乗合自動車を止める時のように手を少しばかり振つたので、見ていたペイジは、彼が今にも気絶するのではないかと思つたほどだつたが、それでも何も云わなかつた。

バロウズはひどく興奮し、目を輝かしながら、

「なかなか面白いお説。私は聞いて感心しましたよ。しかし、残念ながらそれは嘘です。あなたも嘘だということを知つていらつしやるんでしよう？　まだほかにいろんな噂がありますからね。たとえばウェルキンさんです。あの人は庭で何かを見たと云つていますが、フェルさんはあれをどう解釈なさいます？　あの説明ができますか？」

フェルがいくぶん蒼くなつたので、見ていたペイジは、は

らはらした。静かに大男のフェルは立ち上つてドアを指さし、

「ウェルキンさんはあなたの後ろにいらつしやる。何を見たのか、もういちどよくきいてごらんなさい。」

一同振りむいた。いつごろから部屋へ入つて、ドアのそばに立つていたのか誰にも分らなかつたが、とにかく肥つたウェルキンが、いつものごとく髪を綺麗に分け、きちんとした服装で立つていたことは事実であつた。彼は、「あのぅ――」と云いかけて、軽く咳払いした。

「ウェルキンさん、」とフェルがいつた。「私の話はいまお聞きになつたでしようから、今度はあなたの話をききたい。あなたが庭でなにかを見たと云うのは本当なのですか？」

「そのご、よく考えてみたのですが――」ウェルキンがいつた。

「ふん？」

「これは――その――昨日の話なんですが、昨日、皆さんは屋根裏の木箱の中から、面白い物をいろいろ発見なさつたそうですね？　残念ながら、私はあの時一緒に行きませんでしたが、今日初めてフェルさんから見せて頂いて、驚いたようなことなんです。つまり、その、木箱の中のジェーナスの黒いマスクのことなんですよ。」そこまで云つて、また彼は咳払いをする。

バロウズは、走つて来る車の前で、どちらに避けようかと慌てる人のように、素早く左右を見まわして、

「これは八百長だ。そんなことを云われては困る。みんなで申し合わせた陰謀だ――」

ウェルキンは無愛想に、「まあ、もつと私の話をきいてください。私はガラス戸の一番下から何かが覗いたと云つたのですが、今それが何だつたか気がついたのです。今フェルさんの話を聞いて気がついたのですが、夫人は庭に誰かいたように思わせるため、あのマスクを紐の先につけて、二階からぶらさげたらしいのです。」

とうとうノールズが口をきいた。彼は前に進み出て両手をテーブルの上についたが、涙を出して泣いているので、思うように口がきけなかつた。だが、やがて彼の口から言葉がもれると、一同は家具が口をきいたように驚いた。

「フェルさんのおつしやつたことは嘘です。」ノールズがいつた。

そして、この老いたる下男は、泣きながらテーブルを叩き、「バロウズさんもおつしやつたように、いまの話は嘘です。嘘です。みんなぐるで嘘を作り上げたのです。」声を震わせ、息を弾ませ、またテーブルを叩き、「みんなで奥さんを叩き落そうとしていらつしやる。どうして奥さんを助けようとなさらないんです？　奥さんが一人か二人の男と交際したり、本を読んだりするのが何で悪いのです？　子供の時にしたと同じ遊事をするのが何で悪いのです？　みんなまだ子供なんですよ。悪気があつてしたことじやないのですから、警察がどうのこうのということはないのです。警察だつて手出しは出来ない。私が付いている以上、そんな無茶なことはさせないです。」

みんなの前で人差指をふり、彼は泣声から唸鳴るような声になつた。

「あなたがたが、どんなにお調べになつて、理窟をお並べになつても駄目です。図々しくジョンさんを名乗つた、あのどこの馬の骨だか分らぬ乞食を殺したのは奥さんじやない。あの乞食をジョンさんとは何のことです？　なにがジョンさんです？　私なんか、あの乞食が、一度殺されただけで、二度殺されないのを残念に思つているぐらいです。あれはジョンさんじやない。豚小屋から来た男ですよ。しかし、あの男のことなんか、どうでもよろしい。とにかく、奥さんを疑わないでください。あの男を殺したのは奥さんじやないのです。奥さんはそんな悪いことをする人じやない。」

ぜいぜい咽喉を鳴らし、ステッキをついてフェルが立ちあがつた。ノールズのそばへ歩みよると、肩に手をあてて、「よろしい、よろしい。殺した人が奥さんでないことは分つているのです、」と、優しくいつた。

ノールズはびつくりして彼をみた。

バロウズは声を荒げて、「奥さんじやない？　そんなら今の話は出鱈目だつたのですか？」

「あなたは私が好きこのんでこんなまねをしているように思つているのですか？　私の話す一つの言葉でも、自分で好んで話しているように思つているのですか？　今まで話した夫人のことや、妖術のこと、夫人と良人との関係なぞは、みな本当なのです。殺人を思いつき、示唆したのも夫人です。ただ今までの話で違うところは、夫人が自分で手を下さなかつたということだけなのです。自動人形を動かしたのも、庭を歩いたのも夫人ではない。しかし」ノールズの肩をおさえて――「法律がどんなものか、あなたも知つているでしよう。私が調査を始めたからには、あなたが本当のことを話さないかぎり、夫人はハーマンのように処刑されるのです。誰が殺したか、あなた知つていますか？」

「むろん知つています。」唸るようにノールズがこたえた。

「誰です？」

ノールズがいつた。「あの馬鹿な乞食は当然の報いをうけたのです。あの乞食を殺した人の名は――」

八月八日　土曜日

さすが変装に巧みなフランボウも唯一つおおい隠せぬものがあつた。それは彼のずばぬけた背の高さである。もしバランタンが、のつぽの人物を見つけたら、たとえそれが林檎売の女であろうと、兵隊さんであろうと、よしんば公爵夫人であろうと、すぐにも捕えたであろうに、いかんながら麒麟の変装した猫が見つからないと同様、フランボウの変装したとおぼしい人物には、ねつからお目に掛れないのであつた。

――チェスタートン、（青い十字架）――

21

ジョンとして生れ、現在ゴアを名のる男が、旅の途中、フェル博士へあてて書いた手紙。

フェルさん、そうなんです。私が犯人なのです。私はあの詐欺漢を、私一人で殺しながら、あなたがたを迷わしていたのです。

私はいろいろの理由から、この手紙をさしあげるのですが、その第一の理由は、少々馬鹿げているかも知れませんが、あなたをしんから好み尊敬するからです。第二は、あなたが私のためにいろいろよいことをして下さつたからです。あなたが部屋から部屋、ドアからドア、最後に家を出るまで、私をお導き下さつたご親切は、ただ感嘆するばかりで、私が果してそのお導き通り行動したかどうか、振り返つて心配になるほどです。私は自分の計画を見破り裏を掻いた唯一人の人として、あなたに帽子を脱ぎたい気持です。どうも学校の先生には頭が上りません。第三に、私は殆ど安全と云つてよいほどの変装法を心得ているのですが、もうこれも用がなくなりましたから、ここでその自慢話をしてみたいのです。

この手紙にたいするご返事を拝見したいと思います。あなたがこの手紙をごらんになる頃は、私と、愛するモリー――もとのファーンリ夫人――はイギリスと逃亡犯罪者引渡条約を結んでいない国に着いているでしょう。大変暑い国なんですが、モリーも私も暑い国が好きなのです。いずれ、その国へ落着きましたら、宛名をお知らせいたします。

あなたにお願いしたいことが一つあるのです。私たちの出奔したあとでは、必ず新聞や裁判所やうるさい世間の人たちが、いろいろ面白からぬとり沙汰をして、私のことを悪魔だの化物だの人間狼だのと、はやし立てるにちがいないのですが、私がそんなものでないことは、あなたもよくご存知だと思うのです。もともと殺人なんか、好きでやつたことではないので、かりに私があの豚のような男の死を悲しんでいないにしても、それは私が偽善者でないからに過ぎないのです。私にせよ、モリーにせよ、人間にはそれぞれ流儀というものがあります。私たちが自分の研究したことや空想したことで世間を騒がしたとしても、それは却つて田舎の人を刺戟し、より好いものに押し進める動機となるのじやないでしょうか。ですから、もし誰かが私たちのことを、悪魔夫妻だの何だのと云いましたら、あなたは私たちと一緒にお茶を飲んだことがあるけれど、別に普通の人間と違つたところはなかつたよと云つてやつてください。

ここでひとつ、私の秘密を打ち明けなければなりません。この秘密は私個人の秘密であると同時に、またあなたが熱心にお調べになつた事件の秘密でもあるのです。その秘密というのは頗る簡単で、一口で云えること――

私には足がありません。

足がないのです。一九一二年四月、タイタニック遭難の時、あの豚のために足を負傷し、あとで二本とも切つてしまつたのです。この話はあとでしましよう。その後いろいろ義足を取替えてみましたが、完全にわが身の不具を隠すことは出来ず、すでにあなたもお気付きのこととは存じますが、不自由とは云えないまでも、敏速に活動しようとすると、どことなく歩き振りが可笑しくなるのです。ですから、敏速に活動することは出来ません。このこともあとで話しましよう。

でも、あなたは、義足というものがどんなに変装に便利なものか、お考えになつたことがおありでしようか? 変装の方法にはいろいろありまして、かつら、鬚、塗料、粘土、詰物、そのたの物を用いますが、厳密に云つて、これらの物では完全な変装は不可能で、結局、「そんな変装は誰でも出来るが、誰にも出来ない変装がたつた一つある、それは背の高さだ。」という結論が残るのです。ところが、私はこの最も困難な点であるところの、背の高さを調節することに、もう数年来成功しているのです。

がんらい、私はあまり背の高い人間ではないのです。という意味は、もつと正確に云つて、かりに私が無事に生育しているとしても、そんなに高い人間ではない、タイタニックであの男にひどい目に会わされなかつたとしても、せいぜい五フィート五インチぐらいでしよう。それが、足に付けている物を取り除けると三フィート以下の身長となります。それをお疑いになるなら、あなたの身長をお計りになつて、それから足と呼ばれる不思議な附属物の長さを差引いてごらんなさい。

何種類かの義足を作りますと――初めて作つたのはサーカスにいる時でしたが――それを体に着けるにはちよつと骨が

折れますけれど、自分の背の高さを、思い通りに調節することが出来るのです。それで人間の目を易々と欺きうるのは面白いほどでした。まあ、考えてごらんなさい、いつもはか弱い小柄の男が、六フィートの大男となつて現れ、しかもそのうえ、体の他の部分にも変装をほどこしているとしたら、誰だつて目を欺かれるのも無理はありますまい。

私はいろんな高さになりました。六フィート一インチになつたこともあります。それから、私の有名なはまり役、占師「アーリマン」になつた時は殆ど一寸法師で、この役割が完全にウェルキンさんを欺きえたことは、あとで私がゴアになつて現れても、あの人が気付かなかつたのをみても分るのです。

まず、話の順序として、タイタニックの出来事からお話ししましよう。先日私が相続権を主張して帰り、図書室で皆さんに身上話をした時、わざと事実と変えて話したところがたつた一つありました。

あの時お話ししましたように、二人の少年が名前や服を交換し、あの男がそのあとで私を殺しかけたことは事実なのですが、でもあの男は木槌で私を殴つたのでなく、体力で当時私より優つていた彼は、首を絞めて私を殺そうとしたのでした。いうまでもなく、この小さい悲喜劇は、遭難の最中の出来事なのですから、およその背景をなすものが何であるかぐらい想像できましよう。背景は白ペンキを塗つた大きな鉄のドア、船内を幾つにも区切つた部分に、海水の侵入を防ぐための、数百ポンドの重さのある鉄のドアだつたのです。船が傾くにつれて、そのドアの蝶番が曲つて毀れるのは、今に忘れられぬ戦慄すべき幻影で、その時の私はこの世の終りかと思つたぐらいでした。

あの男の目的はすこぶる簡単でした。私の首を絞め、私が気絶するのを見とどけると、私を海水の侵入するがわにおいてけぼりにして、自分だけ素早く逃げようとするのでした。あたりを見廻した私は、ドアのそばに吊つてある木槌を見つけました。その木槌で、なんどあいつを殴つたか覚えていませんが、とにかく、蛇使いの子は、いくら殴られても平気の平左でした。そのうち、運よく——と云いたいのですが、実は運悪く——私はドアの向うがわに這出せそうになつたのですが、そこへ蛇使いの子が飛びかかつて来てドアを抑え、船が傾いてドアの蝶番が毀れると同時に、私は両足をドアに喰われたまま、やつと生命ひろいをしたわけなのです。

まことに勇ましく、壮烈な話ですが、この壮烈な物語たるや、歌にもならなければ、また、はつきり覚えてもいないので、あとで順序よく話すことも出来ず、自分を助けてくれたのが、船員であるか船客であるかさえ記憶していないのです。記憶しているのは、ただ人形のように、ボートに救い上げられたことだけ、頭に血をにじませ、目をきよとつかせていた蛇使いの子は、多分死んだことと思つていました。私が生命拾いをしたのは、淡水でなく海水だつたためかも知れません。とにかく、私にとつては苦い経験で、それから一週間がほどは、殆ど無意識でした。

むこうに着いた私が、パトリック・ゴアという名前で、サーカスの持主ボリス・イエルドリッチ——この男も今は故人ですが——に引き取られたことは、先日ファーンリ家で皆さんにお話した通りです。あの時大体のことは話しましたが、詳しいことは話しませんでした。それは、あの段階では、まだ話すわけにいかなかつたからです。でも、もう差支えないですから話しましよう。私を引き取つたボリスは、家にいる時から私が占師の術を研究していましたので、なにも自慢するわけではありませんが、その特技をサーカスに利用できるので、すぐさま私を大切にしてくれたわけなのです。それからしばらくは、私にとつて、恥の多い、苦しい生活でした。わけても両手を使つて這う練習をするのが苦しかつたです。

でも、こんな話はよしましよう。同情や憐れみを乞いたくないからです。私は人に憐れまれるのが大嫌い、舞台に立つている役者のような気持なのです。あなたの好感——これは出来れば欲しい。あなたの尊敬——これはあなたを殺してでも欲しい。だが、あなたの憐れみ? こいつだけは死んでも頂戴したくない!

いま、舞台に立つ役者の気持といいましたが、じつさい、私は大部分忘れた事件の、悲劇役者のポーズをとつているような気がするのです。だが、私は、なにごとによらず、物事を朗らかに解釈し、いまさらどうにもならぬ過去のことは、笑つてすませたいのです。ご存じかも知れませんが、私の職業は、先日もちよつとほのめかせた通り、占師、にせの降神術師、手品師といつたところですが、その他あらゆる仮名を用い、あらゆる人物になりましたので、大抵のことには通じていて、尻つぽを摑まれる不安を感じたことは一度もないのです。

じつのところ、足がないということは、私のような商売の者には、却つて都合がよかつた。そう考えずにはいられません。だが、一方義足が不便であることは事実で、今でも私は義足を上手に使いこなしているとは思いません。最初両手を使つて這うことを稽古しましたが、これは意外なスピードが出るものです。にせの降霊術師として、これがどのくらい役立ち、かつ、お客にたいしてどんなに効果的だつたか、容易に想像できましよう。

私は義足でトリックを行う場合は、いつも義足と普通のズボンをはいた下に、ぴつたりした半ズボンと詰物をした革の当物をつけるのです。革の当物はどこを這い廻ろうが跡が残りません。義足を取外すにはスピードが必要です。私は三十五秒の短時間に義足を取外したり附けたりする練習をしました。そして、この事実がまた同時に、私が自動人形を動かした秘密にもなつているのです。

歴史は繰返すといいます。ちよつとこの人形の歴史について述べさせてもらいましよう。以前にも私と同じ方法で人形を動かした人があるのです。ケンペリンとメルツェルの自動人形が、どうして将棋をしたか、真の理由をご存知でしようか？＊あの人形は台の箱の中に私のような人間が隠れることによつて、五十年の長い間、全ヨーロッパとアメリカを欺いていたのです。ナポレオン・ボナパルトだとかフィリズ・バーナムだとかの、各種有名人があの人形に欺かれたことを考えますと、かりにあなたがファーンリ家の人形にお欺かれになつたとしても、別に恥ではないのですが、でも、事実において、あなたはあの人形にお欺かれにはならなかつたのです。私には、それが、屋根裏でお漏らしになつたあなたの短いお言葉によつて分りました。

＊ゴア氏の説は事実で、古い大英百科全書（九版一八八三年）にクラーク氏はこう書いている。「ケンペリンの最初の人形使いは、戦争で両脚を失つたポーランド

人ウォルースキーで、平常はいつも義足をつけていたので、観客は一座に一寸法師や子供がいようとは思わず、そんな連中が人形の下に潜り込んでいるなどとは疑う者は一人もなかつた。ヨーロッパの各主要都市や宮廷を巡業したこの自動人形は、しばらくナポレオン一世の所有となり、一八一九年ケンペリンの死後は、メルツェルの所有となり、最後に一八五四年のフィラデルフィアの火災で焼失した。」——第十五巻、二百十ペイジ。

私はファーンリ家の人形の十七世紀における秘密も、これと同じであつたことを疑いません。私の祖先トマス・ファーンリが、莫大な金を積んで人形を手に入れ、その秘密を知つたあとで、急にあの人形が不人気になつた理由を考えてみてください。人形の秘密を知つた彼は激怒しました。彼ならずとも誰しも激怒するでしよう。奇蹟を買おうとした彼は、馬鹿げたトリックを買つたに過ぎないのでした。しかもそのトリックは、特殊の人形使いを雇わない以上、どうすることも出来ないのです。

さて、この人形を、昔どうして動かしたかと申しますと、一口に云えば人形の内部に、私のような者がはいれる余裕があつたのです。まず、人形の下の寝椅子みたいな箱の中に入つて、入口のドアをしめると、それと同時に箱と人形との間の板戸が自動的にあくのです。その板戸があくと、そこに簡単な重みで動く棒がたくさん垂れ下つていて、それがみな手や顔に続いている。人形使いは人形の膝のへんの孔から外を窺うことが出来ます。これがメルツェルの人形の将棋をさした秘密、そしてまたファーンリ家の人形の、百年前に、楽器を弾いた秘密なのです。

だが、ファーンリ家の人形のよく出来た点は、観客に姿を見られずに、人形使いが箱の中に入れることで、これがケンペリンよりも優れているところでしよう。魔法使いは初め箱の内部を観客に見せ、誰も入つていないことを納得させます。だのになぜ人形使いをその中にいれることが出来るのでしよう。

この疑問にたいする説明は、あなたには無用です。なぜというに、あなたは先日屋根裏で人形使いの服装を調べたいと云われましたが、あれは明らかにあなたが私を犯人と睨んでいた証拠、そしてまた、総てを見破つていた証拠、あのお言葉を聞いて私はぺちやんこになりました。

魔法使いの伝統的な衣裳が、象形文字の模様のある、ゆるやかに風にひるがえる衣裳であることは誰でも知つている通りですが、彼らがそんな物を着る理由は、あの不器用なインドの回教托鉢僧が僧服を着る理由と同じなのです。手つ取り早く云えば衣裳は物を隠すもの——托鉢僧の場合は籠にもぐりこむ子供、ファーンリ家の人形の場合は、薄暗い照明のしたで大きな服を着て動きまわる魔法使いが、人形使いをもぐりこませるのが目的なのです。私はこれまでこのトリックを応用して成功したことが何度もありました。

では、これまでの私の身上話に戻りましよう。最も成功した私の役割はロンドンで扮した「アーリマン」で、エジプト人を意味するこの名はゾロアスタ教の悪魔から取つたのです。あの時私の弁護に当つたウェルキンさんは、むろん私の仕事には何の関係もなく、当時の鬚を生やした一寸法師が、今日の私であろうなどとは今でも知らないのです。あの名誉毀損事件で、あの人は私の神霊力を信じて、一生懸命弁護に当つてくれましたので、今度の相続事件でもあの人に弁護をお願いしたわけなのです。

あの名誉毀損事件を思い出すと、今でも胸がむず痒いのです。あの時法廷でもつと私の霊力を示せばよかつた。私の父は裁判官の友人でしたから、私が証人席で無念無想に入れば、裁判官の身の上について、どんなことでも喋れるのでした。千八百九十年代にロンドン社交界で知られた父を持つ私としては、別に相手の心を洞察しなくても、ただ知つていることを適当に話しさえすればいいのでした。けれども、あんな場合に、私は見栄を切るのがどうも下手なたちらしいのです。

私の話が本筋に入るのは、このアーリマンからです。私がアーリマンを名乗つて、ハーフムーン街に開業している時、あの日思いがけなくも、あの男が相談に来たので、その時初めてあの男がこの世に生き長らえていることや、それどころかジョン・ファーンリ卿になりすましていることを知つたのです。けれど、私は彼の前では何も云わず、素知らぬ顔をしていました。モンテ・クリストだつて、こんなおあつらえむきの復讐の好機会には恵まれなかつたでしよう。でも、私は復讐を急ぐ必要はないと思いました。あの男の心の苦悶に香油を塗つて鎮めてやるまでには、ゆつくりと悩ましい日夜を味わせたほうがいいと思いました。

だが、あの男に会つたことよりも、私にとつてはモリーに会つたことのほうが重大事件なのですが、この問題は平易な散文ではとても述べつくされません。私たち二人は同種類の人間なのです。お互に相手がたを見つけたら、たとい世界の果てにいようとも、飛んで来て一緒になる人間なのです。私たちのラヴアフェアは全体的で、盲目的で、火花が散るほどの高度にたかめられているのです。私が不自由になつていることを知つても、モリーは笑いもせねば不快に感じもしなかつたです。モリーの前で、カシモードやクラウンの歌を歌う必要はなかつた。私たちのラヴアフェアが天国のものでなくて、地獄のものであると云つて軽蔑しないでください。プルートはオリンパスの神と同じように、恋に於ては真面目で、土地を豊かにしましたが、哀れなジュピターは白鳥となり、金の雨を降らせたに過ぎないのです。そして、私はあなたが、このラブ・アフェアに親切な態度をおとりくださつたことを、感謝しています。

むろんこの事件はモリーと私とが共謀して行つたのです。ファーンリ家で一同が集つた時、モリーと私がことさらに角突き合つていたことにお気付きでしたでしようか？　モリーのほうでは罵倒を浴びせ私のほうでも負けずに皮肉を浴びせていたことにお気附きでしたでしようか？　私は真の相続者でありながら、もどかしいことに、ああするよりほか、手がなかつたのです。あの豚はモリーが悪魔礼拝を行つていることを知つているのでそれを脅迫の種にし、もし彼が相続権を失えば、同時にモリーの祕密を明るみに出すにちがいなかつたのです。だから、したがつて、私がファーンリ家を相続し、モリーを公然と自分の正当の妻にするためには、彼を殺し、それを自殺と見せかけるよりほかに方法がなかつたのです。

それだけ話したらあとはお分りでしよう。モリーは自分で手をくだすようなことは出来ない。が、私は本気さえ出せば何でも出来る。私は彼に復讐すべき理由があるようなことは誰にも話さずにおき、彼が死んだあとで、初めて驚いたふうをして、なるほど清教徒と云われるほどの人間でも、死ぬだけの理由があつたのだなと空呆けていればいいのです。

手を下すのはあの晩が最も適当ということは、前々から分つていましたが、では、あの晩の何時頃が適当かということは、もとより前々から予知することは出来ません。あれ以前に私がファーンリ家に姿を現すことは出来ないのですから、あれより前に手を下すことは出来ません。また指紋の証拠が現れるまでは、自殺すべき理由もなかつた。ですから、指紋の比較が行われている間に、彼が庭へ出た時刻が、私にとつて絶好の機会だつたわけなのです。

ここで私はフェルさんに賞讃の辞をおくらなければなりません。この犯罪が不可能の犯罪であるだけに、あなたはノールズに自白させるのが目的で、棒切れや石やぼろや骨のような物を拾い集めて、いかにも論理的な鉛の球の説明をなさいました。技術的に云つて、私はあれでよかつたと思います。あんな説明でもしなければ、聞く人は結論だけでは満足しなかつたに違いありません。でも、事実は――あなたもご承知のように――不可能の犯罪というものはないのです。

私はただあの男のそばに近づき、彼を引きずり倒して、プールのそばでナイフ、あとであなたが生垣の中から発見されたナイフで斬り殺したのです。ただそれだけです。

ノールズは、運好く、あるいは運悪く、それを初めから終りまで、『緑の部屋』の窓から見ていました。しかしノールズが見ていたにしろ、私が他のもひとつの大きな過失をしなかつたら、この計画は絶対に安全だつたのです。ノールズは、これは自殺であると世界にむかつて断言してくれたばかりでなく、私のためにいかにもまことしやかなアリバイまで述べてくれました。これには私もじつのところ驚きました。あなたもすでにご存知と思いますが、ノールズは最初からあの男を信ぜず嫌がつていました。あの男が真のジョン・ファーンリでないことをよく知つていました。ですから真のジョン・ファーンリが、贋のジョン・ファーンリを殺したということは、よしんば彼自身が絞首台に登るとしても、自白しなかつたにちがいないのです。

要するに義足をつけぬ私があの男を殺したのです。義足がなくても革に詰物をした足だけで素早く楽々と這えるのですし、なまじつか義足なぞつけていると、腰ぐらいの高さしかない生垣に身を隠すことさえ出来ません。だから、あの場合義足を外したのは当然だつたでしよう。生垣は私の姿を隠してくれましたし危険が迫れば縦横に小道が走つていました。そのうえ、誰かに発見された時の用心に、私は屋根裏から取つてきたジェナスのマスクをポケットに忍ばせていました。

私は家の北がわ、すなわち建増した建物のほうから彼に接近したのですが、私の異様な風態を見た彼は、度胆を抜かれたに違いなく、一語も発せぬうちに彼を引き倒すことが出来ました。私の腕や肩の力も相当なものだつたのです。

あとでこの時のことを振り返つて、バロウズさんの証言が多少私を不安にしました。あの人はプールから三十フィートほど離れたドアのそばに立つて、薄暗がりに於ける視力は強くないと云つていますが、自分でも解釈に苦しむような不思議なジョンの動作を見ています。腰の高さの生垣が邪魔になつて、私の姿は見えなかつたでしようが、ジョンの動作は不思議であつたにちがいない。こころみに彼の証言を読んでみてください。こんなことを云つています。「彼の動作を正確に説明することは出来ません。なにか彼の足に引つ掛つたのじやないかと思われるような動作でした。」

だが、バロウズの証言よりも、もつと怖かつたのは、殺人直後、食堂の窓からウェルキンさんに見られたことです。フランス窓の一番下のガラスをすかして、ウェルキンさんの見たのが私であるということは、あなたは直ぐお気付きになつたでしよう。あんな場合、ちよつとでも姿を見られるのは不覚このうえもないことですが、じつは計画通りに行かないので慌てていました。ただ、マスクをつけていたのは、せめてもの心遣りでした。

だが、ウェルキンさんに姿を見られたことよりも、もつともつと私の胆を寒からしめたのは、その翌日、この事件の印象を述べたある人の大変ふくみのある言葉でした。その言葉の発言者は、例の口癖のよろしくない、私の昔の家庭教師マリさんです。あの人はウェルキンさんが、自分でも分らぬ曖昧なことを云つたあとで、私にむかつてこう云いました。

「こんどあなたが帰つてくると、早速もぞもぞ庭を這いまわる足のない何物かに迎えられたり――」

この言葉は私を真向《まつこう》から叩きつけました。無意識だつたのでしようが、マリさんは誰も云い得ない、そして云つてはならぬことをずばりと云いました。私は顔の筋肉をこわばらせ、紙のように白くなり、あなたの視線を痛いほど感じながら、馬鹿々々しいことですが、マリさんに喰つてかかり、思わずマリさんを罵倒しましたが、何故私があんなに怒つたか、その理由を知つていたのは恐らくあなた一人だつたでしよう。

どつちにしても、私はもう駄目だと思いました。さきほど私は大きい過失をしたと云いました。過失というのはナイフを間違えたことです。私はあの男を殺すのに、その目的のために買つた普通のナイフを使うつもりでした。そのナイフというのは翌日ポケットから出して皆さんに見せたナイフです。そのナイフに彼の指紋をつけ、あとでプールのそばに棄てて、自殺の情況を完全なものにするつもりだつたのです。

だが、後になつて気がついてみると、私の手に握つていたのは、私自身のナイフ、子供の時から持つていて、マデラインの名が刄に刻んである、アメリカで何度も人々に見られたナイフでした。誰だつてこんなナイフをあの男の物と思いはしません。私の物と思うにきまつています。

それぱかりか、運の悪いことに、私はあの夜図書室でこのナイフのことを喋つているのです。タイタニックであの男と喧嘩をしたあと、もうちよつとのところでナイフを持つて行きかけたなどと喋つているのです。まるで今度の出来事を何十年も前に広告しているようなものです。巧妙な嘘をつこうとしたり、ある一つの点を隠して、その他のことを出来るだけ忠実に話そうとすると、よくこんな手違いが出来ます。気をつけないといけません。

私が手袋をはめた手に、彼の指紋をつけたナイフを持つて、プールのそばに立つていると、そこにどやどや人の近づく気配が感じられました。即刻の決断が必要でした。ナイフを棄てる気にはなれない。そこで、ハンケチで包んでポケットにしまつたのです。

義足をつけるために家の北がわへまわつたら、そこでウェルキンに見つけられました。だから私は調べられた時に南がわにいたと云つたのです。ナイフを持つているのは危険です。できるだけ早くどこかに隠して、あとでゆつくり処分しなければならぬ。その一時の隠し場所として、私は誰にも発見されぬ安全な場所を選んだ。巡査部長バートンも、あのナイフを発見したのは運が好かつたので、普通だつたら庭中の生垣を一本ずつ探して行かないと発見されるものではないと云つています。

運命の神は私を意地悪く陥れようとしていたのでしょうか？　それは私には分りません。しかし、とにかく、この過失のために最初の計画をかえて、私が他殺説を表明せねばならなくなつたことは事実です。でも、あくまで忠実なノールズは、私のために即座にアリバイを用意してくれ、あの晩、私が家を去る前に、それとなく知らしてくれたので、翌日あなたがたに対抗する用意ができたわけです。

それ以後の話は簡単です。これは他殺に違いないと私が云いだすと、モリーは指紋帳を盗んで嫌疑が私にかかるのを防ごうとしました。なぜというに、自分が正当の相続人であるという証拠になる指紋帳を、私が自分で盗み出すはずはありませんからね。然しその指紋帳は本物でないので、すぐ返さなければならなかつたのです。モリーは最初から終りまで上手に行動したとお考えになりませんか？　モリーは庭で死体を発見した時「あの人の云つた通り！」と云いましたが、この言葉は前々から用意してあつたのです。つまり、私がみんなの前でモリーは良人を愛してはいない、ほんとに愛しているのは少年時代の私の思い出なのだと云いましたが——これも前々から用意してあつた場面なのですが——その私の言葉が、本当だつたという意味なのです。未亡人をいつまでも落胆の淵におとしいれておくことは出来ません。いつまでも悲しませて、私の敵にしておくことは出来ません。将来風がおさまつて、二人が一緒になる時のことを予想して、かの女にあんなことを云わせたのです——が、計画外れでそれも無駄になりました。

最後の計画外れは、屋根裏で私が人形を修繕している時に、女中ベティが飛込んできたことです。また私は「しまつた！」と舌打ちしなければなりませんでした。じつはあの時指紋帳を取りに屋根裏に上つたのですけれど、ふと人形を見ると、動かしてみたいという欲望が起きたのです。子供の時から人形を動かす秘密は知つていたのですが、子供とは云いながら、もうその時でも箱の中に入れぬほど成長していました。それであの時は、なんとかいい工夫はないものかと、なんの悪気もなしに、時計を修繕するような気持で、余念なく人形をいじつていたのです。

いつまでたつても私が降りてこないのでモリーが心配して屋根裏へ上つてみると、ちようどベティがあの部屋へ入つたところ、そして私は人形のなかに入つていました。たぶんモリーは私があの男をやつつけたように簡単にベティを処分するとでも思つたのか、外からドアに鍵をかけてしまいました。しかし私はベティに危害を加える気なんか毛頭なかつた。人形の中に潜つている私は、自分の姿を発見される憂いはなかつたのですが、人形の後ろに立てかけてある義足を発見されはしないかとそれが心配でなりません。それから後の出来事はご存じでしよう。ベティのほうで膝から覗く私の目を見たかも知れませんが、とにかく、ちよつと人形の手を動かしただけで、なんの危害も加えずに、かの女を気絶させることができたのです。気絶したあとは何の心配もありません。もしあの時私たちがどこにいたかと訊ねられたら、不完全ながら、アリバイを提供する用意も出来ていました。でも、人形が鉄の爪先で破つたベティのエプロン——あれを屋根裏に忘れて帰つたのは確かに落度でした。

とにかく、私は数々の過失をおかし、あなたがたに覚られてしまいました。殺人の翌日、すでに私は覚られたことに気づきました。ナイフも発見されました。私はあのナイフは数年前、詐欺漢の手に渡つたナイフだと弁解し、また、マリも私を助けるつもりではなかつたのでしようが、あのナイフは兇器でないと主張してくれましたが、それにもかかわらず、明敏なあなたは、すでに私に足のないことを見破つていられたにちがいないのです。

あなたはエジプト人アーリマンのことに話を持つて行き、警部はウェルキンさんに、庭で飛び廻るもののことをききました。それからあなたはモリーに妖術のことを詰問され私は返事のかわりに質問をし、あなたはそれに対して何か注意の言葉をのべられました。つぎに、あなたはヴィクトーリア・

デイリの死や、殺された晩のあの男の態度や、ベティが屋根裏へ上つたことなぞの間に、一連の関係があることをお述べになりました。

それから、屋根裏で自動人形をみると、あなたはウドルフォかなと云われ、その屋根裏で犯人が何かしていたにちがいないが、しかしベティが殺されなかつたところから判断すると、犯人はベティに姿を見られないですんだのだろうと云われました。もしベティが犯人の姿を見たのなら、祕密を守るために、ベティを殺したにちがいないからです。私はあの時人形を動かす説明をしましたが、あなたはそんな話には余り興味をお持ちにならず、それより人形使いの服装を知りたがつていられる様子でした。それからあなたはモリー一人が悪魔礼拝に興味を持つているが、やがてその事実は警察の知るところとなるだろうという意味のことを、簡単ながら、遠廻しにほのめかされましたが、その時私が自動人形を階段から突き落したのでした。突き落した私には、あなたに危害を加えようというような気は少しもなかつた。ただ修繕できぬほど毀して、何が何やら分らぬようにしたかつただけなのです。

あくる日の検屍官の審理で、なお二つのことが私に明らかになりました。それは、ノールズの証言に嘘のあることを、あなたが知つていらつしやるということ。それから、マデライン・デインがモリーのいろんな祕密を知つているということ。モリーはマデラインを好いていなかつた。ですから、モリーは高圧的にマデラインに沈黙をまもらせ、それができなければ、もつと手きびしい手段で沈黙をまもらせようとまで考えた。そんな考えから、モリーはにせの電話で、自動人形をマデラインの家へ運ばせたのです。モリーのつもりでは、それが人形嫌いのマデラインを驚かせ、そのうえ、私に人形を動かさせようとしたのですが、私はそれはご免こうむりました。私にはほかになすべきことがあつたからです。

あなたや警部さんペイジさんなどが、マデラインの家で食事していらつしやる時、すぐそばの庭でモリーと私が、あなたがたの話を立聞きすることが出来たのは、私たちに取つて運が好かつたと云わなければなりません。私はその立聞きで、あなたがもう何もかも見破つていられることを知りました。しかし問題はあなたがそれをどうして証明なさるかということです。いくら推理は立派でも、証拠がなければ何にもなりませんからね。私はもつとあなたのお話が聞きたかつたので、あなたと警部さんが家を出て、森の坂道をお登りになる時、跡をつけることにしました。で、人形を窓の外に立たせるだけに満足して、跡を追つたわけなのです。そして、その途中のあなたのお話をよく考えてみましたら、今までのあなたの態度がよく呑みこめるようになりました。今まで分らなかつたあなたの態度がよく分りました。それはノールズの訊問です。あなたの次のプログラムも分りました。それはノールズです。私を絞首台に送りうる証人が唯一人いることも分りました。それはノールズです。私はノールズがただの訊問で容易に口を割らないことはよく知つていました。しかしノールズが他の人に一指も触れさせまいとしている人間がただ一人あります。それはモリーです。ですから、彼に口を割らせる方法が一つあります。それはモリーに殺人の罪を負わせ、ノールズの目の前でモリーの首に綱をかけ、次第にその綱を見るにたえないほどしめていくこと。あなたはその方法をおとりになるにちがいない。私には何もかも分りました。もう勝てるめどはない。

こうなつては、私たちのとりうる道はただ一つ、それは出奔です。私がもし無情な人間、世間によくある極悪非道な人間だつたら、唯一人の証人たるノールズを、玉葱の皮をむくように易々と殺すでしょう。でもあのノールズをなんで殺せます？　マデラインをなんで殺せます？　ベティをなんで殺せます？　あの人たちは責むべき贋者でなくて、本当の人間なのですから、お祭に売つている玩具の猫みたいに取扱うわけには参りません。それに、じつを云うと、私はなんだか迷路に迷いこんだようで、もういい加減くたびれているのです。

あなたと警部さんの跡をつけてファーンリ家へ帰つた私はモリーに会いました。私はかの女に逃げ出すよりほかに手がないことを話しました。時間の余裕は充分です。あなたと警部さんはその夜ロンドンへ行かれるはずでしたから、私たちは数時間の自由行動を許されているわけです。モリーもほかに方法がないことを得心してくれました。かの女が鞄を持つて家を出るのを、あなたは灯のつかぬ『緑の部屋』の窓から見ていながら、素知らぬ顔をしていられました。私たちが家を抜け出すのを知つていらつしやりながら、知らぬ風をなさろうとは！　そんなことは、私たちの行方が分つていて、いつでも必要な時に私たちを捕えうる場合にのみ許さるべきことなのですけれど！

最後にモリーについて手を焼いたことをお話いたしましよう。ほかでもありません。これは自分が私に愛されていることを知つていればこそ云い出したのでしようけれど。モリーは自動車のなかで妙なことを思いついて、モンプレイザの意地悪女の家へ立ち寄ろうと云いだしたのです。

私はかの女をなだめました。けれどもききません。それで仕方なく、自動車をマーディル大佐の家のそばの暗い小路にとめ、二人はマデラインの家に忍びよつて、耳を澄ましたのです。少しばかり開いた食堂の窓から、ペイジさんの声が聞えます。ペイジさんはヴィクトーリア・デイリの死因を作つたのは、妖術師のモリーだというようなことを話しています。私はモリーが怒つて人形でいたずらをするかも知れないと思つたので、庭の人形を石炭小屋に入れました。モリーが怒るのは馬鹿げているかも知れません。しかし、もともと、モリーとマデラインの争いは、私と死んだゴアの争いと同じように、個人的なものなのです。そして、この事件が始まつて以来、この食堂の話を聞いた瞬間ほどモリーが腹を立てたことはなかつたのです。

私はモリーが家を出る時ピストルを持ち出したことは知らずにいました。ですからモリーがバッグからピストルを出して窓を狙つた時には、ちよつとびつくりしました。私はぐずぐずしてはいられないと思いました。第一こんなに先を急いでいる際、女同志の喧嘩をされてはおそくなりますし、また、家の前にバロウズさんの自動車が止るのが聞えたからです。それで、私はモリーの肩に手を掛けて引つぱりました。家の中にラジオが鳴つて、私たちの物音が聞えなかつたのは幸いでした。窓のおくで、甚だ時機にそぐわぬラヴシーンが展開され、私がちよつと手をゆるめたすきに、モリーは食堂にむけて、ピストルをうつてしまいました。モリーはピストルが上手でしたし、また、人を殺すのが目的でうつたのでないことは、私にはよく分つていました。あれはただマデラインをこらしめるためにうつたのです。こらしめるためなら、今今後もモリーはあんなことをするかも知れません。

　私がこの手紙を結ぶに当りまして、こんな詰らない、殆ど滑稽とも思われる出来事を書くのは理由があるからなのです。それは、いつたいこの手紙は理由を書くのに始まつたようなものですが、私たち二人が神を恨み、世を恨みながら、悲劇的な気持で逃げ出したように思われたくないからです。私たちの罪を大自然が息をこらしながら見ているように考えられたくないからです。恐らく、あなただつてモリーが悪い女でないことは、知つていらつしやつたのでしよう。それにもかかわらず、あなたがモリーという女をあんなにまで毒々しい色彩で塗りつぶしたのは、ただノールズに自白を迫る手段にすぎなかつたのでしよう。

　けつしてモリーは狡猾な女ではありません。むしろ、狡猾の反対の女です。モリーが悪魔礼拝にふけるのは、人の心が苦悶しているのを見て悦ぶ冷い知的な努力ではありません。およそ冷い理性がかの女と縁のないものであることは、あなたもよくご存知のはず、モリーはただ好きだから悪魔礼拝を行うので、今後もそれを好くことと思います。ヴィクトーリア・デイリを殺したのがモリーであるなどとは根も葉もないノンセンス、タンブリッジ・ウェルズの女に至つては、まるで雲を摑むような話ではありませんか。かの女の趣味が低いのは事実かも知れません。私の趣味が低いように。しかし、その他にどんな悪いところがあります？　私たちがケントから、イギリスから、出て行くのは、さきにも話しましたように、勧善懲悪の芝居の幕切れではないのです。むしろ、お父さんは切符のいれ場所を忘れ、お母さんは風呂の火を消さずに出たことを後で思い出すような、ごく平和な、そそつかしやの家族旅行なのです。私はアダム君とイヴ夫人が、私のふる里よりも、もつと広い花園から出て行く時にも、これと同じ慌てかたをしたのではないかと思うのです。そして、これが聖典に書いてある、いちばん古い法則であるということは、誰はばかるところなく、云つていいと思うのです。

　　船で、
　　ある日、
　　ジョン・ファーンリ（かつてパトリック・ゴアを名のりし）より。

あとがき

妹尾アキ夫

なによりも第一にカーはロマンティシストである。クリスティーよりも、クイーンよりも、ロマンティシストである。

これはカーの作を読むとき、いつも感ずることなのだけれど、彼はちよつと手品みたいな、人間の視覚にうつたえる不可思議な錯誤に、じつに驚嘆すべき、子供らしい――といつては誤解をまねくかもしれないが、じつに無邪気で、純粋で、新鮮な感覚をもつている。

例をあげるなら、この話の二一九ペイジから、二二〇ペイジへかけての、この話の主人公が、せの高さのトリックを、得々と述べるあたりを読むだけでも、視覚の錯誤というものにたいして、彼がどんなに純粋な気持で驚き得る人であるかということは分るのである。

そんなところが、カーの身上、カーの好いところで、そんなことに感覚のまひした読者は、この作者をそれほど高く買わないだろうし、そんなことに生き生きとした感覚をもつ読者は、他のどんな探偵作家よりも、カーが好きになるにちがいないのである。

たえず「驚きたい」という言葉を、口ぐせのように云う人は国木田独歩だつたが、やや意味はちがうにしても、カーは世の中の不思議なことを、子供のような無邪気さで驚き得る人である。彼の密室もの、彼の不可能犯罪（この「曲つた蝶番」もそのひとつ）——みなこの驚きから出発しているのだ。

ところで、この「曲つた蝶番」は、人を間違えて結婚するという、途方もないシチュエーションを骨子として展開するので、読者のうちには、まさかこんな——と云う人があるかもしれないが、これは実際にあつたことなのである。

それは、一五五七年、フランス軍がイギリスとスペイン聯合軍に、サンカンタンの野で大敗を喫した時の話——フランスの負傷兵のうちに、マルタン・ゲールというのと、アルノルド・ド・ティリーというのと、とてもよく似た双生児のような、二人の兵隊がいた。足を負傷して、出血のため死にかけたマルタン・ゲールは、自分の持物をティリーに渡して、田舎へ帰つたらこれを自分の妻にとどけてくれという。田舎へ帰つたティリーは、ゲールは死んだものと思い、ゲールに成りすまして彼の家へ乗りこむ。良人に別れて八年にもなる妻は、最初、半信半疑だつたが、友人たちがみなゲールに違いないと云うので、ついには彼の言葉を信じ、彼と共に暮すようになる。そこへ、前ぶれもなく、ある日突然、足に義足をつけ、松葉杖をついた本物のマルタン・ゲールが帰つてくる。二回まで裁判が行われたのち、ついにティリーは贋物であるということが分つて死刑になる——

この実話は、「曲つた蝶番」に大変よく似ていて、後から現れるほうが、義足をつけているところまで、そつくりそのままで、ことによると、カーはこの話から暗示をえたのではないかと思われるほどなのである。

このマルタン・ゲールの話は、Max Pemberton の編集した、不思議な実話ばかり集めた、The Great Stories of Real Life という本の第九巻に、R. D. S. McMiilan と云う人が書いている。それから、Alexandre Dumas の The Crimes of the Marquise De Brinvilliers and Others と云う本の中にも書いてあるが、マクミランが実話として、坦々と取り扱つているに反し、デューマは、大部分の対話をとりいれて、大変劇的な物語にしている。

HAYAKAWA POCKET MYSTERY BOOKS No. 220

この本の型は，縦18.4センチ，横10.6センチのポケット・ブック判です．

検印
廃止

〔曲《まが》った蝶番《ちようつがい》〕

1955年9月30日初版発行　2003年9月30日再版発行

著　者　ジョン・ディクスン・カー
訳　者　妹尾アキ夫
発行者　早川浩
印刷所　星野精版印刷株式会社
表紙印刷　大平舎美術印刷
製本所　株式会社明光社

発行所　株式会社　早川書房
東京都千代田区神田多町2ノ2
電話　03-3252-3111（大代表）
振替　00160-3-47799
http://www.hayakawa-online.co.jp

〔乱丁・落丁本は小社制作部宛お送り下さい　送料小社負担にてお取りかえいたします〕
ISBN4-15-000220-7 C0297
Printed and bound in Japan

ハヤカワ・ミステリ〈話題作〉

1678
聖なる森
ルース・レンデル
吉野美恵子訳

ウェクスフォードの愛妻ドーラが、バイパス道路建設反対運動の仲間とともに誘拐されてしまった！ はたして、彼女は無事なのか？

1679
ノクターン
エド・マクベイン
井上一夫訳

〈87分署シリーズ〉 かつて名声を誇った女性ピアニストが射殺された。金が盗まれていたため、単なる物取りの犯行と思われたが……

1680
グラブ街の殺人
ブルース・アレグザンダー
近藤麻里子訳

書店主とその家族が殺された。同じ家で斧を手にした男の姿が目撃される……盲目の名判事が活躍する、まったく新しい時代ミステリ

1681
告発者
ジョン・モーティマー
若島　正訳

第二次大戦中の大量虐殺の告発――古き因縁で結ばれた二人の男が、事件の真偽をめぐって対決する。歴史の闇に隠された真相とは？

1682
逃げるが勝ち
フィリップ・リード
三川基好訳

中古車を買い叩かれたので取り返してほしいという美女の頼み。気軽に引き受けた中年男は、ぬきさしならぬ泥沼へとはまりこむ……